MICHAEL HÜBNER
Seelenblut

AF215607

Michael Hübner

Seelenblut

Thriller

Bibliografische Information der Deutschen Nationalbibliothek:
Die Deutsche Nationalbibliothek verzeichnet diese Publikation in
der Deutschen Nationalbibliografie; detaillierte bibliografische Daten
sind im Internet über http://dnb.dnb.de abrufbar.

Auflage 1
Originalausgabe August 2017
Copyright © 2017 Michael Hübner
Vertreten durch:
Dr. Harry Olechnowitz
Autoren- & Verlagsagentur
Fritschestraße 68
10585 Berlin
www.agentur-olechnowitz.de
E-Mail: olechnowitz@agentur-olechnowitz.de
info@michaelhuebner.de
Umschlagillustration
© Stillfx / Fotolia.com
© mrspopman / Fotolia.com
© Artem Mykhailichenko / Fotolia.com
Herstellung und Verlag: BoD – Books on Demand, Norderstedt
ISBN: 9783744894647
www.michaelhuebner.de

Für Christoph und Sandy

PROLOG

Er richtete die Körper zueinander aus und umwickelte sie straff mit Klarsichtfolie. Dabei ging er äußerst sorgfältig vor, obwohl er sich beeilen musste. Anschließend kontrollierte er alles. Als er fertig war, trat er einige Schritte zurück und betrachtete sein Werk.

Alles war perfekt.

Zufrieden atmete er durch und dehnte sich. Er spürte, wie sich die Verspannungen in seinem Nacken und seinem Rücken lösten, wie die Anstrengungen der letzten Stunden von ihm abfielen. Es fühlte sich gut an. Befreiend. Endlich hatte er seine Bestimmung gefunden, den Prozess in Gang gesetzt. So lange hatte er darauf hingearbeitet, seine Fertigkeiten verfeinert. Nun konnte er es kaum erwarten, sie herauszufordern. Es war Schicksal, dass sie auf diese Weise aufeinandertrafen, davon war er überzeugt.

Eine Schweißperle lief sein Nasenbein hinunter und erzeugte dabei ein leichtes Kribbeln. Er zog das Tuch aus der Tasche seines Overalls und tupfte die Flüssigkeit weg, bevor sie zu Boden tropfte. Erst jetzt realisierte er, dass der Lappen mit Blut getränkt war.

Natürlich ist er das, dachte er. *Du hast ihn benutzt, um die Schnittränder zu säubern.*

Er war so konzentriert auf seine Arbeit gewesen, dass er das völlig verdrängt hatte. Erst jetzt spürte er die Erschöpfung, die sich wie ein bleiernes Band um seine Glieder legte. Er trat vor die Spiegelfront des Schlafzimmerschrankes und betrachtete sich prüfend. Der Mundschutz und ein Teil seiner Nase hatten sich rot verfärbt. Er atmete den kupferartigen Duft des Blutes ein, während er sein Spiegelbild begutachtete, das nur eine vage Vorstellung seines Äußeren wiedergab. Über seiner Kleidung trug er einen weißen Ganzkörperoverall, wie ihn Tatortermittler benutzen. Seine Hände waren in Latex gehüllt, und seine Schuhe steckten in blauen Überziehern. Überall auf der Schutzkleidung waren Spuren von Blut zu erkennen. Einen nicht unerheblichen Anteil daran hatte das Cuttermesser, das er in der Hand hielt. Prüfend glitt sein Blick an ihm hinab. Die Schutzkleidung war nirgends beschädigt. Er war äußerst sorgfältig vorgegangen. Wer keine Spuren hinterlassen wollte, der musste sich an Spurensuchern orientieren.

Du musst deinen Feind kennen, um ihn besiegen zu können, kam ihm das bekannte Zitat eines chinesischen Generals in den Sinn. Obwohl diese Aussage auf ihn nicht ganz zutraf, da er die Polizei nicht direkt als seinen Feind betrachtete. Eher als eine Herausforderung des Schicksals. Aber in einem stimmte er mit dem General überein: Wenn man die Vorgehensweise seines Gegners kannte, konnte man ihn gezielt manipulieren.

Langsam streifte er den Mundschutz nach unten. Er konnte den Geruch des Blutes daran nicht länger ertragen, hatte ihn noch nie gemocht. Schmerzen, Blut, Verstümmelung ... Diese lästigen Begleitumstände waren es nicht, die ihn antrieben. Selbst der Tod seiner Opfer war für ihn nur Mittel zum Zweck. Er suchte nach Tiefgreifenderem: nach wahren Emotionen! Sie verliehen ihm den nötigen Kick, versorgten seinen Körper mit der Droge Adrenalin, die sein Herz zum Rasen brachte. Nur auf diese Weise konnte er selbst etwas fühlen.

In seinen kalten Augen spiegelte sich die Erschöpfung wider. Er brauchte dringend Ruhe, um wieder zu Kräften zu kommen. Und seine Medikamente. Doch zuvor musste er noch sicherstellen, dass seine Botschaft auch ankam, und zwar an der richtigen Adresse.

Er nahm die blutige Klinge aus dem Cuttermesser und tauschte sie gegen eine neue aus. Dann streifte er den Latexhandschuh von der freien Hand ab und schnitt sich eine tiefe Kerbe in den Daumen. Angewidert beobachtete er, wie das Blut aus der Wunde quoll, verfolgte, wie es bis zu seinem Handgelenk hinunterlief und von dort auf den Boden neben dem Bett tropfte. Er hasste den Anblick von Blut. Es war für ihn das Sinnbild seiner eigenen Vergänglichkeit. Doch in diesem Fall war es zwingend nötig – obwohl er die Schutzmaßnahmen, die er in den letzten Stunden penibel eingehalten hatte, damit ad absurdum führte.

Komm und erhöre mich!

Schwungvoll führte er den blutenden Daumen an die Wand und hinterließ dort seine Botschaft.

KAPITEL 1

Oberkommissar Chris Bertram hatte in seiner Laufbahn schon viele Tatorte und Mordopfer gesehen. Einige der Toten waren schrecklich zugerichtet gewesen. Eigentlich rechnete er nicht damit, dass ihn diesbezüglich noch etwas hätte erschüttern können. Doch er sollte schon bald eines Besseren belehrt werden. Denn als er an diesem Abend das Haus im Koblenzer Stadtteil Güls betrat, sollte das der Beginn von etwas werden, das ihm eine neue Dimension des Grauens offenbarte.

Er schritt durch den Flur und spähte in Küche und Wohnraum des Hauses hinein. Überall waren Mitarbeiter der Spurensicherung damit beschäftigt, Fingerabdrücke zu entnehmen und Proben in ihren Koffern zu verstauen. Ebenso wie Chris selbst trugen auch sie weiße Schutzanzüge über ihrer Kleidung.

»Wie es aussieht, haben sie dich auch von der Couch geholt«, erklang eine dumpfe Stimme hinter ihm.

Chris drehte sich um und erkannte seinen Kollegen Roland Koch. Er stand am Aufgang der Treppe. Dem Blick seiner dunklen Augen konnte Chris entnehmen, dass er ebenso wenig begeistert darüber war, seinen Feierabend an diesem Ort zu verbringen. Möglicherweise lag es aber auch nur an seiner Abneigung gegenüber den Schutzanzügen, in denen er schwitzte wie nach einem Marathonlauf. Er zog den Mundschutz nach unten, sodass sein dunkler Kinnbart zutage trat.

»Offenbar ist es uns nicht vergönnt, ein wenig Zeit mit unseren Frauen zu verbringen«, meinte Koch, den alle nur Rokko nannten.

»Scheint so«, seufzte Chris. »Der Kleine war gerade eingeschlafen, als der Anruf der Zentrale kam. Rebecca war nicht gerade erfreut darüber. Sie hat sich ziemliche Mühe mit dem Essen gemacht.«

»Sieh es positiv. Im Falle einer Tatortbesichtigung kann es nur von Vorteil sein, wenn man noch nichts gegessen hat.«

Chris sah sich um. »Wo ist die Leiche?«

»Leichen«, verbesserte ihn Rokko. »Es handelt sich um zwei Opfer. Sie befinden sich oben im Schlafzimmer.«

Sie gingen an weiteren Technikern vorbei die Treppe zum Obergeschoss hinauf bis ins Schlafzimmer. Die beiden Leichen lagen seitlich mit den Gesichtern zueinander ausgerichtet auf dem Bett. Ein Mann und eine Frau. Ihre nackten Körper waren um die Taillen herum mit Klarsichtfolie aneinander gewickelt, die Hände in Höhe der Hüften ineinander verschlungen, sodass es den Anschein erweckte, als würden sie zärtlich miteinander kuscheln wie zwei Liebende, deren Zuneigung über den Tod hinausreichte.

»Wer hat die Leichen gefunden?«

»Die Mutter des weiblichen Opfers«, entgegnete Rokko. »Sie besitzt einen Zweitschlüssel für das Haus. Als ihre Tochter nicht zu einem vereinbarten Treffen erschienen ist, und auch telefonisch nicht zu erreichen war, wollte sie nach dem Rechten sehen und hat dann das hier vorgefunden.«

Chris betrachtete die Wand über dem Bett. Dort befand sich ein mit Blut gemaltes Symbol, das aussah wie eine liegende Acht. An einer Stelle hatte sich ein Tropfen der roten Flüssigkeit gelöst. Er zog sich fast bis zum Bettpfosten hinunter, wo er schließlich erstarrt war. Ein Techniker schoss eifrig Fotos davon. Als er die Kamera senkte, erkannte Chris, dass es sich um Uwe Meißner handelte, den Leiter der Spurensicherung.

»Das mathematische Zeichen für Unendlichkeit«, sagte er durch seinen Mundschutz hindurch, ohne seinen Kollegen zu begrüßen.

Chris senkte seinen Blick. Seine Aufmerksamkeit galt in erster Linie den Gesichtern der beiden Opfer. Sie waren komplett von weißen Gipsmasken verhüllt, deren starre Mimik den Toten den bizarren Ausdruck von Fröhlichkeit verlieh, während sich die Lippen der Masken berührten.

»Ich sehe keinerlei Verletzungen«, sagte Chris. »Woher stammt das Blut an der Wand?«

»Im Badezimmer haben wir reichlich davon sichergestellt«, entgegnete Meißner. »Wir konnten die Leichen noch nicht ausreichend untersuchen. Vermutlich befinden sich die Verletzungen im Bauchbereich, den wir nicht einsehen können.«

Chris betrachtete die Klarsichtfolie, die im Licht der aufgestellten Scheinwerfer glänzte und die in mehreren Lagen stramm um Rücken und Taille der Opfer gewickelt war und die Körper zusammenhielt. »Warum trennt ihr sie dann nicht voneinander?«

»Wir wollten nichts verändern. Daher habe ich Thielmann gesagt, er muss sich nicht beeilen.«

Johann Thielmann war der für ihren Bezirk zugelassene Gerichtsmediziner.

»Und warum?«

»Ehrlich gesagt kann ich mir nicht recht erklären, was sich hier abgespielt hat«, sagte Meißner. »Daher dachte ich, du solltest dir das hier erst ansehen, da du dich in diese kranken Sachen besser hineindenken kannst.«

Chris nickte gedankenverloren. Ihm eilte der Ruf voraus, sich gut in die Psyche eines Täters und seiner Motive hineinversetzen zu können. Langsam schritt er um das Bett herum, seinen Fokus völlig auf die beiden Leichen gerichtet, sodass er die Umgebung weitestgehend ausblendete.

Die Masken strahlen Unbeschwertheit aus, erklang unweigerlich seine Stimme im Kopf. Vermutlich sollen sie uns so etwas wie Glück suggerieren. Das ungezwungene Gefühl von Zweisamkeit.

»Waren die Opfer liiert?«

»Ja«, sagte Rokko und schlug seinen Notizblock auf. »Markus und Sarah Rickol, sechsunddreißig und vierunddreißig Jahre. Laut Aussage der Mutter haben sie erst vor Kurzem geheiratet.«

Genau wie ich und Rebecca, schoss es Chris unweigerlich durch den Kopf, und er verdrängte den Gedanken sofort, konzentrierte sich wieder auf die Leichen. *War das dein Motiv? Liebe? So jung und rein. Hast du deshalb so penibel darauf geachtet, hier kein Blut zu verteilen?*

»Wurden die Körper gesäubert?«

»Ja«, bestätigte Meißner, »in der Badewanne. Vermutlich wurden ihnen dort auch die Verletzungen zugefügt.

Du wolltest diese Reinheit erhalten, sie nicht zerstören. Hast du sie deshalb getötet? Um zu verhindern, dass sich diese Reinheit irgendwann verflüchtigt? Liebe bis in den Tod?

»Wisst ihr etwas über die Todesursache?«, fragte Chris.

»Wie schon gesagt, hat sich Thielmann die Leichen noch nicht angesehen, und vermutlich ist eine Obduktion nötig, um das zu klären. Aber bei dem, was wir in den Nebenzimmern vorgefunden haben, dürfte es sich um eine Vergiftung handeln.«

Chris blickte zu Meißner. »Was habt ihr gefunden?«

Meißner führte Chris und Rokko in den Flur. Sie gingen am Badezimmer vorbei, in dem weitere von Meißners Leuten damit beschäftigt waren, Spuren zu dokumentieren. Chris konnte einen flüchtigen Blick auf die Badewanne werfen, deren weiße Ränder mit Blut verschmiert waren. Meißner steuerte auf die gegenüberliegende Seite zu. Dort befanden sich zwei weitere Räume. Einer davon diente augenscheinlich als Büro. Neben Aktenschränken und Regalen mit beschrifteten Boxen stand dort ein ausladender Eckschreibtisch, dessen rechter Flügel unter der Dachschräge verlief. Chris fielen Ordner mit Kennzeichnungen wie *Jahresbilanz*, *Abschluss-Statistik* und *Schadensregulierung* ins Auge. Neben dem Computermonitor stapelten sich in einer mehrstöckigen Briefablage Schreiben und Dokumente, allesamt mit dem Briefkopf einer großen Versicherungsgesellschaft versehen.

»Eines der Opfer wurde hier auf dem Stuhl fixiert«, erläuterte Meißner und deutete auf einige durchtrennte Kabelbinder, die auf dem Laminatboden um den Bürostuhl herum verteilt lagen. Auf dem Schreibtisch davor stand ein leeres Glas neben zwei leeren Tabletten-Blistern. Chris studierte die durchstoßene Unterseite der Verpackung, auf der die Bezeichnung des Medikaments stand, das sich darin befunden hatte.

»Was ist das?«, fragte er an Meißner gerichtet, nachdem ihm der Name nichts sagte.

»Ein starkes Schlafmittel. Dasselbe haben wir im Gästezimmer nebenan gefunden. Dort wurde das zweite Opfer festgehalten.«

Du hast sie voneinander getrennt. Warum? Um sie im Tod wiederzuvereinen?

»Er hat sie gezwungen, sich selbst zu vergiften«, murmelte Chris.

»Wie kann man jemand zu so etwas zwingen?«

Chris starrte auf das Foto, das auf dem Schreibtisch lag. Es zeigte einen Mann und eine Frau, die lachend in die Kamera sahen. Ihre Gesichter waren vom Blitzlicht ausgebleicht.

Weiß wie die Masken, dachte Chris.

»Sind das die Opfer?«

»Laut ihren Ausweisen ja«, bestätigte Rokko. »Gesichert ist das erst festzustellen, wenn wir ihnen die Masken abnehmen.«

Chris blickte wieder auf das Foto. Der Hintergrund war fast schwarz, die Körper der beiden Personen nur dunkle Umrisse, sodass ihre hellen Gesichter sich deutlich vom Rest des Bildes hervorhoben. Nur am linken Rand war eine Art Garderobe zu erkennen, an der offensichtlich eine helle Jacke hing, die das Licht des Blitzes reflektiert hatte.

»Der Flur im Eingangsbereich war dunkel, als ich gekommen bin.«

»Ja, der Täter hat dort offenbar die Leuchtmittel aus den Lampen entfernt«, sagte Rokko.

»Gibt es Einbruchspuren?«

»An der Terrassentür auf der Rückseite des Hauses«, erläuterte Meißner. »Wurde vermutlich mit einem Brecheisen aufgestemmt. Die klassische Vorgehensweise.«

»Er muss unten auf die Opfer gewartet haben«, übernahm nun wieder Rokko das Wort, »und hat sie überrascht, als sie nach Hause kamen.«

»Ja, und er hat sie dabei fotografiert und die Bilder hier anschließend ausgedruckt. Das Fotopapier im Druckerschacht stimmt überein. Aber was bezweckt er damit? Und wie ging es dann weiter?«

Du wolltest diesen Moment festhalten. Den Moment des

Glücks, bevor das Grauen über sie hereinbrach. Das Grauen, das du ihnen gebracht hast.

»Chris?«

Er blickte zu seinem Kollegen. »Ich sehe hier nirgendwo einen Computer. Ziemlich ungewöhnlich für ein Büro, zumal es einen Drucker gibt.«

»Die Täter müssen ihn mitgenommen haben.«

»*Die* Täter?«

Rokko zuckte mit den Schultern. »Immerhin handelt es sich um zwei Opfer. Die sind alleine schwer zu überwältigen.«

Chris betrachtete die Aufnahme in seiner Hand genauer. Dann schüttelte er den Kopf. »Nein, wir haben es mit einem Einzeltäter zu tun«, sagte er und hielt den beiden die Aufnahme hin. Er deutete auf den schwarzen Hintergrund. Dort hoben sich schwach die Konturen eines dunkel gekleideten Oberkörpers ab. »Er hat hinter ihnen gestanden, als das Foto gemacht wurde. Vermutlich hat er einen Fernauslöser benutzt. Durch den Blitz waren die Opfer geblendet. Das hat ihm genügend Zeit verschafft, um den Mann zuerst auszuschalten. Habt ihr seinen Kopf auf Schlagspuren untersucht?«

Sie gingen wieder ins Schlafzimmer zurück. Meißner untersuchte den Kopf der männlichen Leiche.

»Bingo«, sagte er schließlich. »Keine Platzwunde, aber ein erkennbares Hämatom am Hinterkopf.«

»Wieso hat er sie nicht sofort getötet?«, fragte Rokko. »Was genau hat sich hier abgespielt?«

»Ich bin mir nicht sicher«, sagte Chris und griff nach seinem Handy. »Daher würde ich gerne noch eine weitere Meinung einholen.«

KAPITEL 2

Doktor Marina Hoffmann war gerade dabei ihre blonden Haare unter die Schutzhaube zu stopfen, als Chris sie am Eingang des Hauses in Empfang nahm. Sie war einer der wenigen Menschen, deren äußerem Erscheinungsbild selbst diese unvorteilhafte Verkleidung nichts anhaben konnte. Trotz des blassen Overalls, der ihr augenscheinlich eine Nummer zu groß war, besaß sie mit ihren dreiundvierzig Jahren noch immer eine Ausstrahlung, der man sich nur schwer entziehen konnte. Eine Mischung aus Eleganz und Vertrautheit, gepaart mit einer unaufdringlichen Attraktivität, die sie auf Anhieb sympathisch machte. Chris konnte gut nachvollziehen, dass die Leute ihr als Psychoanalytikerin ihre intimsten Geheimnisse anvertrauten. Er freute sich, sie wiederzusehen. Obwohl sie seit dem Kinderschänderskandal vor mehr als einem Jahr offiziell als psychologische Beraterin für ihre Behörde tätig war, hatten sie seither kaum Kontakt miteinander gehabt.

Er reichte ihr zur Begrüßung die Hand. »Guten Abend, Doktor Hoffmann. Danke, dass Sie um diese späte Zeit so schnell kommen konnten. Ich hoffe, ich habe Sie nicht von irgendetwas abgehalten.«

»Wie Sie ja wissen, bin ich geschieden und kinderlos«, erwiderte sie. »Daher haben Sie mich lediglich davon abgehalten, die Flasche Rosé zu öffnen, die ich mir fürs Abendessen reserviert hatte. Das allerdings könnte ich Ihnen ziemlich übel nehmen.« Ihr Lächeln vermittelte ihm, dass dieser Kommentar nicht ernst gemeint war.

»Entschuldigen Sie die Umstände«, sagte er und deutete auf den Overall. »Der Tatort ist noch nicht freigegeben.«

Sie richtete sich die Haube, nachdem sie die letzte Strähne ihres Haares darunter verstaut hatte. »Immerhin lenkt diese Aufmachung von der Tatsache ab, dass ich ungeschminkt bin. In meinem Alter gleicht das einer Kapitulation.«

»Sie sehen großartig aus.«

Sie lächelte geschmeichelt. »Ich habe gehört, Sie sind vor einigen Monaten stolzer Vater eines Jungen geworden. Gratuliere.«

Chris lächelte gequält. »Im Moment schießen die Zähne ein.«

Sie bemerkte die dunklen Ringe, die sich um seine Augen gelegt hatten. »Verstehe. Schwierige Zeit.«

»Normalerweise wäre ich dankbar für jede Art von Ablenkung, aber in dem Fall wäre das sehr unangemessen.«

»Sie erwähnten in Ihrem Anruf etwas von einem Doppelmord.«

Chris nickte. »Es handelt sich um ein Ehepaar, das erst seit einigen Monaten in diesem Haus gelebt hat. Ich benötige ein psychologisches Profil, um den Tathergang besser verstehen zu können.« Er erläuterte ihr die Sachlage, während sie die Treppe zum Obergeschoss hinaufgingen. Im Schlafzimmer warteten Meißner und Rokko bereits auf die beiden. Auch Johann Thielmann war mittlerweile eingetroffen. Chris erkannte ihn sofort an seiner Brille, deren dunkle Ränder sich auffallend vom Weiß des Overalls abhoben.

An der Türschwelle angelangt, blieb Marina Hoffmann abrupt stehen. Chris bemerkte, wie sie kurz versteifte, als sie die beiden Toten auf dem Bett erblickte. Obwohl die Leichen auf den ersten Blick keinerlei Verletzungen offenbarten, musste ihr Anblick unweigerlich Assoziationen zu den schrecklichen Vorfällen in ihrer Vergangenheit wecken. Fast vier Jahre war es her, seit ein Patient in ihrer damaligen Praxis in Trier aufgetaucht war und vier Tote bei seinem Amoklauf hinterlassen hatte. Sie selbst war dabei schwer verletzt worden. Chris wusste, dass sie seitdem Silvesterfeiern mied, da ihr das Knallen der Böller nach wie vor Angst einflößte. Zu sehr ähnelten diese Geräusche den Schüssen in der Praxis, die bis tief in ihre Seele vorgedrungen waren. So tief, dass sie dort noch immer nachhallten.

»Alles in Ordnung?«, fragte er.

Sie nickte entrückt.

»Ich würde Ihnen das nicht zumuten, wenn ich es nicht müsste. Aber Sie sind die Einzige, mit deren Hilfe ich möglicherweise herausfinden kann, was hier geschehen ist.«

»Keine Sorge, es geht mir gut«, winkte sie ab. »Es ist nur ...« Sie schritt gemächlich auf das Bett zu. »Diese Inszenierung der Körper erinnert mich fern an ein Gemälde des belgischen Malers René Magritte.«

Chris betrachtete sie erstaunt. »Ich wusste gar nicht, dass Sie sich für Kunst interessieren.«

»Tue ich auch nicht. Jedenfalls nicht mehr als die meisten Menschen. Ich weiß das nur, weil ich während meines Studiums über dieses Bild eine Abhandlung geschrieben habe, bezüglich der möglichen Interpretationen. Das Bild heißt *Die Liebenden*. Es zeigt ein sich innig küssendes Paar, deren Gesichter komplett verhüllt sind.«

»Und Sie denken, dass der Täter diese Ähnlichkeit beabsichtigt hat?«

»Eher nicht. Auf dem Bild verhüllen weiße Tücher die Köpfe, und die Körper sind bekleidet. Aber es bietet durchaus dieselben Interpretationsmöglichkeiten.«

»Und die wären?«

»Entfremdung, Verlust von Freiheit, Willenseinschränkung, blindes Vertrauen, Anonymität, verbotene Liebe, Realitätsflucht ...« Sie stockte, als sie auf die beiden Leichen sah.

»Was noch?«, fragte Chris.

Die Analytikerin reagierte nicht, schien mit ihren Gedanken woanders zu sein. Ihr Blick wurde starr.

»Doktor Hoffmann?«

»Ja«, hauchte sie entrückt.

»Für was könnte es noch stehen?«

Sie schluckte, während sie weiterhin die maskierten Leichen betrachtete. »Gesichtsverlust.«

Chris blickte wie elektrisiert zu Meißner und Thielmann. »Nehmt ihnen die Masken ab.«

Die beiden zogen die Oberkörper der Opfer ein wenig auseinander, um die Masken voneinander zu trennen. Die Folie, die um die Körper herumgewickelt war, knisterte unter der Spannung. Vorsichtig streifte Meißner das Gummiband, mit der die Maske fixiert war, über die dunklen Haare des männlichen Opfers. Mit einem schlürfenden Geräusch löste sich die Gipsschale.

Alle erstarrten bei dem Anblick, der sich ihnen bot.

Dem Toten fehlte die Gesichtshaut. Sie war kurz unterhalb der Maskenränder durchschnitten und abgezogen worden. Meißner wiederholte den Vorgang bei der weiblichen Leiche mit demselben Ergebnis.

»Heilige Scheiße«, entfuhr es Rokko.

Marina Hoffmann wandte sich entsetzt ab. Chris legte ihr die Hand auf die Schulter.

»Tut mir leid«, bedauerte er. »Ich hatte keine Ahnung.«

Sie holte tief Luft. »Genau das ist der Grund, weshalb ich mich anfänglich geweigert habe, als Beraterin für Ihre

Behörde tätig zu sein«, keuchte sie. »Offenbar geschehen hier solche schrecklichen Dinge öfter.«

»Ja«, entgegnete Chris, »ist mir auch schon aufgefallen.«

»Was zum Teufel ...«

Es war Thielmanns Stimme, die Chris herumfahren ließ. Er sah, wie der Arzt sich hastig etwas vom Ärmel seines Overalls wischte.

»Was ist das?«

»Ameisen! Wo kommen die denn plötzlich her?«

»Hier«, rief Meißner und deutete auf die Mitte der toten Körper. »Sie krabbeln unter der Folie hervor.« Er kramte ein Cuttermesser aus einem der Alukoffer und durchtrennte die Folie. Augenblicklich fielen die Körper voneinander ab und rollten auf den Rücken.

Marina Hoffmann entfuhr ein Schrei. Erneut wandte sie sich ab und rannte aus dem Zimmer.

Chris reagierte nicht. Er und Rokko starrten wie paralysiert auf die Leichen, aus deren geöffneten Bäuchen Schwärme von Ameisen emporquollen.

»Raus!«, brüllte Meißner. »Alle raus hier, bis wir die Sache im Griff haben!«

Chris benötigte einige Sekunden, um seinen Blick von dieser grausigen Präsentation zu lösen. Als es ihm schließlich gelang, den Schock zu durchbrechen, fiel es ihm nicht schwer, Meißners Anweisung zu befolgen.

Vor der Tür des Hauses angekommen, traf Chris auf Armin Pelzer und zwei seiner Streifenkollegen, die für die Absicherung des Tatorts sorgten und die zunehmende Anzahl an Schaulustigen auf Abstand hielten. Pelzer löste sich von der kleinen Gruppe und trat auf ihn zu.

»Wie macht sich Rebecca als Mutter?«

Chris verspürte keine große Lust, an diesem Ort mit dem Kollegen über sein Familienleben zu sprechen. Pelzer war Anfang fünfzig und Rebeccas Vorgesetzter auf der PI 2. Eigentlich war er ein brauchbarer Polizist, aber auch ein sexistisches Arschloch, der sich mit weiblichen Kolleginnen schwertat. Daher empfand er die Frage nach Rebeccas Befinden eher als einen Vorwand.

»Sie hält sich sehr gut«, meinte er kurz angebunden und wollte weitergehen.

»Muss ein ziemlich schlimmer Anblick da drin sein«, hielt Pelzer ihn zurück. »Wenn ich mich nicht täusche, dann war das gerade Ihre Beraterin, die Psychotante, die völlig aufgelöst nach draußen gerannt kam.«

Chris entdeckte Marina Hoffmann etwas Abseits in der Auffahrt des Hauses. »Ich kann im Moment auch nicht mehr sagen, als dass wir es mit einem Doppelmord zu tun haben«, erwiderte er, ohne ins Detail zu gehen. Ihm stand nicht der Sinn danach, Pelzers Neugier zu befriedigen.

Der hob seine Dienstmütze an und kratzte sich am Kopf. »Ich frage mich nur, ob hier mal wieder ein Irrer in der Stadt sein Unwesen treibt. Ich will nicht noch einmal in eine Sprengfalle laufen, wenn wir zu einem Einsatz ausrücken.«

»Die Wahrscheinlichkeit, dass so etwas noch einmal passiert, dürfte nahezu bei null liegen«, erwiderte Chris. »Im Übrigen weiß ich im Moment nicht viel mehr als Sie. Wir werden die Untersuchungen abwarten müssen. Und jetzt entschuldigen Sie mich.«

Er ließ Pelzer stehen und schritt die Auffahrt entlang.

»Geht es wieder?«, fragte Chris, als er Marina Hoffmann erreicht hatte. Sie hielt den Blick auf die Straße gerichtet, die von Fahrzeugen der Polizei und der Kriminaltechnik gesäumt wurde. Das Rauschen und Knacken von Funkgeräten war zu hören. Blaulicht tanzte über die dunklen Fassaden der angrenzenden Häuser und Vorgärten, als wolle man damit diese spießbürgerliche Idylle brandmarken.

»Ich brauchte frische Luft«, entgegnete sie, ohne ihn anzusehen. »Tun Sie mir einen Gefallen, wenn Sie mich das nächste Mal sehen wollen, laden Sie mich zum Essen ein.«

»Soll ich Ihnen ein Glas Wasser holen?«

»Nein, danke« lehnte sie ab. »Ich möchte nichts zu mir nehmen, das aus diesem Haus stammt.« Sie drehte sich um und blickte zum Eingangsbereich, in den zwei Leichentragen geschoben wurden. »Wie können Sie so etwas nur jeden Tag ertragen?«

»Das da drin ist auch für mich nicht alltäglich.«

»Wirken Sie deshalb so angeschlagen auf mich?«

»Ich sagte doch, ich habe in letzter Zeit nicht genügend geschlafen.«

»Und daran waren nur die Zähne Ihres Sohnes schuld?«

Chris seufzte. »Ihnen kann man nichts vormachen.«

»Das ist eine Folge meines Berufs.«

»Eine Folge *meines* Berufs ist das Gefühl der Machtlosigkeit.« Er atmete tief durch, bevor er fortfuhr. »Letzte Woche hat jemand einen Stein von einer Autobahnbrücke geworfen. Eine junge Mutter und ihr Kind starben, als er bei voller Fahrt in die Windschutzscheibe ihres Autos einschlug. Nur drei Tage später schoss jemand aus dem Hinterhalt mit einem Kleinkalibergewehr wahllos auf Passanten. Vier Menschen wurden zum Teil lebensgefährlich verletzt. Und erst gestern wurde ein Jugendlicher auf dem Nachhauseweg auf offener Straße fast zu Tode geprügelt. Er liegt im Koma und wird voraussichtlich nie wieder daraus erwachen. Das alles hat sich in der Nähe zugetragen. Und vermutlich werden wir die Verantwortlichen nie zu fassen kriegen, da es zu wenige verwertbare Hinweise und keine direkten Verbindungen zu den Opfern gibt.« Er sah zu dem Haus. »Und nun das hier. Sozusagen als krönender Abschluss dieser Woche.«

»Und diese Ohnmacht darüber verbittert Sie«, schlussfolgerte Doktor Hoffmann.

Chris blickte zu Boden. »Irgendwie kommt es mir vor, als würde die Menschheit ihren Verstand verlieren.«

Sie ging auf ihn zu und blickte ihm in die Augen. »Wir wissen beide, wie sehr Sie solche Dinge an sich heranlassen. Damit sollten Sie aufhören, wenn Sie nicht irgendwann in meiner Praxis sitzen wollen.«

»Wer weiß«, meinte Chris, »dann hätte ich endlich die Gelegenheit, Ihnen mein Herz auszuschütten.«

Sie lächelte zaghaft. »Mein Interesse gilt eher dem Blick in die Seele eines Menschen.«

»Und vermutlich sind Sie der Ansicht, Sie würden dort bei mir auf einige Abgründe stoßen.«

»Die findet man dort bei den meisten Menschen«, erwiderte sie in sich gekehrt.

»Und damit müssen *Sie* sich jeden Tag auseinandersetzen, nicht wahr? Offenbar neigen wir beide dazu, uns selbst zu stigmatisieren, um anderen zu helfen.«

»Mag sein. Vielleicht halten wir uns auch nur das Leid anderer vor Augen, um uns besser zu fühlen. Allerdings kann diese Form der Therapie auch nach hinten losgehen, wenn man dieses Leid zu sehr verinnerlicht.«

»Spricht da jetzt die Therapeutin aus Ihnen?«

»Das war nur ein gutgemeinter Rat unter Freunden.«

Chris vernahm Schritte hinter sich. Es war Rokko, der auf sie zukam. Selbst die karge Außenbeleuchtung konnte nicht verbergen, dass sein Gesicht die Farbe des weißen Overalls angenommen hatte.

»Hast du was erfahren können?«, fragte Chris.

»Da drin geht es ziemlich hektisch zu, wie du dir denken kannst«, entgegnete Rokko, strich sich die Haube vom Kopf und fuhr sich durch das verschwitzte Haar. »Dennoch konnte Thielmann einen Blick auf die Leichen werfen. Er hat den Todeszeitpunkt auf zwanzig bis achtundzwanzig Stunden eingegrenzt. Beide Opfer wurden vom Brustbein bis zum Schambereich aufgeschnitten. Anschließend hat der Täter ihnen die Ameisen im Bauch platziert. Meißner vermutet, er hat die Tiere dafür unterkühlt, um sie träge zu machen. Das hat ihm den nötigen Spielraum verschafft, um sie einzusetzen.«

Chris atmete durch. »Waren die Opfer zu dem Zeitpunkt schon tot?«

Rokko zuckte mit den Schultern. »Zumindest dürften sie aufgrund der Schlaftabletten bereits das Bewusstsein verloren haben.«

»Schlaftabletten?«, fragte Marina Hoffmann neugierig.

»Ja. Wir fanden zwei leere Packungen davon. Auf mich macht es den Anschein, als hätte der Täter die Opfer gezwungen, die Tabletten zu schlucken, bevor ... Höchstwahrscheinlich wollte er sie den Qualen nicht aussetzen.«

»Demnach beruht die Tat nicht auf einem sadistischen Motiv.« Sie trat einen Schritt auf die beiden zu, wirkte jetzt neugieriger. »Die Verletzungen wurden nicht zur Schau gestellt. Sie dienten demnach nur dem Zweck, die Insekten dort zu platzieren.«

»Und wozu?«, fragte Rokko.

Sie wandte sich an Chris. »Sie sagten vorhin, die Opfer wurden vor ihrem Tod räumlich voneinander getrennt.«

Chris nickte.

»Und Sie erwähnten eine Aufnahme, die den Opfern gezeigt wurde. Was war darauf zu sehen?«

»Nur die Opfer selbst.«

Für einige Sekunden wirkte sie nachdenklich.

»Glauben Sie, wir haben es mit einem beziehungsgestörten Täter zu tun?«, fragte Chris. »Jemand, der das Glück anderer Leute zerstören will?«

Sie schüttelte kaum merklich den Kopf. »Oberflächlich gesehen könnte man es so interpretieren ...«

»Aber?«

»Die Art und Weise, wie die Leichen hergerichtet wurden, passt nicht zu dieser These. Jemand, der mutwillig etwas zerstören will, unternimmt anschließend nicht den Versuch, es wiederherzustellen.«

»Möglicherweise hat er seine Tat bereut und wollte sie ungeschehen machen.«

»Ein solches Verhaltensmuster passt auf Täter, die im Affekt handeln. Hier wurde sehr planvoll und zielgerichtet vorgegangen. Das Ganze macht auf mich eher den Eindruck, als ...«

»Als was?«, fragte Chris ungeduldig, nachdem sie erneut in Gedanken versank.

Sie sah ihn mit festem Blick an. »Wie Sie schon feststellten, wollte er den Opfern keine körperlichen Schmerzen zufügen. Er war auf etwas anderes aus. Daher hat er sie gezwungen, eine Überdosis Schlafmittel zu schlucken, indem er sie erpresst hat.«

»Und mit was?«, fragte Rokko.

»Mit ihrer Liebe füreinander.«

Rokko streifte sich durch den Kinnbart. »Sie meinen, er hat sie dazu getrieben, sich füreinander zu opfern?«

»Das würde die räumliche Trennung erklären«, meinte Chris, dem ein kalter Schauer über den Rücken lief, als er sich vorstellte, jemand hätte seine Familie in seiner Gewalt. Er würde nicht eine Sekunde zögern, sich für seine Frau und sein Kind zu opfern, in dem Glauben, dass sie dadurch überleben würden. »So konnte er sie gegeneinander ausspielen, die Stärke ihre Zuneigung testen. Aber wozu? Aus persönlichen Gründen? Eine unerwiderte Liebe vielleicht?«

Marina Hoffmann schüttelte nachdenklich den Kopf. »Nein, zumindest nicht in direktem Bezug zu den Opfern. Dann hätte er sich mehr auf eine der beiden Toten konzentriert. Ich denke, es geht ihm um das Gefühl der Liebe an sich. Eine solch starke Emotion wird hauptsächlich über den Bauchraum empfunden. Ein Kribbeln, als hätte man ...«

»... als hätte man Ameisen im Bauch«, vervollständigte Chris.

»Ja. Er wollte das Gefühl der Verbundenheit konservieren, es auf diese Weise verinnerlichen.«

Rokko entfuhr ein zischender Laut. »Wollen Sie uns weismachen, er studiert auf diese Art, was es heißt, verliebt zu sein?«

Marina Hoffmann nickte. »Ich denke, Sie suchen nach einem Täter, der nicht in der Lage ist, ein solches Gefühl zu empfinden.«

KAPITEL 3

Drei Tage später

Chris und Rokko saßen vor Meißners Schreibtisch, vor sich jeweils eine Kopie der kriminaltechnischen Analyse und des Obduktionsberichts.

»Thielmanns geschätzter Todeszeitpunkt hat sich bestätigt«, sagte Chris und blickte von dem Bericht auf, in den er vertieft gewesen war. »Und er deckt sich mit der zeitlichen Abfolge dieses Abends, die wir bis jetzt rekonstruieren konnten. Demnach waren die Opfer bis etwa dreiundzwanzig Uhr auf einer Geburtstagsfeier bei Freunden zu Gast. Diese Zeit wurde uns auch von dem Taxifahrer bestätigt, der die beiden vor ihrem Haus abgesetzt hat. Dort hat der Täter bereits auf sie gewartet.«

»Er muss von der Feier gewusst haben«, sagte Meißner, der auf seinem Stuhl saß und die Hände im Schoß verschränkt hielt, »da er einige Zeit für die Vorbereitung gebraucht hat.«

Chris nickte zustimmend. »Er muss sich mindestens eine Stunde früher dort aufgehalten haben. Und er muss mit Bedacht vorgegangen sein. In der Nachbarschaft ist jedenfalls niemandem etwas Verdächtiges aufgefallen. Die Tat war sorgfältig geplant.«

»Das beweisen die Insekten, die er in den Leichen platziert hat«, meinte Meißner. »Dabei handelt es sich um die *Rote Waldameise*. Ich muss euch sicher nicht sagen, dass diese Spezies hier in der Gegend weit verbreitet ist. Ihre Nester sind meist in der Nähe von Fichtenwäldern zu finden, da die Nadeln der Bäume den Tieren als Baumaterial dienen. Einige solcher Nadeln haben wir in den Leichen gefunden. Der Täter könnte also durchaus von hier stammen.«

»Das grenzt es nicht gerade ein«, murmelte Rokko, ohne von dem Bericht aufzuschauen.

»Ansonsten wäre da noch das Tatwerkzeug zu erwähnen. Eine scharfe Klinge, mit der man präzise Schnitte ausführen kann.«

»Ein Skalpell?«, fragte Chris.

»Durchaus möglich. Der Täter könnte aber ebenso gut ein Cuttermesser benutzt haben.«

»Und ihr habt nichts Vergleichbares in dem Haus gefunden?«

Meißner schüttelte den Kopf. »Da wäre noch etwas«, sagte er und kratzte sich am Kinn. »Die Schnitte sind nicht chirurgisch exakt, aber dennoch gekonnt ausgeführt worden. Auch die Art, wie der Täter vorgegangen ist, lässt auf eine gewisse Routine schließen.«

»Worauf willst du hinaus?«, fragte Chris, obwohl er die Antwort bereits ahnte.

»Wer immer das getan hat, hat vermutlich nicht zum ersten Mal gemordet.«

»Gibt es denn vergleichbare Fälle?«

»Dem LKA sind jedenfalls keine bekannt. Aber das muss nicht zwingend etwas bedeuten. Vielleicht hat der Täter eine Weile gebraucht, um seine Fantasien zu perfektionieren. Oder er hat sie zuvor an Tieren ausgelebt.«

Chris atmete durch. Das fehlte gerade noch.

»Moment mal«, meinte Rokko. »In dem Bericht steht, das Blut an der Wand stammt nicht von den Opfern.«

»Das ist richtig«, sagte Meißner.

»Und?«, fragte Rokko und zuckte mit den Schultern.

»Zu wem gehört es dann, und wieso steht hier nichts weiter dazu?«

Meißner atmete durch. »Das ist nur ein vorläufiger Bericht. Ich habe darin mit Absicht nichts Genaueres darüber erwähnt, weil ich es erst mit euch besprechen wollte.«

Nun beugte sich auch Chris nach vorn. »Tja, ich würde sagen, wir sitzen hier vor dir. Also lass dich nicht lange bitten.«

»Nun ja«, begann Meißner zaghaft, »ich habe hier im Labor einige Tests durchgeführt und herausgefunden, dass das Blut, mit dem das Symbol an die Wand gemalt worden ist, nicht mit den Blutgruppen der Opfer übereinstimmt. Daraufhin habe ich die Kollegen beim LKA informiert und denen ein wenig Druck gemacht. Das Ergebnis der DNA-Analyse liegt mir seit heute vor. Das ist auch der Grund, weshalb ich euch hierher bestellt habe.«

»Dann war die DNA registriert?«

»Ja«, sagte Meißner. Er zog ein Foto aus einer weiteren Akte und legte es vor Chris und Rokko auf den Tisch. Es zeigte das Konterfei eines Mannes mit kurzen, blonden Haaren vor einem grauen Hintergrund. Seine Augen waren klar, und sein Blick zeugte von Entschlossenheit.

»Das ist kein Polizeifoto«, meinte Rokko, als er die Aufnahme betrachtete.

»Der Mann ist nicht vorbestraft. Es handelt sich hier um ein privates Passbild.«

»Weswegen ist seine DNA dann registriert?«, fragte Chris.

»Aus ermittlungstechnischen Gründen. Der Mann wird seit etwas mehr als zwei Jahren vermisst. Seine DNA wurde aufgenommen, um sie mit einem eventuellen Leichenfund abzugleichen.«

»Wie es aussieht, ist er nicht tot. Um wen genau handelt es sich?«

»Um einen Mann aus Mayen.«

Chris betrachtete Meißner argwöhnisch. »Ist das alles, was ihr über ihn wisst?«

»Natürlich nicht. Deshalb wollte ich ja auch zuerst mit euch sprechen.« Meißner reichte Chris die Vermisstenakte.

Als der sie aufschlug und den Namen des Mannes las, stockte ihm der Atem.

KAPITEL 4

Am nächsten Tag

Auf dem Schreibtisch von Corinna Hartfels in ihrem Büro in der Thaerstraße in Wiesbaden stapelten sich die Akten, und in ihrem Postfach befanden sich etwa fünfzig Mails, die sie noch durcharbeiten musste. Polizeiarbeit bestand zu über neunzig Prozent aus Bürokratie. In besonderem Maße dann, wenn man als Bundesbehörde den zentralen Knotenpunkt länderübergreifender Kriminalistik darstellte. Nicht umsonst stand bei vielen ihrer Kollegen das Kürzel BKA insgeheim für Bürokratische Anstalt. Sie war gerade damit fertig geworden, eine Anfrage des Landeskriminalamtes Brandenburg zu beantworten, als das Telefon klingelte. Interne Leitung.

»Hier ist ein Anruf vom Polizeipräsidium Koblenz, ein gewisser Oberkommissar Bertram. Er meinte, es wäre dringend und nannte Ihren Namen.«

Sie hielt einen Moment inne. Etwas über ein Jahr war es her, seit sie Chris Bertram das letzte Mal gesehen hatte. Während ihrer damaligen Zusammenarbeit hatte sie ihn als kompetenten Kollegen schätzen gelernt, obwohl er viel zu emotional gestrickt war. Eine Eigenschaft, mit der sie aufgrund ihrer Persönlichkeitsstörung – die allgemein als Gefühlsblindheit bezeichnet wurde – nur sehr schwer umgehen konnte. Dennoch respektierte sie ihn auf eine Weise, wie es unter Kollegen üblich war, die am selben Strang zogen, wenn auch mit unterschiedlichen Methoden.

»Stellen Sie durch.« Es knackte in der Leitung. »Hartfels«, meldete sie sich mit ihrer monotonen Stimme, in der wie üblich keinerlei Gefühlregung mitschwang.

»Hier spricht Chris Bertram.«

»Ich weiß, das sagte mir bereits die Mitarbeiterin in der Zentrale.« Sie vernahm ein Schnaufen durch den Hörer, das sie als Lachen interpretierte. »Was ist so komisch daran?«, fragte sie verunsichert.

»Nichts«, drang es in ihr Ohr. »Es ist nur ... ich muss mich wohl erst wieder an Ihre Art, mit Menschen umzugehen, gewöhnen. Wie ist es Ihnen in den letzten Monaten ergangen?«

Corinna Hartfels senkte die Augenbrauen. »Sie rufen mich an, um sich nach meinem Befinden zu erkundigen?«

»Macht man das nicht üblicherweise unter Freunden?«

»Freunde?« Sie strich sich über die stramm nach hinten gebundenen Haare. »Wie Sie wissen, bin ich nicht besonders gut in solchen Dingen.«

»Sind Sie deshalb nicht zu meiner Hochzeit gekommen?«

Unverhofft sah sie die Einladung, die vor etwa zehn Monaten in ihrem Briefkasten gelegen hatte, vor ihrem geistigen Auge auftauchen. Eine weiße Klappkarte mit zwei goldenen Trauringen auf der Vorderseite. »Ich ... ich hatte viel zu tun.«

»Ja, ich verstehe schon. Und Sie haben recht, das ist auch nicht der Grund, weshalb ich Sie anrufe.«

»Geht es um einen Fall, an dem Sie arbeiten?«

»So könnte man es ausdrücken.«

»Wie kann ich Ihnen helfen?«

»Indem Sie schnellstens hierher nach Koblenz kommen.«

Sie setzte sich aufrecht. »Wie stellen Sie sich das vor? Ich kann nicht einfach ...«

»Wir bearbeiten seit einigen Tagen einen zweifachen Mordfall, und im Laufe unserer Ermittlungen sind wir auf etwas gestoßen, das Ihre Anwesenheit hier erfordert.«

»Ich ... ich verstehe nicht. Um was genau handelt es sich?«

»Es geht um Ihren Bruder.«

KAPITEL 5

Keine vier Stunden nach dem Anruf stellte Corinna Hartfels ihren Mini auf dem Besucherparkplatz neben dem Präsidium in Koblenz ab. Die dortigen Räumlichkeiten waren ihr von ihrem letzten Besuch her noch geläufig, sodass sie geradewegs auf Bertrams Büro zuhielt. Die Tür stand offen. Bereits vom Flur aus erkannte sie Bertram und seinen Kollegen Roland Koch, die vor einer Pinnwand voller Tatortfotos standen. Neben den beiden befand sich noch ein weiterer Mann in dem Raum, der ihr unbekannt war. Sie schätzte ihn auf Mitte dreißig. Er trug ein blaues Hemd und Jeans. Seine kurzgeschorenen, dunkelblonden Haare wiesen bereits kahle Stellen über der Stirn auf.

»Hauptkommissarin Hartfels«, stellte Chris überrascht fest, als es an der offenen Tür klopfte. »So schnell hatte ich Sie nicht erwartet.«

Sie trat ein und reichte Chris steif die Hand. »Mein Vorgesetzter war sehr entgegenkommend, als ich ihm die Umstände erklärt habe«, meinte sie. »Er hat mich fürs Erste freigestellt.«

Chris erwiderte ihren Händedruck. »Das freut mich.«

»Ist eine Weile her.« Rokko grinste sie kauend an.

»Ja. Und wie ich sehe, frönen Sie immer noch dieser schlechten Angewohnheit.«

Rokkos Grinsen verebbte und er schluckte sein Kaugummi herunter.

»Wir kennen uns noch nicht«, sagte der Mann in dem blauen Hemd und reichte ihr ebenfalls die Hand. »Kriminalkommissar Peter Gerlach. Ich fungiere unter anderem als Koordinator zwischen den verschiedenen Abteilungen dieser Dienststelle.«

Sie ließ ihn unbeachtet stehen und näherte sich der Pinnwand. »Ist das der Mordfall, von dem Sie am Telefon gesprochen haben?«, fragte sie und deutete auf die Abbildungen der Opfer.

»Ja«, bestätigte Chris.

Hartfels ließ den Blick über die zwei Reihen aus Fotos gleiten, auf denen die Toten in verschiedenen Positionen und aus unterschiedlichen Winkeln abgebildet waren. Dabei verzog sie keine Miene. Erst als sie das Bild mit dem blutigen Symbol betrachtete, schlich sich eine leichte Unruhe in ihren Blick ein. Langsam entfernte sie den Magnetknopf, mit dem das Bild befestigt war, und nahm es an sich. Ihre Hand zitterte leicht.

Chris trat neben sie und wiederholte, was er ihr am Telefon bereits erläutert hatte. »Wir haben das Symbol an der Wand über dem Bett gefunden, in dem die beiden Opfer gelegen haben. Das Blut, mit dem es gezeichnet worden ist, stammt zweifelsfrei von Ihrem Bruder.«

»Zusammenhalt«, flüsterte sie mehr zu sich selbst, während sie weiterhin auf das Bild in ihrer Hand starrte. »Das ... das ist unmöglich.«

»Der DNA-Test wurde zweimal durchgeführt, beide Male mit demselben Ergebnis.«

»Dann muss das Ausgangsmaterial verunreinigt sein.«

»Das ist Blödsinn, und das wissen Sie.«

»Es ist natürlich plausibler, dass eine seit über zwei Jahren vermisste Person plötzlich wieder auftaucht und ohne erklärbaren Grund grausame Morde begeht.«

»Vielleicht ist ja genau das der Grund dafür.«

»Mein Bruder ist tot!«

Chris sah auf seinen Monitor, auf dem die elektronische Akte von Alexander Hartfels angezeigt wurde. »Offiziell gilt Ihr Bruder als vermisst. Bis heute wurde seine Leiche nicht ...«

»Es wurden Blutspuren in seinem Auto gefunden«, fiel ihm Hartfels ins Wort. »Blut, das eindeutig ihm zugeordnet werden konnte.«

»Und das jetzt an einem Tatort aufgetaucht ist.«

»Dann muss es jemand dort platziert haben.«

»Sie meinen, jemand hat Ihren Bruder ermordet und sein Blut über zwei Jahre konserviert, um es jetzt bei einem weiteren Mord an eine Wand zu verteilen? Aus welchem

Grund sollte jemand so etwas tun?«

Hartfels zögerte einige Sekunden. Ihr ausdrucksloser Blick schwenkte hektisch hin und her, als würde sie die Gedanken aller Anwesenden scannen. »Gegenfrage«, sagte sie. »Warum sollte er sich freiwillig zu erkennen geben, wenn er zwei Jahre lang untergetaucht war? Das ergibt für mich noch weniger Sinn. Ich habe den Bericht gelesen, den Sie mir gemailt haben. Der Täter hat keine anderen verwertbaren Spuren hinterlassen. Keine Haare, Fasern oder Hautschuppen. Und dann hinterlässt er so auffällig seine DNA? Da will Sie jemand gehörig verarschen. Und mich gleich mit.«

Chris deutete auf das Foto in ihrer Hand. »Und was hat es mit diesem Symbol auf sich, dass Sie offensichtlich so fasziniert?«

»Es ist eine Nachricht.«

»Und für wen?«

»Für mich«, sagte Hartfels, zog ihr Jackett aus und legte ihre Schulter frei. Darauf war eine winzige Tätowierung zu erkennen.

»Ich werd verrückt«, entfuhr es Rokko, als er auf das Tattoo blickte.

Es war das Symbol für Unendlichkeit.

KAPITEL 6

»Ich denke, es ist an der Zeit, dass Sie uns etwas mehr über Ihren Bruder erzählen«, sagte Chris. »Bis gestern wusste ich nicht einmal von seiner Existenz.«

»Ich sah aufgrund unserer damaligen Zusammenarbeit keinerlei Relevanz, Ihnen von meinen Familienverhältnissen zu erzählen.«

Chris seufzte. Derlei Verhalten war typisch für Corinna Hartfels. Ihre zwischenmenschlichen Fähigkeiten waren aufgrund ihrer Persönlichkeitsstörung nicht sonderlich ausgeprägt, und sie besaß die Feinfühligkeit eines Granitblocks. Für sie zählte nur ihre Arbeit. Obwohl Chris sie seit einem Jahr kannte, war ihr Privatleben ein unbeschriebenes Blatt für ihn.

»Nun, die Umstände haben sich geändert«, sagte er. »Aus seiner Akte geht hervor, dass er zum Zeitpunkt seines Verschwindens sechsunddreißig Jahre war. Er hat als Grundschullehrer in Mayen gearbeitet, wo er auch gewohnt hat.«

»Er hat gerne mit Kindern gearbeitet. Er konnte sich gut in ihre Psyche hineindenken. Nicht gerade die hervorstechendste Eigenschaft eines psychopathischen Killers.«

»Sie wissen so gut wie ich, dass die berufliche Orientierung oder das Auftreten eines Menschen nicht das Geringste über dessen Gewaltpotential aussagt.«

»Mein Bruder war ein guter Mensch, der für andere einstand.«

»Im Besonderen für Sie, nicht wahr?«, sagte Gerlach.

Hartfels musterte ihn streng. »Wieso kenne ich Sie nicht? Sind Sie neu hier?«

»Nein, ich hatte letztes Jahr gesundheitliche Probleme.« Er deutete auf seinen Lendenbereich. »Bandscheibenvorfall.«

»Und woher glauben Sie, so viel über mich zu wissen?«

»Weil ich ebenso wie Sie ein Freund von Fakten bin. Und diese setzen sich zu einem gewissen Bild zusammen.«

Hartfels blickte abwechselnd in die Gesichter von Chris und Rokko. »Wovon redet er?«

Es war Rokko, der das Wort ergriff. »Die Kollegen haben damals sehr intensiv im Umfeld Ihres Bruders ermittelt.«

»Natürlich haben sie das«, meinte Hartfels stoisch. »Auch ich wurde damals befragt.«

»Und Sie haben ausgesagt, dass Sie ein sehr ausgeprägtes Verhältnis zu Ihrem Bruder hatten.«

Hartfels zögerte einen Moment. »Zumindest früher«, meinte sie. »Seit ich in Wiesbaden lebe und arbeite, habe ich kaum noch Zeit, und wir hatten uns aus den Augen verloren. Aber was hat das ...?«

»Sie haben auch angedeutet, Ihre Kindheit wäre nicht einfach gewesen«, fiel ihr Gerlach ins Wort. »Ein Punkt, den Sie damals nicht weiter ausführen wollten.«

Erneut betrachtete sie ihn ausdruckslos. Dabei zogen sich ihre Lider leicht zusammen. »Weil ich damals darin keine Verbindung zum Verschwinden meines Bruders gesehen habe«, antwortete sie. »Und das tue ich auch heute nicht.«

»Vielleicht täuschen Sie sich, was das betrifft.«

Ihre Augen wurden zu Schlitzen. »Wie war doch gleich Ihr Name?«

»Gerlach. Peter Gerlach.«

»Und er ist ein sehr kompetenter Kollege«, versuchte Chris den kleinen Disput zu schlichten. Er wusste aus eigener Erfahrung, dass Corinna Hartfels jedem Ermittler, der nicht zu ihrem eigenen Umfeld gehörte, erst einmal mit Skepsis gegenübertrat. Wer ihre Aufmerksamkeit erringen wollte, musste sich ihr gegenüber erst beweisen. Dass sie sich Gerlachs Namen nicht gemerkt hatte, war ein sicheres Indiz dafür, dass er in ihrem Universum eine untergeordnete Rolle spielte.

»Dann sollte er damit aufhören *meine* Kompetenz zu untergraben«, erwiderte Hartfels.

»Das lag sicher nicht in seiner Absicht«, lenkte Chris weiter ein. »Peter wollte damit nur andeuten, dass Ihr Bruder in dieser Zeit sicher eine wichtige Stütze für Sie gewesen ist. Deshalb auch die Tätowierung auf Ihrer Schulter, nicht wahr?«

Hartfels zögerte erneut. Dann nickte sie. »Alex hatte das gleiche Tattoo, allerdings auf dem Oberarm. Wir haben es uns gemeinsam stechen lassen, kurz bevor er sein Lehramtsstudium in Mainz begonnen hat. Er meinte, es wäre ein Zeichen für unseren Zusammenhalt, der damit weiterhin bestehen würde, auch wenn er ...«

»... auch wenn er Sie nicht mehr beschützen konnte«, vervollständigte Chris den Satz.

Erneutes Nicken.

»Ihr Bruder ist zwei Jahre älter als Sie.« Chris betrachtete sie eingehend. »Vor was genau wollte er Sie beschützen? Vor Ihren Eltern?«

Hartfels blickte ihn ausdruckslos an. »Ist sie hier?«

»Wen meinen Sie?«

»Die Analytikerin, die für Ihre Behörde tätig ist. Ich gehe davon aus, ich habe diese Einschätzung Doktor Hoffmann zu verdanken.«

Chris räusperte sich. Hartfels kannte Marina Hoffmann von ihrer damaligen Zusammenarbeit mit dieser Behörde. Offenbar hatte sie die Therapeutin zu schätzen gelernt, denn sie hatte sich ihren Namen behalten. »Es ist richtig, dass wir Doktor Hoffmann als Beraterin in diesem Fall hinzugezogen haben«, räumte er ein. »Sie sagte uns, dass sich Gefühlsblindheit im frühen Kindesstadium entwickelt und von einer Störung oder Unterdrückung des spontanen Emotionsverhaltens herrührt. Das lässt auf eine gewisse Strenge in Ihrem Elternhaus schließen.«

Hartfels zeigte keinerlei Regung. Es dauerte einige Sekunden, bevor sie reagierte. »Laut meiner Therapeutin können auch ein traumatisches Erlebnis in der Kindheit und eine anschließende emotionale Abschottung dafür verantwortlich sein. Es muss also nicht zwingend etwas mit meiner Erziehung zu tun haben. Eine genaue Ursache dafür ist nicht bekannt.«

»Das ist richtig«, stimmte Chris ihr zu. »In Ihrem Fall geht Doktor Hoffmann allerdings von ersterem Ansatz aus.«

»Und was befähigt sie zu dieser Aussage?«

»Sie hat sich mit Ihrer Mutter in Verbindung gesetzt. Sie muss sehr distanziert gewirkt haben. Über Ihren Vater wollte sie nicht sprechen.«

Einen Augenblick lang schien Corinna Hartfels sich zu versteifen. »Mein Vater ist vor eineinhalb Jahren gestorben.«

»Das tut mir sehr leid«, sagte Chris.

»Ich war nicht auf seiner Beerdigung«, warf Hartfels hinterher.

»Woran ist Ihr Vater gestorben?«, fragte Gerlach nach einigen Sekunden des Schweigens.

»An einem Herzinfarkt.« Sie funkelte Gerlach an. »Wollen Sie seinen Tod etwa auch meinem Bruder unterschieben?«

»Wir ermitteln lediglich die familiären Hintergründe. Diese Vorgehensweise dürfte Ihnen bekannt sein.«

»Ja. Aber meine Hintergründe gehen Sie nichts an.«

»Wenn es mit dem Verschwinden Ihres Bruders zu tun hat, schon.«

»Das hat es nicht!«

»Wie hat er auf die Gefühlskälte in Ihrem Elternhaus reagiert?«, überging Gerlach diese Äußerung.

»Ich sagte doch schon, er war ein sehr fürsorglicher Mensch«, blaffte sie ihn an.

»Dann muss es ihn sehr wütend gemacht haben zu sehen, wie sehr Sie darunter gelitten haben. Und vielleicht hat diese Wut ja ihre Spuren hinterlassen.«

Sie drehte sich zu Gerlach. »Könnten Sie etwas konkreter werden.«

»Gegen ihn lag eine Anzeige wegen Körperverletzung vor«, schaltete sich Chris dazwischen. »Wussten Sie davon?«

Hartfels blieb die Luft weg. Ihre Augenlider flackerten kurz. »Wovon reden Sie?«

Chris kramte einen Ausdruck aus den Unterlagen auf seinem Tisch hervor. »Er soll auf den Vater von einem seiner Schüler eingeprügelt haben. Die Anzeige wurde knapp zwei Wochen vor seinem Verschwinden gemacht. Er wurde daraufhin vom Schuldienst beurlaubt.«

Sie schluckte. Ihr Blick kreiste hektisch umher, als hätten ihre Augen die Orientierung verloren. »Davon ist mir nichts bekannt.«

»Merkwürdig«, meinte Gerlach. »Soviel wir wissen, standen Sie damals mit dem zuständigen Ermittler in Kontakt.«

»Das ist richtig«, gab sie zu, doch ihre Stimme hatte deutlich an Vehemenz verloren. »In der ersten Zeit nach dem Verschwinden meines Bruders habe ich mich dreimal wöchentlich nach Neuigkeiten in dem Fall erkundigt. Aber

Ihre Kollegen waren nicht sehr auskunftsfreudig, und da nur auf Länderebene ermittelt wurde, hatte ich keinen Zugriff auf die Akte.«

Chris konnte sich gut vorstellen, weshalb die Ermittler sie diesbezüglich nicht eingeweiht hatten. Zum einen war Hartfels persönlich von dem Fall betroffen. Zum anderen konnte sie einem mit ihrer Hartnäckigkeit und ihrem penetranten Auftreten gehörig auf die Nerven gehen. Der Kollege aus Mayen hatte am Telefon jedenfalls ziemlich gereizt auf ihren Namen reagiert.

Hartfels fingerte einen Blister mit Aspirin aus der Tasche ihres Blazers, drückte sich zwei der Tabletten in die Handfläche und schluckte sie trocken herunter.

»Möchten Sie ein Glas Wasser?«, fragte Chris, für den ihr Tablettenkonsum nichts Ungewöhnliches war. Ihre Gefühlswelt, zu der sie keinen Zugang hatte, äußerte sich bei ihr oft durch Kopfschmerzen.

Sie verneinte. »Wurde der Mann, den mein Bruder verprügelt haben soll, zu dessen Verschwinden befragt?«

»Natürlich. Er hat für die fragliche Zeit ein Alibi.«

»Und ein Motiv.«

»Vielleicht sollten Sie auch in Betracht ziehen, dass Ihr Bruder sein Verschwinden nur vorgetäuscht hat, um sich aus der Schusslinie zu nehmen.«

»Und warum sollte er sich diese Mühe machen, um sich uns jetzt zu präsentieren?«

»Weil er ...« Chris machte eine kleine Pause, in der er durchatmete. »Er will uns auf diese Weise etwas mitteilen.«

Ihr stechender Blick ruhte auf ihm. »Steht in dieser Akte noch etwas, was mir Ihre Kollegen verschwiegen haben?«

»Die Kollegen haben damals nur nach Vorschrift gehandelt, indem sie Ihnen keine laufenden Ermittlungsergebnisse preisgegeben haben. Sie waren nicht für diesen Fall zuständig. Und Sie sind persönlich betroffen.«

»Warum bin ich dann hier?«

»Weil ich das etwas anders sehe.«

Ihre schmalen Augenbrauen senkten sich. »Wie darf ich das verstehen?«

Chris fuhr sich übers Kinn und lehnte sich in seinen Stuhl zurück. »In Ihrem speziellen Fall kann ich mir sicher sein, dass Sie nicht von persönlichen Gefühlen beeinflusst werden. Außerdem ...«

»Was?«, hakte sie nach, als er erneut innehielt.

»Wir gehen davon aus, dass der Täter ein ähnliches Persönlichkeitsbild wie Sie aufweist.«

Chris beobachtete Hartfels' Reaktion auf diese Aussage. Ihr Gesicht blieb starr und ausdruckslos. Wenn sich in ihrem Inneren etwas abspielte, dann drang nichts davon nach außen.

»Sie sind der Meinung, er ist auch gefühlsblind?«

»Entweder das, oder er ist nicht in der Lage, überhaupt etwas zu empfinden. Daher versucht er, diese Gefühle bei den Opfern bildlich darzustellen.« Chris deutete auf die Tatortfotos, die an der Magnetwand hafteten.

»Sie meinen, er hat mich gezielt mit dieser Tat angesprochen?«

Chris nickte.

»Das würde voraussetzen, dass er mich kennt.«

»Das trifft auf Ihren Bruder zu, nicht wahr?«, sagte Gerlach.

Sie beachtete ihn nicht, ihr Blick war weiterhin auf Chris gerichtet. »Ich soll Ihnen dabei helfen, meinen Bruder als Mörder bloßzustellen?«

Chris erwiderte nichts.

»Mein Bruder ist tot«, beharrte sie. »Er war das Opfer.«

»Die Beweise sagen etwas anderes.«

»Sie haben lediglich das Blut meines Bruders gefunden. Das könnte auch genauso gut aus einer Konserve stammen.«

»Wie uns das Labor bestätigt hat, handelt es sich um Vollblut, also nicht um eine Konserve, die nur Blutbestandteile enthält. Es wurden auch keine der üblichen Stabilisatoren zur Haltbarkeit gefunden. Das Blut war frisch.«

»Alexander hat diese Morde nicht begangen. Wenn er tatsächlich noch leben sollte, dann benutzt der Täter ihn.«

»Dann sehen Sie es als Chance, seine Unschuld zu beweisen. Und nebenbei könnten Sie Gewissheit darüber erlangen, was damals geschehen ist.« Chris schob ihr eine Mappe entgegen, in der sich jeweils eine Kopie der Akte ihres Bruders und der des Doppelmordes befanden. »Das setzt allerdings voraus, dass Sie offen zu uns sind und uns alles über Ihren Bruder und Ihre Familie erzählen.«

Für einen Moment schien sie zu überlegen. Dann stand sie unvermittelt auf und ging zur Tür.

»Wo wollen Sie hin?«, fragte Chris.

»Mir ein Zimmer besorgen«, erwiderte sie und drehte sich zu ihm um. »Anschließend werde ich mit meinen Vorgesetzten sprechen. Ich teile Ihnen meine Entscheidung morgen mit.«

Ohne ein weiteres Wort trat sie durch die Tür.

KAPITEL 7

Corinna Hartfels lag auf dem Bett ihres Hotelzimmers und starrte die dunkle Decke an. Von draußen schimmerte das Licht der Straßenlampen durchs Fenster und warf lange Schatten an die Wände. Es war bereits nach dreiundzwanzig Uhr, doch sie konnte nicht schlafen. Ihre Kopfschmerzen waren wieder schlimmer geworden. Hinzu kam ein seltsamer Druck in ihrer Magengegend, den sie immer dann verspürte, wenn sie sich gedanklich intensiv mit etwas beschäftigte, das sie nicht mehr losließ.

Ihr Bruder ein Mörder?

Diese Behauptung erschien ihr so absurd, so abwegig, dass ihr Inneres dagegen rebellierte. All ihre Erinnerungen an ihn zeugten vom Gegenteil. Sie kannte ihn als einen warmherzigen Menschen, dem das Wohlergehen anderer wichtig war; manchmal sogar wichtiger als das eigene. Das hatte er ihr oft genug unter Beweis gestellt, wenn er vor ihrem Vater Partei für sie ergriffen und mehr als einmal die Strafe für sie auf sich genommen hatte. Er war schon immer der Stärkere von ihnen beiden gewesen.

Aber ein Mörder?

Sie hätte es akzeptieren können, wenn er ihren Vater getötet hätte, für alles, was er ihnen angetan hatte. Es wäre ein begründetes Motiv gewesen. Aber nicht einmal das hatte er fertiggebracht. Weshalb also sollte er Menschen töten, die ihm völlig fremd waren? Warum sollte er seinen eigenen Tod vortäuschen und sich zwei Jahre später durch das Töten anderer zu erkennen geben? Das ergab für sie keinen Sinn. Es war nicht logisch, nicht nachvollziehbar. Folglich konnte es für sie nicht den Tatsachen entsprechen, denn ihr Verstand funktionierte nicht auf Gefühlsebene.

Plötzlich tauchte die Stimme ihres Vaters in ihrem Kopf auf. Eigentlich hatte sie alle Erinnerungen an ihn von dort verbannt. Doch durch die Gedanken an ihren Bruder bahnten sich diese ihren Weg dorthin zurück und suchten sie mit einer Wucht heim, die den Druck in ihrem Magen steigerte. Ihr Puls beschleunigte sich, als die raue Stimme in ihrem Kopf anschwoll, bis sie sich erschreckend real anhörte ...

»Lass mich durch, Alexander«, drang die gedämpfte Stimme ihres Vaters zu ihr.

»Nein«, entgegnete ihr Bruder entschlossen. »Du wirst sie nicht wieder anbrüllen!«

Sie hörte die Stimmen durch die geschlossene Tür ihres Zimmers, während sie zusammengekauert unter der Decke auf ihrem Bett lag und weinte.

»Sie verkriecht sich schon den ganzen Tag da drin. Deine Mutter hat das Abendessen fertig, wir warten auf sie.«

»Ihr Hamster ist gestorben.«

»Na und?«, tat ihr Vater dieses Argument schroff ab. »Das verdammte Vieh war zwei Jahre alt. Sie hätte damit rechnen müssen.«

»Sie ist erst neun!«

»Und du bist elf. Denkst du, das qualifiziert dich dafür, ihr Fürsprecher zu sein?«

»Gib ihr noch ein wenig Zeit.«

» Sie muss lernen, sich nicht von ihren Gefühlen überwältigen zu lassen. Das macht sie schwach, und ich will mir nicht vorwerfen müssen, eine weinerliche Memme großgezogen zu haben. Sie wird sich gefälligst zusammenreißen und mit uns essen! Und jetzt geh mir aus dem Weg.«

»Nein!«

Eine Pause trat ein, in der sie nur ihr eigenes Schluchzen wahrnahm, während sie angespannt lauschte.

»Immerhin habe ich bei dir scheinbar alles richtig gemacht«, meinte ihr Vater anerkennend. »Du hast Mumm, Junge. Aber du solltest besser nicht übermütig werden.«

»Lass Corinna in Ruhe.«

»Ich will ihr nur klarmachen, dass Schwächlinge da draußen keine Chance haben. Das werdet ihr beide noch früh genug begreifen. Daher ist es besser, ihr seid darauf vorbereitet.«

»Sie ist ein Mädchen. Das ist etwas anderes.«

Das raue Lachen ihres Vaters erklang. »Willst du damit etwa andeuten, Frauen müssen in dieser Welt nicht stark sein? Lass das bloß nicht deine Mutter hören.«

»Was macht ihr denn so lange da oben?«, gesellte sich wie auf Kommando die Stimme ihrer Mutter dazu. Sie musste am Treppenaufgang im unteren Flur stehen und rief nach oben. »Ich warte hier auf euch!«

»Du hörst, was deine Mutter sagt. Also mach den Weg frei!«

»Lass ... lass mich sie holen«, schluchzte ihr Bruder.

»Gott, fängst du jetzt auch noch an zu heulen? Treib es nicht zu weit, Sohn. Du tust jetzt gefälligst, was ich dir sage, sonst ...«

»Vater, bitte!«

Sie zog die Decke fester um ihren zitternden Körper, als wäre sie ein schützender Panzer. Sie spürte die Tränen, die bereits das Laken tränkten, während sie vor ihrem geistigen Auge ihren Bruder sah, wie er ihre Zimmertür blockierte und sich ihrem Vater entgegenstellte. Einem Mann, der zwei Köpfe größer war als er.

Obwohl sie damit rechnete, zuckte sie zusammen, als sie

den Schlag hörte. Kurz darauf erklang der Schrei ihres Bruders. Sie kauerte sich noch mehr zusammen, schlug die Hände vors Gesicht.

»Um Himmels willen, Rolf«, rief ihre Mutter. Sie hörte, wie sie die Treppe heraufeilte. »Was hast du getan?«, fragte sie, als sie vor der Tür angekommen war.

»Ich ...«, stammelte ihr Vater. »Er hat mich provoziert. Ich musste ihm eine Lektion erteilen.«

»Er blutet aus dem Ohr!«

»Lass mal sehen ... Ist nur ein Kratzer, das wird schon wieder.«

»Ich weiß nicht.«

»Verdammt«, fluchte ihr Vater. »Das wäre nie passiert, wenn ...«

Die Tür zu ihrem Zimmer wurde aufgerissen, Schritte näherten sich schnell. Sie wimmerte vor Angst, und ihr Herz schlug so fest gegen ihre Brust, dass es wehtat. Sekundenbruchteile später wurde ihr die Bettdecke vom Leib gerissen, und augenblicklich spürte sie die Kälte, die ihr entgegenschlug. Durch ihre Tränen hindurch sah sie die verschwommene Gestalt ihres Vaters über sich. Groß, kahlköpfig und von angsteinflößender Präsenz. Er packte sie grob und richtete sie auf. Dann drehte er ihren Kopf in Richtung der Tür, wo ihr Bruder neben seiner Mutter kauerte. Sein linkes Ohr war blutverschmiert, und seine Augen funkelten wütend.

»Sieh dir das an«, sagte ihr Vater und deutete auf ihren verletzten Bruder. »Daran bist allein du schuld! Hättest du dich nicht so jämmerlich aufgeführt und dich hier drin verkrochen, dann wäre das nicht passiert. Ich hoffe, das ist dir eine Lehre. Du kannst dich nicht den Rest deines Lebens hinter deinem älteren Bruder verstecken. Er ist stark, aber noch nicht stark genug.« Er holte zu einem Schlag aus.

»Rolf!«, hielt ihn die Stimme seiner Frau zurück. »Ich will nicht noch eines meiner Kinder verarzten müssen!«

Er hielt inne, die Hand über den Kopf gereckt, und schien zu überlegen. Schließlich hatte er eine Entscheidung getroffen und deutete mit dem ausgestreckten Arm auf das dunkle Fenster, gegen das der Sturm von außen den Regen peitschte. »Da draußen überleben nur die Stärksten. Für heulende Schwächlinge ist kein Platz in dieser Welt. Lass dir das gesagt sein!«

Sie nickte ängstlich. Rotz und Tränen liefen ihr über den Mund.

»Gut! Und jetzt reiß dich zusammen und hilf deinem Bruder.« Er stupste sie in Richtung der Tür. »Macht euch sauber. Und anschließend werden wir zusammen beten und essen.«

Er stapfte an ihnen vorbei und ging die Treppe nach unten. Ihre Mutter sah sie nur an und wischte ihr wortlos mit einem Tuch das Gesicht. Sie konnte spüren, wie ihre Hand dabei zitterte.

Von diesem Tag an hatte Corinna Hartfels nie wieder eine Träne vergossen.

Sie schreckte hoch. Es dauerte einige Sekunden, bis sie die dunkle und ungewohnte Umgebung ihres Hotelzimmers erkannte. Ungelenk tastete sie nach ihrem Handy auf dem Nachttisch und aktivierte das Display. Es war nach Mitternacht. Sie musste über ihren Gedanken eingeschlafen sein. Und der Traum hatte die Erinnerungen an den Vorfall in ihrer Kindheit wieder erschreckend real werden lassen. Die Stimme ihres Vaters hallte noch immer durch ihren Kopf wie ein Nachbeben. Sie blendete sie aus, entzog sich ihrer Reichweite. Es fiel ihr deutlich leichter als in ihrer Kindheit. Manchmal wünschte sie sich, sie könnte ihn hassen. Doch sie wusste nicht, wie sich das anfühlte. Nicht mehr.

Sie hatte es verdrängt, ebenso wie alles andere. Nicht wissentlich zu fühlen hatte seine Vorteile. Zumindest in diesem Punkt musste sie ihrem Vater recht geben.

Ihr Puls beruhigte sich. Doch der Druck in ihrem Magen hatte sich zu einem krampfhaften Schmerz gesteigert. Sie stand auf und ging im Halbdunkel zu ihrer Tasche, die auf dem schmalen Tisch gegenüber dem Bett stand und in der sie ihre Schmerztabletten verstaute. Sie schluckte zwei der Pillen und öffnete das Fenster. Kalte Nachtluft schlug ihr entgegen, und sie nahm einen tiefen Atemzug davon. Lange würde es nicht mehr dauern, bis der erste Frost einsetzte. Nebel hatte sich über die Straße vor dem Hotel gelegt und tauchte das Licht der Straßenlampen in einen diffusen Dunst. Fast hatte sie den Eindruck, dieser Dunst wäre auch in ihren Kopf eingedrungen, um ihre Gedanken zu vernebeln. Was machte sie nur so sicher, dass ihr Bruder nicht doch der Täter war? Womöglich hatte er durch ihren Vater einen noch größeren emotionalen Schaden davongetragen als sie. Aus Sicht der Ermittlerin schien es ihr jedenfalls naheliegend zu sein. Dennoch lehnte sich etwas in ihr dagegen auf. Es entsprach einfach nicht seinem Naturell. Alexander hätte sich nie so einfach aus der Verantwortung gestohlen, um dann zwei Jahre später auf diese abscheuliche Weise den Kontakt zu ihr zu suchen. Aber konnte sie das überhaupt noch beurteilen? Bereits Jahre vor seinem Verschwinden hatten sie sich aus den Augen verloren. Bis auf einige Besuche hatten sie nur gelegentlich über das Internet oder am Telefon miteinander kommuniziert. Das dürfte kaum ausreichen, um beurteilen zu können, was für ein Mensch ihr Bruder zu diesem Zeitpunkt gewesen war. Denn ganz offensichtlich hatte er Probleme gehabt, von denen sie nichts wusste. Komplikationen im Job, Kontrollverlust ... Das reichte oftmals aus, um eine Sicherung zum Durchbrennen zu bringen, wie sie aus beruflicher Erfahrung sehr wohl wusste. Allerdings handelte es sich dabei meist um Taten im Affekt. In diesem Fall ging der Täter sehr planmäßig und kontrolliert vor. Persönliche Gefühle hatten dabei offensichtlich keine Rolle gespielt, was eher auf das Profil eines Psychopathen hindeutete.

Jemand, der im Grunde so ist wie du.

Und wer wäre da prädestinierter als ihr eigener Bruder? Beinahe wünschte sie sich, er wäre tatsächlich tot, dann müsste sie nicht so über ihn denken, das Offensichtliche nicht in Betracht ziehen. Aber es blieb ihr keine Wahl, sie würde herausfinden müssen, was damals geschehen war, auch wenn das bedeutete, sich mit ihrer Vergangenheit auseinanderzusetzen zu müssen.

Ein eisiger Wind erfasste sie. Gerade als sie das Fenster schließen wollte, bohrten sich die Scheinwerfer eines vorbeifahrenden Autos durch den Nebel – und erhellten für einen kurzen Moment die dunklen Umrisse eines Mannes. Es war nur ein Schatten, der sich für einige Sekunden in der Nebelwand abzeichnete. Er stand starr auf dem Gehweg der anderen Straßenseite und schien sie am Fenster zu beobachten. Kurz darauf drehte er sich weg und verschmolz mit der angrenzenden Dunkelheit.

Ihr Puls beschleunigte sich, und ein leichter Schwindel setzte ein. Ihre Hände krallten sich um den Fensterrahmen, um sich abzustützen und der Kraftlosigkeit ihrer Beine entgegenzuwirken.

Konnte das ihr Bruder gewesen sein, den sie dort unten gesehen hatte?

Du fängst an zu halluzinieren.

Nein. Sie hatte sich diesen Schatten nicht eingebildet.

Und Größe und Statur des Mannes könnten mit denen ihres Bruders übereinstimmen. Andererseits wäre das nicht außergewöhnlich. Ihr Bruder war einsachtzig groß und schlank. Das traf auf den Großteil der männlichen Bevölkerung zu. Außerdem hatte sie niemandem erzählt, wo sie übernachtete. Woher sollte ihr Bruder – sofern er tatsächlich noch lebte – wissen, dass sie hier in diesem Hotel war? Alles an diesem Gedankenspiel war absurd.

Ich leide schon unter Verfolgungswahn.

Sie musste aufhören darüber zu grübeln und endlich versuchen, ein paar Stunden zu schlafen. Doch selbst nachdem sie das Fenster geschlossen und sich bis zu den Schultern unter der Bettdecke eingegraben hatte, wollte der kalte Schauer auf ihrer Haut nicht abklingen.

KAPITEL 8

Er stand etwas abseits des Gehwegs, wo ihn die Straßenlampen nicht erfassen konnten, und wartete, bis das Auto wieder im Nebel verschwunden war. Durch den Sucher beobachtete er, wie sie noch eine Weile verharrte und ihr Blick die Straße absuchte, bevor sie das Fenster ihres Zimmers schloss und die Vorhänge zuzog.

Sie war es tatsächlich, hatte die Botschaft verstanden und war seinem Ruf gefolgt. Und sie hatte ihn gesehen, obwohl er sicher war, dass sie durch den Nebel hindurch nicht viel von ihm hatte erkennen können. Aber er hatte *sie* erkannt. Sie war es tatsächlich. Und dieses Mal leibhaftig und nicht nur auf Videobildern oder Voicemails. Sie sah älter aus als auf den letzten Aufnahmen. Offenbar schien sie nicht sonderlich auf sich zu achten, kannte nur ihre Arbeit. Davon würde er ihr reichlich verschaffen. Es würde ein Trip in ihre Vergangenheit und in ihr Innerstes werden. Und er war äußerst gespannt darauf, wie dieses Innere aussah, was darin vorging. Es würde interessant sein zu sehen, wie sie agierte. Jetzt, wo er die Bestätigung ihrer Anwesenheit hatte. Dafür war es äußerst nützlich gewesen, zu wissen, dass sie sich im Jahr zuvor in demselben Hotel am Rande der Innenstadt einquartiert hatte. Und er wusste ebenfalls, dass Gewohnheiten und feste Rituale verhinderten, in einer Welt ohne erkennbare Gefühle den Halt zu verlieren. Er wusste eine Menge über sie. Beständigkeit war ihr wichtig. Daher hatte es sich ausgezahlt, den Portier des besagten Hotels zu bestechen. Am späten Nachmittag hatte er die Benachrichtigung über ihre Ankunft und ihre Zimmernummer erhalten. Allerdings barg dieses Vorgehen auch das Risiko, ihm auf die Spur zu kommen. Und dafür war es noch zu früh. Er würde also dafür sorgen müssen, dieses Risiko auszuschalten. Aber das war nicht weiter schlimm, denn es passte gut in seinen Plan.

Zügig ging er die Straße entlang. Nach etwa fünfzig Metern erreichte er auf der gegenüberliegenden Seite den Parkplatz des Hotels und steuerte dort auf einen dunkelblauen VW-Golf zu. Er öffnete den Kofferraum und warf den Feldstecher hinein. Das Wimmern des gefesselten und geknebelten Mannes darin beachtete er nicht. Er würde ihm in dieser Nacht noch genügend Aufmerksamkeit widmen. Stattdessen sah er noch einmal in Richtung des verdunkelten Fensters im dritten Stock hinauf.

Träum von mir, dachte er und ein Lächeln legte sich um seine schmalen Lippen.

Das Spiel war eröffnet. Und er war gespannt darauf, wie sie sich schlagen würde.

KAPITEL 9

Nach einer unruhigen Nacht – und einem Obstsalat im Frühstücksraum des Hotels – begab sich Corinna Hartfels geradewegs zur Rezeption. Bereits von Weitem erkannte sie, dass es nicht derselbe Portier hinter dem Tresen war, bei dem sie am Vortag eingecheckt hatte. Der Mann, dem sie nun gegenüberstand, war älter und hatte dunkle Haare. Er begrüßte sie freundlich und mit einem Zahnpasta-Werbelächeln. Dem kleinen Schild über seiner Brust entnahm sie, dass er Helmut Grabowski hieß. Auf die Frage nach seinem Kollegen schmälerte sich sein Lächeln.

»Herr Kilb ist heute Morgen nicht zu seinem Dienst erschienen. Ich bin kurzfristig für ihn eingesprungen.«

»Hat er sich krankgemeldet?«

Grabowski blickte irritiert. »Nein, nicht dass ich wüsste.«

»Wann war sein Dienst gestern zu Ende?«

Er runzelte die Stirn. »Darf ich fragen, weshalb Sie das wissen wollen?«

Sie legte ihren Ausweis auf den Tresen. »Sie dürfen.«

Er blickte von dem Polizeiausweis auf und betrachtete sie einige Sekunden steif. »Hat Frank etwas ausgefressen?«, fragte er, nachdem Corinna Hartfels keine Anstalten machte, ihn genauer über ihre Motive aufzuklären.

»Wie kommen Sie darauf?«

Er zuckte mit den Schultern. »Weshalb sollte die Polizei sonst nach ihm fragen?«

»Kam das denn öfter vor?«

»Nein«, wehrte er ab. Dann beugte er sich zu ihr nach vorn. »Aber es gab Gerüchte«, meinte er mit gedämpfter Stimme.

»Gerüchte?«

Grabowski nickte verheißungsvoll.

Hartfels betrachtete ihn unbeeindruckt. »Muss ich Ihnen jetzt jedes Detail aus der Nase ziehen oder können wir das Ganze etwas beschleunigen? Ich verschwende nicht gerne meine Zeit.«

Er hob verdutzt die Augenbrauen. »Okay«, meinte er und strich sich über das Reverse seiner Uniformjacke. »Es heißt, Kilb habe ein Faible für Internetwetten. Er hat gelegentlich Doppelschichten geschoben, um seine Schulden zu begleichen.«

Was ihn ziemlich beeinflussbar machen dürfte, wenn es um die Herausgabe gewisser Informationen geht, ging es Hartfels durch den Kopf. »Ich bräuchte die Telefonnummer und die Adresse von Herrn Kilb.«

»Da müssen Sie sich an meinen Vorgesetzten wenden.«

»Gut«, meinte Hartfels. »Worauf warten Sie dann noch? Holen Sie ihn her.«

KAPITEL 10

»Frank Kilb, achtundzwanzig Jahre, keine Vorstrafen«, las Chris von seinem Monitor ab. Das Bild daneben zeigte einen Mann mit rundlichem Gesicht und dünnem, rötlichem Haar. Über seinem rechten Mundwinkel befand sich ein auffälliges Muttermal. »Vor zwei Jahren ein Eintrag über ein vierwöchiges Fahrverbot wegen wiederholter Geschwindigkeitsübertretung.« Er sah zu Hartfels auf, die neben ihm stand und die Einträge in der elektronischen Akte studierte. Etwa zehn Minuten waren vergangen, seit sie in sein Büro gestürmt war und ihre Mitarbeit in dem Fall bekundet hatte. »Er ist nicht gerade Al Capone. Meinen Sie nicht, Sie interpretieren da ein wenig zu viel hinein?«

»Und weshalb ist er dann verschwunden?«

»Nur weil jemand nicht in seiner Wohnung anzutreffen ist, gilt er nicht als vermisst«, meinte Rokko, der gegenüber an seinem Schreibtisch saß.

»Das weiß ich«, erwiderte sie in ihrem neutralen Tonfall, dem wie gewöhnlich keine Stimmungslage zu entnehmen war. »Kilb ist auch telefonisch nicht zu erreichen«, beharrte sie. »Weder Handy noch Festnetz.«

Rokko zuckte mit den Schultern. »Vielleicht hat er beim Wetten einen Treffer gelandet und ausgiebig gefeiert. Wahrscheinlich wacht er gerade auf und hat einen Wahnsinnskater.«

»Frank Kilb war der Einzige, der an diesem Abend von meiner Anwesenheit in dem Hotel wusste. Und er kannte meine Zimmernummer.«

»Und Sie glauben, er hat diese Informationen gegen

Geld an den Kerl weitergeleitet, der Sie angeblich beobachtet hat. Und der hat ihn dann anschließend beseitigt, um nicht erkannt zu werden. Meinen Sie nicht, das klingt ein wenig arg nach Verschwörung. Zumal der Täter bis jetzt offenbar keinen großen Wert darauf gelegt hat, unentdeckt zu bleiben. Aber natürlich würde Ihnen diese Theorie sehr entgegenkommen, da sie Ihren Bruder entlasten würde, nicht wahr?«

»Derjenige, der mich beobachtet hat, muss irgendwoher gewusst haben, dass ich in diesem Hotel abgestiegen bin«, entgegnete Hartfels ruhig. »Vielleicht war es auch Kilb selbst, der dort am Straßenrand gestanden hat.«

»Möglicherweise war es aber auch einfach nur jemand, der mit seinem Hund vor die Tür gegangen ist«, konterte Rokko.

»Ich kann sehr gut zwischen einer zufälligen Begegnung und einer gezielten Beobachtung unterscheiden.«

»Sie haben selbst gesagt, Sie hätten den Mann nur für ein bis zwei Sekunden gesehen. Wie können Sie sich da so sicher sein?«

»Weil ich genau wie Sie geschult auf solche Dinge bin.«

»Aber Ihr geschultes Auge kann den Mann nicht genauer beschreiben.«

»Dafür waren die Sichtverhältnisse zu schlecht.«

»Ihnen ist hoffentlich klar, wie gegensätzlich sich das anhört.«

Ihre Augen schwenkten hektisch hin und her, so als fänden sie kein Ziel. »Ich weiß, was ich gesehen habe.«

Chris zweifelte keinen Moment daran. »Könnte der Mann Ihr Bruder gewesen sein?«, fragte er.

Ruckartig blieb ihr Blick an ihm haften. Sie zögerte kurz. »Das wäre durchaus möglich«, räumte sie ein.

»Dann sind Sie also nicht mehr von seinem Tod überzeugt.«

Erneutes Zögern. »Ehrlich gesagt weiß ich nicht mehr, was ich glauben soll.«

Chris war sich ziemlich sicher, dass ihr dieser Zustand gar nicht gefiel. Hartfels' Verstand funktionierte ausschließlich auf der Basis von Logik und Beweisen. War jedoch beides nicht oder nur unzureichend vorhanden, konnte sie das gänzlich aus dem Konzept bringen. Und genau deshalb würde sie alles daran setzen, um der Wahrheit auf die Spur zu kommen.

Chris betrachtete sie eine Weile. »Also gut«, meinte er schließlich und wandte sich an Rokko. »Ruf diesen Kilb an und hinterlass ihm eine Nachricht auf seiner Mailbox. Wenn er sich bis heute Abend nicht meldet, gebe ich seine Beschreibung an Pelzer und seine Kollegen raus und gebe ihn zur Fahndung frei.« Er reichte Corinna Hartfels die Hand, die sie zögerlich ergriff. »Willkommen zurück im Team.«

KAPITEL 11

Sie mussten nicht bis zum Abend warten. Bereits am frühen Nachmittag wurde von einem LKW-Fahrer auf einem abgelegenen Parkplatz in der Nähe eines Industriegebietes in Neuwied ein brennendes Fahrzeug gemeldet. Als die Feuerwehr kurz darauf eintraf, war der Wagen bereits völlig ausgebrannt. Die Überprüfung des Kennzeichens ergab, dass der VW-Golf auf Frank Kilb zugelassen war und sich keine menschlichen Überreste darin befanden. Daraufhin wurde eine sofortige Fahndung nach Kilb eingeleitet. Sämtliche Polizeistationen im Umkreis von zweihundert Kilometern wurden einbezogen. Das war der errechnete Radius, in dem sich Kilb möglicherweise bewegte, sofern er noch am Leben war. Es erschwerte die Suche allerdings, dass sie nicht wussten, auf welche Art er sich fortbewegte. Sie hatten weder die Beschreibung eines Fluchtfahrzeugs, noch wussten sie etwas über ein mögliches Ziel des Flüchtigen. Auch die Durchsuchung seiner Wohnung in der Innenstadt brachte keinerlei neue Erkenntnisse. Die Befragung seiner Kollegen ergab lediglich, dass er am Morgen des Vortages pünktlich zu seinem Dienst erschienen war und er das Hotel gegen achtzehn Uhr in seiner Dienstkleidung nach Feierabend verlassen hatte. Danach verlor sich jegliche Spur von ihm. Er schien einfach verschwunden zu sein, ohne den geringsten Hinweis hinterlassen zu haben.

»Denkst du wirklich, Kilb hat etwas mit den Morden zu tun?«, fragte Rokko an Chris gewandt, als sie im Flur des Präsidiums vor dem Kaffeeautomaten standen, der mit gleichmäßigem Brummen die dunkle Flüssigkeit in einen Pappbecher spuckte.

»Nein«, entgegnete Chris und nippte bereits an seinem Becher. »Er hatte keinerlei uns bekannte Verbindungen zu den Opfern oder zu Alexander Hartfels.«

»Er könnte wahllos töten«, meinte Rokko und zog den Becher aus dem Automaten.

»Weshalb sollte er dann sein Auto verbrennen und Hals über Kopf die Flucht antreten, sich uns quasi als Täter offenbaren, nach all der Mühe, die er sich mit der falschen Identität gemacht hat? Da halte ich ihre Theorie für plausibler.« Chris deutete mit dem Becher den Gang entlang in

Richtung der geschlossenen Bürotür, hinter der Corinna Hartfels am Schreibtisch saß und seit Stunden die Berichte über die Morde studierte.

Rokko seufzte. »Du meinst, da will uns jemand verarschen?«

Chris zuckte mit den Schultern.

»Vielleicht ist Kilbs Verschwinden auch nur ein Zufall und hat rein gar nichts mit den Morden zu tun.«

»Ich glaube schon lange nicht mehr an Zufälle«, erwiderte Chris.

»Aber wo ist dann seine Leiche? Warum hat der Täter sie uns nicht auch präsentiert?«

»Vielleicht war er für ihn nur Mittel zum Zweck, um an Hartfels heranzukommen. Er hatte keinerlei Bedeutung für ihn. Die Botschaft an der Wand war eindeutig an sie gerichtet. Er will ihre Aufmerksamkeit.«

»Aber was genau will er von ihr?«

Chris blickte ihm in die Augen. »Du siehst mich an, als wüsste ich eine Antwort darauf.«

»Du hast doch für gewöhnlich so deine Theorien, wenn du mal wieder im Tätermodus bist.«

Das war Rokkos Umschreibung für Chris' Fähigkeit, sich in die Psyche und Beweggründe anderer Menschen hineinversetzen zu können.

Chris trank einen Schluck Kaffee aus seinem Becher, bevor er antwortete. »Ich denke, er will sie herausfordern. Möglicherweise ist der Grund dafür, dass sie wie er ebenso wenig in der Lage ist, Gefühle zu definieren. Sie ist für ihn eine ebenbürtige Gegnerin.«

»Wolltest du sie deshalb unbedingt im Team haben? Als Köder?«

»In erster Linie halte ich sie für eine gute Ermittlerin.«

»Aber wenn du über sie an den Täter herankämst, wäre das ein günstiger Nebeneffekt.«

Chris schwieg.

»Was ist, wenn die Sache eskaliert? Wenn er es auch auf sie abgesehen hat?«

»Das kann ich mir nicht vorstellen. Ich denke, er bewundert sie, sieht in ihr eine Gleichgesinnte. Nur auf der anderen Seite. Das reizt ihn. Er hat nicht vor, ihr etwas anzutun. Er will sich nur mit ihr messen.«

»Reden wir hier noch von Alexander Hartfels als Täter?«

Erneutes Schulterzucken. »Rivalität unter Geschwistern?«

»Du hast schon überzeugender geklungen.«

Die Tür zum Büro von Kriminaldirektor Manfred Deckert öffnete sich. Ein Mann um die fünfzig, mit Stirnglatze und leichtem Bauchansatz, der sich unter seinem Hemd abzeichnete, trat zu ihnen in den Flur. Sein Gesichtsausdruck wirkte, als leide er unter den Folgen einer Darmverstimmung. Er kratzte sich an der Stirn. »Gut, dass ich Sie beide hier treffe«, sagte er ohne Umschweife. »Ich wollte mit Ihnen über den Ermittlungsstand in diesem Doppelmord sprechen. Wie ich hörte, gibt es einen Verdächtigen.«

»Diesbezüglich sind wir uns noch nicht sicher«, erwiderte Chris.

»Was soll das heißen? Soviel ich weiß, gab es einen Treffer in der DNA-Datenbank.«

»Das ist richtig. Dabei handelt es sich jedoch um einen Mann, der seit zwei Jahren als vermisst gilt. Es gibt begründete Zweifel, dass es sich dabei wirklich um den Täter handelt.«

Deckert betrachtete ihn prüfend. »Ich habe vorhin die Kollegin aus Wiesbaden gesehen. Warum weiß ich nichts von ihrer Anwesenheit? Und was zum Teufel hat das BKA mit der Sache zu tun?«

»Offiziell gar nichts«, beschwichtigte Chris. »Ich habe Corinna Hartfels nur in beratender Tätigkeit um Hilfe gebeten.«

»Und aus welchem Grund?«

»Bei dem Vermissten handelt es sich um ihren Bruder.«

Deckert fuhr sich über die Stirnglatze. »Auch das noch«, entfuhr es ihm. »Die Staatsanwaltschaft hat sich wegen des Falls bei mir erkundigt. Offenbar hegt man dort Bedenken, dass sich diese Sache wieder hochschaukeln und zu einem weiteren Medienskandal führen könnte. Die Tatsache, dass es sich bei dem Verdächtigen um den Bruder einer rangohen BKA-Kollegin handelt, dürfte diese Bedenken nicht gerade ausräumen. Daher will ich von Ihnen eigentlich nur eines wissen: Haben wir es hier mit einem weiteren Serientäter zu tun?«

Chris nippte an seinem Becher. »Nun ja«, meinte er, »im Moment ist das noch schwer ...«

»Ich will keine Ausflüchte hören«, unterbrach ihn Deckert. »Sie haben genügend Erfahrung mit solchen Durchgeknallten. Sagen Sie mir ihre ehrliche Einschätzung.«

Chris ließ einige Sekunden verstreichen, bevor er antwortete. »Die Art und Weise, wie die Morde ausgeführt und präsentiert wurden, lässt für mich keinen anderen Schluss zu. Auch gibt es bereits Hinweise auf ein weiteres Opfer. Wir gehen der Sache nach.«

Deckert stieß einen tiefen Seufzer aus. »Das hat uns gerade noch gefehlt. Noch ein Irrer, der vom Wickeltisch gefallen ist. Warum muss es ausgerechnet mein Zuständigkeitsbereich sein, in dem diese Spinner sich regelmäßig austoben?« Er rieb sich die Anspannung aus den Augen.

»Na schön«, stöhnte er. »Dann werde ich gleich mal die Staatsanwaltschaft darüber informieren. Vermutlich werde ich den Rest des Tages damit zubringen, Ärsche zu küssen und die Wogen zu glätten.« Er deutete mit dem Finger auf die beiden. »Ich will über jede weitere Entwicklung in dem Fall informiert werden und sei sie noch so unbedeutend. Ist das klar?«

Chris und Rokko nickten und sahen zu, wie Deckert wieder in seinem Büro verschwand.

»Berechtigte Zweifel?«, fragte Rokko erstaunt.

Chris sah gedankenverloren auf seinen Becher, als würde er darin eine Antwort finden. »Keine Ahnung«, meinte er. »Das Ergebnis der DNA-Analyse lässt zwar keinen Zweifel an der Identität, aber andererseits passt das Täterprofil nicht zu Hartfels' Bruder. Ich habe mir die Berichte der Kollegen von damals durchgelesen. Deren Befragungen ergaben ein völlig anderes Bild von Alexander Hartfels. Er wurde durchgehend als mitfühlend, prinzipientreu und hilfsbereit beschrieben.«

»Das trifft auf viele Mörder zu.«

»Er hat Grundschüler unterrichtet.«

»Ja, und einen ihrer Väter verprügelt. Wir sollten uns den Vorfall mal genauer ansehen. Vielleicht war er der Auslöser.«

Chris rieb sich nachdenklich die Schläfe. »Wenn das wirklich so ist«, sagte er, »dann würde mich interessieren, was in den zwei Jahren seines Verschwindens mit ihm geschehen ist. Was hat ihn so abgebrüht und einen kaltblütigen Mörder aus ihm gemacht?«

»Manchmal braucht es nur einen Funken, um ein Feuer zu entfachen. Er ist unter denselben Bedingungen wie seine Schwester aufgewachsen. Möglicherweise haben sie auch dieselben Schäden hinterlassen. Vielleicht will er deshalb auf diese Weise Kontakt mit ihr aufnehmen, weil es die Einzige ist, die beide verstehen.«

»Ich weiß nicht«, äußerte Chris seine Skepsis. »Das alles klingt für mich zu ausgefallen.«

»Mal ehrlich«, konterte Rokko. »Wer Hartfels kennt, für den ist ausgefallen nicht ungewöhnlich. Wenn du mich fragst, ist die Lösung in ihrer Vergangenheit zu finden. Und dort sollten wir auch danach suchen.«

»Das dürfte von ihrer Seite aus nicht einfach werden.«

»Sie wäre nicht hier, wenn sie nicht dazu bereit wäre.«

»Also gut«, sagte Chris nach einer kurzen Bedenkzeit. »Ich werde mit ihr reden. Und mit Doktor Hoffmann. Ich will sie auf jeden Fall dabei haben.«

Rokko nickte. »Und womit fangen wir an?«

»Mit ihrer Mutter. Gleich morgen früh.«

KAPITEL 12

Manuela Gierke betrat an diesem späten Abend völlig erledigt ihre Erdgeschosswohnung im Koblenzer Stadtteil Arenberg. Es war viel los gewesen, und ihr Chef hatte sie nicht früher gehen lassen. Sie sah auf die tellergroße Uhr, die an der Wand im Flur neben der Garderobe hing. Es war bereits kurz vor Mitternacht. Ihre Füße taten weh und ihr Rücken war völlig verspannt. Sie dehnte sich kurz, bevor sie die Schlüssel auf die Kommode warf und sich der Jacke und der Schuhe entledigte. Erst jetzt bemerkte sie die Kälte im Flur, die ihr eine Gänsehaut bescherte. Sie schob es jedoch auf ihre Erschöpfung und auf die Tatsache, dass sie seit Stunden nichts gegessen hatte. Trotz des sehnlichen Wunschs, endlich die Füße hochzulegen, hielt sie kurz inne und betrachtete im Spiegel der Garderobe das Namensschild an der dunklen Weste, gleich unter dem eingestickten Logo des Restaurants, in dem sie arbeitete. Und für wenige Sekunden legte sich ein Ausdruck von Wehmut über ihr hübsches Gesicht. Dieser Job war sicher nicht das, was sie sich erträumt hatte. Aber im Grunde konnte sie sich nicht beklagen. Sie hatte nette Kollegen und das Trinkgeld war mehr als gut. Das mochte an der Kundschaft liegen, die durchweg in den höheren gesellschaftlichen Schichten verkehrte und in den meisten Fällen nicht geizig war. Dennoch malte sie sich gelegentlich in Gedanken aus, wie ihr Leben heute aussehen würde, wenn sie früher nicht so ein selbstherrliches Miststück gewesen wäre. Während ihrer Schulzeit war sie immer davon ausgegangen, dass die Welt ihr zu Füßen lag, und eigentlich hatte sie sich nach dem Abitur höhere Ziele gesteckt: Studium, Auslandserfahrung, Chefetage. Sie wollte um jeden Preis Karriere machen. Doch dann kam alles ganz anders.

Auslöser war eine einzige zwanglose Nacht in ihrer Studienzeit gewesen, an die sie sich kaum noch erinnern konnte. Sie wusste nicht einmal mehr den Namen des Kerls, der sie in der Bar angequatscht hatte. Er war etwas älter als sie gewesen und hatte gut ausgesehen. Mehr hatte es zu dieser Zeit nicht gebraucht, um sie herumzukriegen. Leider waren die fünf Cocktails an diesem Abend nicht das Einzige, was er ihr spendiert hatte. Er legte auch noch eine befruchtete Eizelle drauf, indem er auf ein Kondom verzichtete. Als sie am nächsten Morgen in ihrer Studentenbude erwachte, hatte er bereits das Weite gesucht. Und als sie einige Wochen später bemerkte, dass diese Nacht nicht ohne Folgen geblieben war, kam ihr sofort eine Abtreibung in den Sinn. Sie wollte dieses Kind nicht, fühlte sich noch zu jung dafür. Außerdem hätte es all ihre Pläne zerstört. Mit ihren Eltern konnte sie nicht darüber reden. Sie waren streng katholisch und hätten ihr diesen Schritt nie verziehen. Also vereinbarte sie ein Beratungsgespräch und legte einen Termin für die Abtreibung fest. Doch als es so weit war, konnte sie es aus irgendeinem Grund nicht durchziehen. Sie bekam Panik und rannte aus dem Wartezimmer der Klinik.

In den folgenden Wochen weinte sie sehr viel. Sie ging nicht zu Vorlesungen und zog sich zurück, haderte mehr und mehr mit sich selbst. Schließlich war die Frist für einen Abbruch abgelaufen. Nun gab es kein Zurück mehr. Sie brach das Studium ab, zog wieder zu ihren Eltern und bereitete sich darauf vor, eine alleinerziehende Mutter zu sein. Doch sie tat sich schwer damit, vermisste ihre Freunde, das Ausgehen, den ungezügelten Spaß. Im vierten Monat hielt sie es schließlich nicht mehr zu Hause aus. Sie setzte sich ins Auto, fuhr in die Stadt und traf sich dort mit ein paar ehemaligen Schulfreunden. Sie feierte die ganze Nacht, trank Alkohol und nahm Partydrogen. Als sie am nächsten Tag im Krankenhaus erwachte, war ihr Baby tot. Das Leben, das sie in sich hatte wachsen spüren, war von einem auf den anderen Moment nicht mehr da gewesen. Als hätte auch Gott entschieden, dass sie noch nicht reif genug dafür war. Sie fiel in eine tiefe Depression, brauchte Jahre, um diese Leere zu füllen, die sich in ihr aufgetan hatte. Und keiner ihrer früheren Freunde nahm Anteil daran. Sie waren alle zu sehr damit beschäftigt, ihre Karrieren zu planen. Bei dem Gedanken daran, dass sie einmal ein ebenso kaltherziger und selbstbezogener Mensch gewesen war, drehte sich ihr der Magen um. Sie hatte sich verändert, war tatsächlich reifer geworden. Diese Erkenntnis war es auch, die sie diese Erfahrung durchstehen ließ, denn es war das einzig Positive daran. Sie blickte nach vorn, machte eine Ausbildung im Hotelgewerbe, die sie mit Auszeichnung abschloss, und fand einen Job als Kellnerin in einem Sternerestaurant. Sie zog in diese nette kleine Wohnung in einem bezahlbaren Stadtteil von Koblenz. Zum ersten Mal in ihrem Leben war sie wirklich unabhängig, was ihr ein gutes Gefühl gab. Und daran wollte sie zunächst auch nichts ändern, weshalb sie allein und zurückgezogen lebte. Ihre Beziehung zu Menschen war eher von Misstrauen geprägt. Am liebsten kommunizierte sie über das Internet. Es bot ihr die Möglichkeit, sich jederzeit auszuklinken, wenn es ihr zu blöd wurde. Die einzige Liebe, zu der sie bereit war, galt ihrem Mitbewohner Mika – einem rostbraunen Langhaar-Kater, der vermutlich halb verhungert war.

Sie nahm eine der Futterdosen aus dem Vorratsschrank und verteilte den Inhalt im Fressnapf neben der Küchentür.

»Mika!«, rief sie, während sie die leere Dose im Abfall entsorgte und sich sogleich über sein Fernbleiben wunderte. Normalerweise ließ er sich nicht lange bitten, wenn es um sein Fressen ging. Aber vermutlich hatte er beschlossen zu schmollen, weil sie so spät nach Hause gekommen war.

»Mika!«

Ping!

Es war ihr Handy, das den Eingang einer Nachricht verkündete. Sie zog es aus der Tasche, wischte mit dem Finger über das Display, um es zu entsperren ... und erstarrte auf der Stelle, als sie den Text las:

Deine Katze ist bei mir.

Sie schluckte, und ein kalter Schauer lief ihren Rücken hinab. Ihre Augen blieben an dem Absender hängen: *Unbekannt.*

Sie atmete durch und versuchte sich zu beruhigen, als das Signal des Telefons erneut erklang.

Ping!

Derselbe Absender. Sie öffnete die Nachricht.

Du solltest dein Fenster schließen, bevor du die Wohnung verlässt.

Sie überlegte kurz, dann schoss es ihr in den Sinn: das Badezimmerfenster! Sie hatte am Morgen nach dem Duschen durchgelüftet. Aber hatte sie es auch wieder geschlossen?

Sie eilte in den Flur. Sofort bemerkte sie die offenstehende Tür zum Badezimmer. Frierend rieb sie sich die Arme, als sie das Zimmer betrat. Ihre Wohnung war zum Teil unterkellert, sodass das Fenster über der Toilette fast ebenerdig war. Es stand offen, und die Luft roch nach feuchtem Rasen, der sich hinter dem Gebäude erstreckte. Außer den Lichtern in den Nachbarhäusern war draußen nicht viel zu erkennen. Offenbar hatte ihr Kater die Gelegenheit genutzt, um ein wenig um die Häuser zu ziehen. *Wo bist du nur, Mika?*, dachte sie sorgenvoll und zugleich verärgert über sich selbst. Scheinbar besaß sie noch nicht einmal die Reife, sich gewissenhaft um ein Haustier kümmern zu können. Sie schloss das Fenster, als ihr Handy erneut den Eingang einer Nachricht verkündete.

Ping!

Mika. Ein schöner Name für einen Kater.

Unwillkürlich dachte sie an das kleine Namenschild an Mikas Halsband. Vielleicht hatte einer der Nachbarn ihn aufgegriffen. Ihre Finger flogen über die virtuelle Tastatur.

Wer bist du?

Es dauerte nicht lange, bis die Antwort erschien:

Jemand, der etwas einfordert.

Langsam wurde ihr dieses Versteckspiel zu anstrengend. Sie war müde, und ihre Sorge um Mika schlug allmählich in Wut um. *Was soll das? Sag mir sofort, wo mein Kater ist?*

Ping!

Du solltest dich lieber fragen, wie es ihm geht.

Sie glaubte zu spüren, wie ihr Blut erkaltete. Etliche Sekunden verstrichen, während ihre Augen noch immer auf den Text gerichtet waren, als müssten sie ihn immer wieder neu erfassen, um ihn zu begreifen. Ihre Finger zitterten, als sie tippte: *Was hast du mit ihm gemacht?*

Ping!

Nichts. Noch nicht.

Ihr Atem ging stoßweise. Sie überlegte, die Polizei zu informieren, aber was sollte die tun? Die würden wohl kaum für eine Katze eine groß angelegte Suchaktion starten. *Was muss ich tun?*, tippte sie ein und drückte den Sendebutton.

Ping!

Mir ein Gefühl vermitteln.

Sie schnaufte wütend. *Rede endlich Klartext!*

Kurz darauf hörte sie ein Kreischen. Es klang wie der Schrei eines Kleinkindes. Und es kam aus dem Nebenraum.

Mika.

Sie rannte zurück in den Flur, stieß die Tür zum Schlafzimmer auf. Im Licht des Flurs, das augenblicklich in den Raum fiel, nahm sie eine Bewegung am Boden wahr. Dann sah sie in zwei leuchtende Augen, die sie misstrauisch betrachteten.

»Mika!« Erleichtert fiel sie vor dem Kater auf die Knie und schloss ihn in ihre Arme. Offensichtlich hatte sie ihn am Morgen aus Versehen hier eingesperrt. »Tut mir leid«, flüsterte sie, während sie Mikas Fell streichelte und seine raue Zunge auf ihrer Wange spürte. Gleichzeitig keimte erneut Wut in ihr auf. Offenbar verbreitete hier jemand seinen abartigen Humor, indem er ihr Angst machte. Als Erstes kam ihr Tommy in den Sinn, der schmierige Typ von gegenüber, der ihr stetig nachstellte. Erst vor drei Tagen hatte sie ihm unmissverständlich klargemacht, dass sie keinerlei Interesse an ihm hatte. Wie es aussah, war das seine kranke Art damit umzugehen. Vermutlich wollte er seinen Stolz von ihr zurückfordern.

Der Kater schnurrte unter ihrer Berührung. Normalerweise beruhigte sie dieses Geräusch, doch in diesem Moment hätte das nicht einmal eine Valium-Tablette geschafft. Keuchend vor Zorn tippte sie eine Nachricht in ihr Handy:

Fick dich, du krankes Arschloch!

Sie atmete durch, nachdem sie die Nachricht abgeschickt hatte, und widmete sich ihrem Kater. »Alles ist gut«, flüsterte sie ihm zu, während er ihr Kraulen genoss. »Alles ist gut.«

Ping!

Ihr Herz schien plötzlich stillzustehen. Dieses Mal kam der Ton nicht von ihrem Handy. Das Signal klang gedämpft, aber der Ursprung lag eindeutig hinter ihr. Sie wagte es nicht, sich zu bewegen oder auch nur zu atmen. Dann schob sich ein Schatten vor die Türöffnung. Sie schwang herum – und erstarrte augenblicklich wieder, als sie die Gestalt sah, die vor das Licht des Flurs trat.

»Warum so überrascht?«, fragte der Schatten mit gedämpfter Stimme. »Ich sagte dir doch, dass Mika bei mir ist.«

Sie setzte zu einem Schrei an. Doch bevor auch nur ein Laut aus ihrer Kehle entwich, legte sich ein feuchtes Tuch um ihren Mund und ihre Nase, und sie versank augenblicklich in Dunkelheit.

KAPITEL 13

Nachdem Chris die Wohnungstür aufgeschlossen hatte, vernahm er als Erstes die Schreie des Babys. Ein Geräusch, das ihm durch Mark und Bein ging und an das er sich nie würde gewöhnen können. Es erzeugte in ihm eine Anspannung, die augenblicklich in Besorgnis überging und seinen Beschützerinstinkt aktivierte. Nicht zuletzt eine Folge seines Berufs.

Er eilte überhastet ins Kinderzimmer, wo Rebecca vor der Wickelkommode stand und an dem Kleinen herumhantierte.

»Ist alles in Ordnung?«, fragte Chris in einem Tonfall, der das Schlimmste vermuteten ließ.

»Ja, du kannst den Notarzt wieder abbestellen«, meinte Rebecca, gegen die Schreie ankämpfend. »Ich hab das Bein wieder angenäht.«

Chris betrachtete sie kreidebleich. »Was sagst du?«

»Entspann dich, Schatz«, meinte sie lächelnd. »Er hat nur eine neue Windel gebraucht. Außerdem wehrt er sich mit aller Gewalt gegen das Einschlafen. Er könnte ja etwas verpassen.« Sie betrachtete Chris vorwurfsvoll. »Von wem er diesen Dickschädel wohl geerbt hat?«

»Sehr witzig«, erwiderte Chris ein wenig schmollend und betrachtete seinen Sohn, dessen Gesicht rot und von Tränen benetzt war. Folgen seines verzweifelten Kampfes gegen die Müdigkeit. Bei diesem Anblick versuchte Chris sich vorzustellen, wie es sich anfühlen mochte, so neugierig auf diese Welt zu sein, dass man sie nicht einmal für wenige Stunden verlassen wollte. Offenbar war ihm dieses Interesse auf halbem Weg abhandengekommen und durch Ernüchterung und Desillusion ersetzt worden. Er sehnte sich danach, endlich mal wieder eine Nacht durchzuschlafen, ohne diese innere Unruhe zu verspüren, die der Tag in ihm hinterlassen hatte und die sich bis in sein Unterbewusstsein ausbreitete. Dieses sich stetig drehende Gedankenkarussell, dessen Antrieb unerschöpflich zu sein schien. Jedes Mal, wenn er dieses kleine Bündel Leben betrachtete, wünschte er sich einen Teil dieser Unbefangenheit zurück, die kleine Kinder umgab wie eine leuchtende Aura. Es erinnerte ihn daran, dass diese Art von Unschuld noch existierte. Und er würde alles dafür tun, um diese Unschuld bei seinem Sohn zu schützen. Stumm beobachtete er Rebecca, wie sie Patrick mit geübten Handgriffen eincremte, puderte und wickelte.

»Und wie war dein Tag?«, fragte sie, während sie die Klebebänder der Windel schloss.

»Das Übliche«, brummte er.

Sie sah ihn prüfend an. »Und warum habe ich den Eindruck, dass du erschlagener bist als ich?«

Was sollte er ihr darauf antworten? Dass er in letzter Zeit von einer Müdigkeit befallen war, die jeglichen Antrieb im Keim erstickte? Dass es ihm stetig schwerer fiel, seiner Arbeit nachzugehen? Seit der Geburt seines Sohnes besaß das Leben für ihn einen höheren Stellenwert als der Tod, mit dem er sich ständig auseinandersetzen musste. Vielleicht war es aber auch das Gefühl der Machtlosigkeit, das sich zunehmend in ihm breitmachte. Jeden Tag kam er sich vor wie ein Rettungsschwimmer in einem Meer voller Scheiße. Und er konnte den Gestank nicht mehr ertragen. Nur zu gerne hätte er mit Rebecca darüber gesprochen. Als Kollegin würde sie ihn verstehen, denn sie kannte dieses Gefühl der Ohnmacht sehr gut. Aber im Moment war sie in erster Linie eine Mutter. Und als solche würde es ihr kaum von Nutzen sein zu wissen, dass dort draußen mal wieder jemand beschlossen hatte, der Verrückteste unter den Verrückten zu sein und auf abscheuliche Weise Menschen zu töten. Es galt um jeden Preis, das alles von seiner Familie fernzuhalten. Denn dieser Ort war seine rettende Insel. Eine Stätte der Unschuld. Und so sollte es bleiben.

»Ich habe nur schlecht geschlafen«, gab er seine Standardausrede zum Besten und drückte ihr einen Kuss auf die Wange. Dann hob er Patrick hoch und nahm ihn in den Arm. Und wie immer, wenn er seine rettende Insel erreichte, hatte er das Gefühl, endlich angekommen zu sein.

Als Rebecca das Wohnzimmer betrat, saß Chris bereits auf dem Sofa. Der Fernseher auf dem weißen Sideboard lief, doch er schenkte ihm keinerlei Beachtung. Seine Aufmerksamkeit galt dem Bildschirm des Tablets, das er in der Hand hielt. Erst als Rebecca sich neben ihn in die Polster fallenließ, blickte er davon auf.

»Ist er eingeschlafen?«

Sie nickte und legte das Babyfon auf dem Tisch ab. »Irgendwann muss sich auch der größte Sturkopf der Natur beugen.« Ihr Blick blieb erwartungsvoll auf dem halbvollen

Rotweinglas haften.

»Ich dachte mir, du könntest etwas Entspannung vertragen«, kam Chris einem Kommentar zuvor.

Sie lächelte dankbar. »Du bist der Beste«, sagte sie und trank einen Schluck. Zwei Wochen zuvor hatte sie mit dem Stillen aufgehört. Nie hätte sie vor der Schwangerschaft gedacht, dass sie diesen gelegentlichen Genuss so vermissen würde.

»Ist es noch zu haben?«, fragte sie und deutete mit dem Glas auf den Bildschirm, auf dem ein freistehendes Haus in verschiedenen Aufnahmen von innen und außen abgebildet war.

»Ja.«

Sie seufzte, während sie ihn von der Seite betrachtete. »Seit Wochen beobachte ich dich nun fast jeden Abend dabei, wie du dieses Haus im Internet besichtigst.«

»Na ja«, meinte er, »es wäre perfekt für uns. Es ist hier im Ort. Kindergarten und Schule liegen quasi um die Ecke. Und wir hätten es auch nicht weiter als bisher zur Arbeit, wären aber trotzdem weit genug weg von ...«

»Wovon?«, fragte sie.

»Von dem Wahnsinn, mit dem ich mich jeden Tag abgeben muss. Ich will nicht, dass unser Kind in der Stadt aufwächst.«

Sie legte ihm die Hand auf die Schulter. »Du hast ja recht«, stimmte sie ihm zu. »Trotzdem solltest du aufhören, alles so schwarz zu sehen. Du wirst Patrick nicht ewig beschützen können. Er muss sich irgendwann sein eigenes Bild von der Welt machen.«

»Ich weiß.« Er betrachtete wieder den Bildschirm vor sich. »Aber ich werde alles dafür tun, damit dieses Bild positiv ausfällt.«

»Also gut«, sagte sie und lehnte sich wieder zurück. »Dann lass es uns tun!«

Chris verharrte. »Meinst du das ernst?«

»Ich meine das sogar sehr ernst.« Sie lächelte verstohlen. »Und ich habe für Anfang nächster Woche mit der Maklerin einen Besichtigungstermin ausgemacht.«

Er starrte sie mit offenem Mund an. Erst das Blitzlicht in Rebeccas Handy, mit dessen eingebauter Kamera sie diesen Gesichtsausdruck festhielt, riss ihn aus seiner Starre. »Du hast hoffentlich nicht vor, dieses Foto zu posten«, erwiderte er, noch immer verdutzt. Seit Patrick auf der Welt war, ließ Rebecca keine Gelegenheit aus, Bilder ihres Sohnes ins soziale Netzwerk zu stellen. Es war zu einem regelrechten Hobby von ihr geworden, ihre Welt auf diese Weise widerzuspiegeln.

»Schon geschehen«, lachte sie und hielt ihm das Display mit dem entsprechenden Eintrag entgegen. Der Text über dem Foto lautete: *So sieht mein Mann aus, wenn er sprachlos ist!*

Chris musste lachen. »Ich muss zugeben, ich sehe wirklich ziemlich bescheuert darauf aus.« Amüsiert beobachtete er, wie kurz darauf die ersten Kommentare dazu eintrafen:

Wow! Womit hast du ihm gedroht? Mit Liebesentzug?, schrieb ihre Freundin Saskia.

Bist du wieder schwanger?, lautete der Kommentar ihres Kollegen Armin Pelzer.

Nach einigen weiteren Bemerkungen dieser Art tauchte schließlich auch Rokkos Konterfei am unteren Ende der Liste auf:

Schön zu wissen, dass er auch mal die Klappe halten kann! Dahinter hatte er einen Smiley gesetzt.

»Dem werd ich gleich morgen früh mal ein paar Berichte aufdrücken«, scherzte Chris und lachte. Dann betrachtete er Rebecca ausgiebig. »Ich liebe dich.«

»Na, das hoffe ich doch«, erwiderte sie und stellte das Glas neben dem Handy auf dem Tisch ab. »Dann beugte sie sich zu ihm vor und flüsterte ihm ins Ohr: »Mit dir würde ich nämlich überall hingehen.« Sie blickte ihm in die Augen und zog ihn zu sich. »Und jetzt zeig mir, wie sehr du mich liebst.«

Sie küssten sich innig. Das Tablet fiel zu Boden, als Rebecca hastig an seinem Gürtel hantierte. Als sie sich kurz darauf rittlings auf ihn setzte und in sich einführte, war für kurze Zeit all das Böse aus seinem Kopf verschwunden.

Chris blickte zur Uhr auf seinem Nachttisch: zehn nach zwei. Das Gedankenkarussell kam wieder nicht zum Stillstand. Immer wieder ging er die Fakten zu den Morden durch, und immer wieder kam er zu dem Schluss, dass irgendetwas an diesem Fall gewaltig zum Himmel stank. Der Täter hatte am Tatort akribisch darauf geachtet, keine Spuren zu hinterlassen. Weder Hautfasern noch Fingerabdrücke konnten sichergestellt werden. Aber wozu diese Sorgfalt, wenn er arglos sein Blut und somit seine DNA an einer Wand verteilte. Hartfels hatte recht, das passte nicht im Geringsten zusammen. Es sei denn, es war ein spontaner Entschluss gewesen und der Täter hatte es nicht von Anfang an geplant. Doch das erschien Chris nicht plausibel. Dafür war die Botschaft zu klar auf Hartfels ausgerichtet. Außerdem passten spontane emotionale Entscheidungen nicht in das Profil eines Psychopathen. Wenn es sich bei dem Mann tatsächlich um Alexander Hartfels handelte, stellte sich unweigerlich die Frage, was mit ihm in dieser Zeit geschehen war? Hatte er sich einer Guerillatruppe angeschlossen und einen Grundkurs im bestialischen Töten absolviert? Ein unbescholtener Mensch konnte vielleicht aus dem Affekt heraus zum Mörder werden. Aber niemand änderte so einfach sein Grundwesen und wurde vom Lehrer zum gewissenlosen Killer. Es sei denn, man setzte ihn lange genug einem solchen Umfeld aus und unterzog ihn damit einer Gehirnwäsche. Das klang zu sehr nach einer Hollywood-Inszenierung, als dass Chris es für wahrscheinlich hielt.

Sein Blick glitt zu Rebecca, die tief und fest neben ihm schlief. Er nahm ihr sanftes Atmen wahr, das tief aus ihrem Unterbewusstsein gesteuert wurde. Der Kleine schien sie ziemlich auf Trapp zu halten. Bereits kurz, nachdem sie sich im Wohnzimmer geliebt hatten, war sie in seinen Armen eingeschlafen, während er noch ferngesehen hatte, um sich von seinen nimmermüden Gedanken abzulenken, die ihn bereits wieder einholten. Es hatte ihn später einiges an Mühe gekostet, sie ins Bett zu bringen. Immerhin bekam wenigstens einer von ihnen die nötige Erholung.

Unruhig drehte er sich herum und starrte wieder auf den Wecker, dessen Anzeige ihn zu verhöhnen schien. Ein leuchtendes Mahnmal, welches ihm zum wiederholten Mal verdeutlichte, dass sein inneres Gleichgewicht erheblich gestört war. Und während er weiterhin vergeblich versuchte, das Karussell seiner Gedanken für ein paar Stunden zu stoppen, fragte er sich, ob es schon bald ein weiteres Opfer geben würde.

KAPITEL 14

Nur langsam kam sie wieder zu Bewusstsein. Grelles Licht blendete ihre Augen. Als Erstes spürte sie den Schwindel, der ihr den Magen anhob. Dann gesellte sich der Druck hinzu, der dumpf in ihrem Kopf pulsierte. Ihr war kalt. Eine Art von Kälte, wie man sie nur verspürte, wenn man nackt war. Sie blickte an sich herab und stellte fest, dass sie nur noch ihren Slip trug. Neben ihr auf dem Boden lag ein schwarzes Kleid. Es war keines ihrer Kleider. Dafür wirkte es zu altmodisch. Und es roch nach Mottenkugeln. Sie verspürte ein Jucken und Brennen um ihre Nase herum. Instinktiv wollte sie sich an der Stelle kratzen, doch ihr Arm weigerte sich, ihrem Befehl nachzukommen. Erst nach dem dritten Versuch realisierte sie, dass ihre Hände hinter dem Stuhl, auf dem sie saß, gefesselt waren. Augenblicklich kam die Erinnerung zurück:

Die Nachrichten auf ihrem Handy. Die Suche nach Mika. Der Fremde in ihrer Wohnung.

Der Schock verdrängte augenblicklich die Nachwirkungen, die die Betäubung in ihr hinterlassen hatte. Noch immer hatte sie einen unangenehm süßlichen Geruch in der Nase, der von einem Betäubungsmittel stammen musste. Hektisch sah sie sich um. Sie befand sich in ihrem Wohnzimmer, erkannte ihren Fernseher und die weiße Couch; den Tisch, auf dem noch ein leerer Teller vom Vorabend stand. Vor ihr, etwa zwei Meter entfernt, war ein Stativ mit einer Kamera aufgebaut. Niemand war zu sehen. Doch sie wusste, dass jemand hinter ihr stand. Sie konnte ihn atmen hören.

»Schön, dass du wieder bei uns bist.«

Die männliche Stimme klang hohl, als müsste sie durch ein Hindernis zu ihr durchdringen. Dennoch konnte Manuela Gierke die teilnahmslose Kälte darin wahrnehmen.

»Ich hatte schon befürchtet, du hättest ein wenig zu viel von dem Chloroform eingeatmet.«

Eine Gestalt trat in ihren Blickwinkel, vollkommen in Schwarz gekleidet, das Gesicht durch eine seltsame Maske verdeckt. Sie sah Mika, den die Gestalt im Arm hielt.

»Das hätte ich mir nie verziehen. Schließlich fehlt noch ein wichtiger Bestandteil dieser Inszenierung.«

Ihr Blick wurde klarer, die Konturen der Maske deutlicher. Sie wirkte schwer und schien aus Gips gefertigt zu sein. Und sie stellte das Abbild eines tieftraurigen Gesichts dar. Die Gestalt trat hinter das Stativ, schaltete die Kamera ein und richtete den Sucher aus.

»Was haben Sie vor?«, fragte Manuela Gierke mit zittriger Stimme.

»Das sagte ich bereits.«

Sie dachte nach, schüttelte die Benommenheit ab. »Sie ... Sie wollen etwas einfordern. Etwa meine Katze?«

Die Gestalt lachte hinter der Maske. Es klang gestellt und völlig emotionslos. »Nein«, sagte die hohle Stimme. »Aber dieser kleine Kerl hier dürfte dennoch einen großen Anteil daran haben.«

Sie konnte Mika schnurren hören. Offenbar gefiel es ihm, von diesem Arschloch gekrault zu werden. Trotz ihrer Angst gab sie sich größte Mühe, rational zu bleiben. Sie versuchte, etwas Bekanntes aus der Stimme und dem Verhalten des Eindringlings auszumachen. Doch so sehr sie sich auch bemühte, dieser Kerl blieb für sie ein Fremder.

»Bitte tun sie Mika nicht weh«, flehte sie.

»Du solltest dir lieber Gedanken darüber machen, was

ich mit dir vorhabe.«

Sie schluchzte. »Hören Sie, ich … ich tue alles, was Sie wollen.«

»Sieh mal einer an. Selbst eine Schlampe wie du kann unterwürfig sein.«

Ging es darum? Kannte er etwa ihre Vergangenheit? Aber woher? Handelte es sich bei dem Kerl um jemanden, dem sie wehgetan hatte? Das alles lag schon Jahre zurück.

»Ist es das, was Sie wollen? Soll ich vor Ihnen zu Kreuze kriechen?«

»Nein, ich will etwas Tiefgründigeres von dir. Etwas, das mir verwehrt bleibt.«

»Und was wäre das?«

Die Gestalt deutete auf die Maske. »Eine aufrichtige und intensive Emotion!« Dann hob sie mit beiden Händen die Katze an und verdrehte ihr mit einem lauten Knacken den Hals. Das Schnurren erstarb augenblicklich. Anschließend warf die Gestalt den leblosen Körper in Manuela Gierkes Schoß. Und während sie bei dem Anblick ihres toten Katers schrie und weinte, klickte unaufhörlich der Auslöser der Kamera.

KAPITEL 15

Am nächsten Morgen

Das Haus lag neben einem Waldgebiet, im letzten Drittel der Straße, die an dieser Stelle in eine scharfe Biegung überging und von da an steil abfiel. Sorgfältig geschnittene

Buchsbäume und eine Auswahl an Herbstblumen waren an Beeten beidseitig des Eingangs gepflanzt. Das Haus selbst erstrahlte trotz des diesigen Wetters in blendendem Weiß. Nichts deutete darauf hin, dass es bereits Jahrzehnte überdauert hatte.

Zusammen mit Bertram, Rokko und Doktor Hoffmann ging Hartfels die längliche Auffahrt hinauf. Mit jedem Schritt beschleunigte sich ihr Puls und ihre Kopfschmerzen schwollen an.

Rechts von ihnen erstreckte sich ein Ausläufer des großzügig angelegten Gartens. Über den hölzernen Sichtschutzzaun ragten die kahlen Äste eines Apfelbaums empor. Hartfels erinnerte sich daran, wie sie und ihr Bruder als Kinder darauf herumgeklettert waren. Einmal hatte sie den Halt verloren, war heruntergestürzt und hatte sich den Ellenbogen angebrochen. Ihr Vater hatte sie geohrfeigt, weil sie vor Schmerzen geschrien und geweint hatte, und zu ihr gemeint, sie solle sich nicht so mädchenhaft anstellen, denn das wäre die göttliche Strafe für Leichtsinn.

»Ich wusste gar nicht, dass Sie hier aus der Gegend stammen«, meinte Chris.

»Das ist lange her und ich habe damit abgeschlossen«, erwiderte sie.

»Es ist sehr nett hier«, meinte Marina Hoffmann, als sie den Eingang erreicht hatten.

»Lassen Sie sich durch die Fassade nicht täuschen«, sagte Hartfels. »Meine Eltern waren Meister darin, ihr wahres Gesicht zu verbergen.« Trotz ihrer Unfähigkeit, Gefühle nach außen dringen zu lassen, merkte man ihr dennoch an, dass sie sich nicht sonderlich wohl bei dem Gedanken fühlte, dieses Haus betreten zu müssen. Es hatte Chris einiges an Überredungskunst gekostet, sie zu diesem Besuch zu bewegen. Aber sie hatte schließlich eingesehen, dass dieser Weg der einzig verbliebene Zugang zu ihrer Vergangenheit war. Und somit auch zu der ihres Bruders.

Sie zögerte, bevor sie die Klingel betätigte. Es dauerte eine Weile, bis von drinnen Schritte zu hören waren. Dann füllte ein Schatten die gläsernen Aussparungen der Tür, die sich kurz darauf öffnete. Eine schlanke Frau in gehobenem Alter trat ihnen entgegen. Sie trug eine weiße Bluse und eine graue Hose. Beides wurde zum Teil von einer karierten Küchenschürze bedeckt. Die blonden Haare hatte sie hochgesteckt. Ihrem Gesichtsausdruck war nicht zu entnehmen, dass sie sich sonderlich über ihre angekündigten Besucher freute.

Hartfels betrachtete sie steif und hielt den Atem an: »Hallo Mutter«, sagte sie mit brüchiger Stimme.

Lydia Hartfels führte sie ins Wohnzimmer, wo sie auf der großzügigen Ledercouch Platz nahmen. Sie selbst legte die Schürze ab und setzte sich ihnen gegenüber auf den einzigen Sessel, den Blick steif auf ihre Tochter gerichtet, die unruhig mit dem Fuß zu wippen begann. Chris hatte sie noch nie so aufgewühlt erlebt. Niemand sagte etwas, und für einige Sekunden war nur das Ticken der Wanduhr zu hören, die seitlich von ihnen über einer Vitrine prangte.

»Vielen Dank, dass Sie uns so kurzfristig empfangen«, brach Chris das Schweigen.

Lydia Hartfels wandte ihren anklagenden Blick nur widerwillig von ihrer Tochter ab. »In meinem Alter hat man nicht mehr viele Termine, Herr Oberkommissar«, sagte sie klanglos. »Obwohl ich zugeben muss, dass mich der Grund Ihres Besuchs eher abgeschreckt hat, Ihnen die Tür zu öffnen. Denn wenn ich Sie am Telefon richtig verstanden habe, wollen Sie meinen vermissten Sohn zu einem wahnsinnigen Mörder erklären.«

»Das ist so nicht ganz richtig«, erläuterte Chris, dessen Blick kurz durch die doppelflüglige Glastür in den Gartenbereich abschweifte, wo er einen üppigen Kräutergarten entdeckte. »Dennoch gibt es klare Indizien, die beweisen, dass Ihr Sohn am Tatort gewesen ist. Daher sind wir gezwungen, in dieser Richtung zu ermitteln.«

»Ich würde mir wünschen, Sie würden das nicht tun.«

»Darf ich fragen, aus welchem Grund? Normalerweise will man als Angehöriger eines Vermissten doch Gewissheit über dessen Schicksal erlangen.«

Sie atmete durch. »Nun«, meinte sie ruhig, »die möglichen Erkenntnisse diesbezüglich sind nicht gerade verlockend. Denn egal, was Sie herausfinden werden, entweder ist mein Sohn tot, oder er lebt und ist ein Mörder. Beides würde einer Mutter nicht gerade den Tag versüßen. Daher bevorzuge ich die Ungewissheit.«

Corinna Hartfels gab ein verächtliches Zischen von sich. »Ja, am liebsten würdest du es vermutlich totschweigen, so wie du es immer tust, nicht wahr? Damit es auch ja nicht nach außen dringt.«

Ihre Mutter musterte sie mit bohrendem Blick. »Immerhin erinnert dich diese schlimme Sache daran, dass du noch eine Mutter hast.«

»Es sind ausschließlich schlimme Dinge, die mich daran erinnern«, erwiderte sie kalt.

»Standen Sie und Ihr Sohn sich sehr nahe?«, fragte Rokko.

»Sie meinen näher, als ich zu meiner Tochter stehe?« Sie ließ die Frage für kurze Zeit im Raum stehen, bevor sie fortfuhr. »Ich würde seine Kontakte zu mir vor seinem

Verschwinden als sporadisch aber herzlich bezeichnen. Also völlig normal für das Verhältnis eines erwachsenen Sohnes zu seiner Mutter.«

»Nichts in unserer Familie war jemals normal«, warf Corinna Hartfels ein. Sie spürte die Hand von Marina Hoffmann am Arm, die ihr damit Zurückhaltung signalisierte.

»Ist Ihnen irgendetwas Ungewöhnliches an seinem Verhalten aufgefallen?«, versuchte Rokko die gespannte Atmosphäre zu durchdringen.

»Sie meinen außer der Tatsache, dass er den Vater einer seiner Schüler geschlagen hat?«

»Hat er mit Ihnen darüber gesprochen?«

Sie nickte. »Er rief mich einen Tag später an und schilderte mir den Vorfall. Er sagte, er wolle nicht, dass wir es aus den Medien erfahren.«

»Und damit meinte er Sie und Ihren Ehemann.«

Sie nickte kaum merklich. »Damals hat mein Mann noch gelebt.«

»Hat ihr Sohn Ihnen auch den Grund für seinen Aussetzer genannt?«

Wieder ein Seufzer. »Er sagte, er habe Anzeichen von körperlichem Missbrauch bei dem Jungen entdeckt und den Vater zur Rede gestellt. Daraufhin sei dieser ausgerastet und habe ihm gedroht.«

»Das deckt sich mit der Aussage, die er nach dem Vorfall gemacht hat«, bestätigte Chris. »Hat er sonst noch etwas gesagt?«

»Nur, dass er es nicht bereue, so gehandelt zu haben.«

»Können Sie uns etwas über den Freundeskreis Ihres Sohnes sagen?«, übernahm Chris die Befragung. »Oder über etwaige Kontakte, die er kurz vor seinem Verschwinden hatte?«

»Das habe ich doch damals alles schon Ihren Kollegen gesagt.«

»Ich weiß, aber bitte denken Sie nach. Vielleicht haben Sie damals etwas übersehen. Jede Kleinigkeit kann von Bedeutung sein.«

Sie überlegte angestrengt. »Ich weiß nicht viel über den Umgang, den mein Sohn hatte«, gab sie zögerlich zu, »aber bei unserem letzten Treffen wirkte er ziemlich aufgekratzt, geradezu euphorisch.«

»Hat er einen Grund dafür genannt?«

»Er meinte nur, dass ihm etwas Gutes widerfahren sei. Mehr wollte er nicht preisgeben. Allerdings machte er gewisse Andeutungen.«

»Was für Andeutungen?«

»Andeutungen, die mich zu dem Schluss kommen ließen, dass er eine Frau kennengelernt hat. Das letzte Mal, dass ich solch ein Strahlen in seinen Augen gesehen habe, war, als Alexander das Lehramtsexamen bestanden hatte.«

Corinna Hartfels schüttelte schnaufend den Kopf.

»Hast du etwas an dem auszusetzen, was ich gesagt habe?«, fragte sie ihre Tochter.

»Nein. Es zeigt mir nur, wie wenig du deinen Sohn gekannt hast.«

»Was soll das nun wieder heißen?«

»Nichts, Mutter.« Sie betonte das Wort abfällig. »Wieso hast du das damals nicht zu Protokoll gegeben? In den Akten steht jedenfalls nichts davon.«

»Ich hielt es nicht für relevant.«

»Diese Entscheidung solltest du vielleicht anderen überlassen.«

»Wann hat dieses letzte Treffen mit Ihrem Sohn stattgefunden?«, versuchte Chris, dieses erneute Aufkeimen von

Feindseligkeit zu unterbinden.

Wieder dauerte es einige Sekunden, bis sich ihr Blick von ihrer Tochter löste. »Etwa drei Monate vor seinem Verschwinden. Genauer gesagt an meinem sechzigsten Geburtstag.« Erneut traf Corinna ein vorwurfsvoller Blick.

»Und Sie können uns nichts Näheres zu dieser Person oder dem betreffenden Ereignis sagen?«

»Nein. Ich hatte an dem Tag noch andere Gäste, um die ich mich kümmern musste, und daher wenig Zeit, meinen Sohn zu verhören. Er machte einen glücklichen Eindruck auf mich. Mehr musste ich nicht wissen.«

»Ja, bloß nichts hinterfragen und den Dingen ihren Lauf lassen.«

Erneut ruhte Lydia Hartfels' Blick für einen Moment starr auf ihrer Tochter. »Immerhin hat sich eines meiner Kinder an meinen Geburtstag erinnert. Ganz zu schweigen von der Beerdigung deines Vaters.«

»Tu bitte nicht so, als wärst du eine trauernde Witwe. Nach allem, was er uns angetan hat, dürfte ihm wohl kaum einer eine Träne nachweinen.«

»Er war trotz allem dein Vater!«

»Er war ein selbstsüchtiger Tyrann, der mein Leben zerstört hat!«

»Ich finde, wir sollten wieder zum eigentlichen Grund dieses Besuchs zurückkehren«, ging Marina Hoffmann dazwischen, um zu verhindern, dass die Auseinandersetzung eskalierte. Doch es war bereits zu spät.

»Wie ich sehe, hast du es weit gebracht in deinem Leben«, ignorierte Lydia Hartfels den Einwand. »Ich denke, seine strenge Erziehung ist daran nicht ganz unschuldig.«

»Denkst du wirklich so darüber, Mutter? Wenn ja, dann bist du nicht besser als er.« Unvermittelt stand Corinna

Hartfels auf. »Bitte entschuldigen Sie mich«, sagte sie an Chris und die anderen gerichtet, »aber ich halte das nicht länger aus.«

Fluchtartig eilte sie aus dem Raum.

Sie hastete durch den kleinen Flur zur Gästetoilette. Atemlos wie nach einem Hundertmeterlauf stützte sie sich auf dem Waschbecken ab, nachdem sie die Tür verriegelt hatte. Sie wagte es nicht, in den Spiegel zu sehen, hätte die Kälte nicht ertragen können, die ihr von dort entgegenschlug. Schon unzählige Male hatte sie ihr Spiegelbild analysiert, dort nach etwas Vergleichbarem wie einer echten Emotion gesucht, und war immer gescheitert. Nicht zuletzt deshalb, weil sie nicht einmal wusste, wonach genau sie suchen sollte. So sehr sie sich auch anstrengte, sie konnte sich einfach nicht mehr daran erinnern, wie es gewesen war, wissentlich etwas zu fühlen, es als solches zu erkennen und nicht als körperliches Symptom zu deuten. Ihr Verstand schien das nicht zuzulassen und vielleicht war das gut so. Denn vermutlich hatte ihr letztes Gefühl aus Angst bestanden. Angst vor ihrem Vater. Angst davor, seinem Jähzorn ausgesetzt zu sein.

Sie drehte den Hahn auf und spritzte sich Wasser ins Gesicht. Die Kühle war angenehm und vertrieb die fiebrige Hitze, die sie verspürte. Sie öffnete die Augen und verfolgte gebannt, wie das Wasser wirbelnd im Ausguss verschwand – und plötzlich entwickelte sich dieser Anblick zu einem Sog in ihre Vergangenheit. Das Wasser verfärbte sich vor ihren Augen rot, wurde zu einem blutigen Strudel, der rauschend vom Abfluss verschluckt wurde. Ihr Puls erhöhte sich, als sie hörte, wie jemand gegen die Tür trommelte. Die dumpfen Schläge vermischten sich mit der prägnanten

Stimme ihres Vaters, die fordernd durch das Türblatt drang:

»Mach sofort die Tür auf!«

»Moment«, rief sie zurück. »Ich sitze auf der Toilette!«

»Ich höre doch, wie das Wasser läuft. Willst du mich für dumm verkaufen? Seit zwanzig Minuten hast du dich jetzt eingeschlossen. Du müsstest längst im Bett liegen. Was zum Teufel machst du da drin?«

Sie sah im Spiegel in ihr hochrotes, zwölfjähriges Gesicht, in dem ihre kalt dreinblickenden Augen wie Fremdkörper wirkten. Ihre blonden Haare waren zu Zöpfen geflochten, die ihr über die Schultern hingen, und auf ihrer Stirn hatten sich kalte Schweißperlen gebildet. Ihr Herz raste und ihr Puls pochte in den Schläfen. Sie konnte sich diese Symptome nicht erklären, wusste nur, dass sie vermehrt dann auftraten, wenn ihr Vater einen seiner Wutanfälle hatte. Vermutlich war sie krank. Das würde auch das Blut in ihrem Schlüpfer erklären, das sie verzweifelt auszuwaschen versuchte. Und die Schmerzen im Unterleib, die sie seit Stunden heimsuchten. Außerdem war ihr speiübel und der pochende Druck in ihrem Kopf wurde mit jeder Sekunde schlimmer.

»Du weißt, wie sehr ich es hasse, wenn jemand in diesem Haus Geheimnisse vor mir hat«, drang es wütend durch die Tür.

»Ich wasche mir nur die Hände!« Hektisch rieb sie mit der Seife über den Stoff ihres Schlüpfers. Doch die Flecken wollten einfach nicht verschwinden. Er würde das alles nicht gutheißen, würde es ihr als Schwäche auslegen und sie bestrafen. Sie musste den Schlüpfer irgendwie loswerden und sich eine Ausrede einfallen lassen.

»Ich bin gleich fertig!«

»Zwing mich nicht, die verdammte Tür einzutreten!«

Geistesgegenwärtig stellte sie das Wasser ab und warf den Schlüpfer in die Toilette, zusammen mit dem blutbefleckten Toilettenpapier, mit dem sie sich gesäubert hatte. Anschließend betätigte sie die Spülung und verfolgte aufgebracht, wie das Wasser in der Schüssel über den Rand hinaus anstieg, auf die Fliesen am Boden lief und den Badvorleger tränkte, bevor es schließlich zum Stillstand kam.

Sie schrie: »Nein! Nein!«

Ein Donnern. Dann das Knacken von brechendem Holz. Mit dem zweiten Schlag gab die Tür schließlich nach.

»Was zum ...?«, schrie ihr Vater, als er in das Bad stürmte. Zunächst fiel sein Blick auf die mit Wasser gefüllte Kloschüssel, über deren Rand ein Teil des blutbefleckten Klopapiers hing. Dann betrachtete er seine Tochter mit einer Mischung aus Wut und Hilflosigkeit. Sie stand stocksteif neben der Toilette und starrte ihn ausdruckslos an. Bis auf ein rosafarbenes Unterhemd war sie nackt. Sie spürte, wie warmes Blut ihr Bein hinunterlief. Schweiß brannte in ihren Augen, und ihr Magen gab seltsame Geräusche von sich. Noch bevor ihr Vater reagieren konnte, erbrach sie sich auf den Fliesenboden.

»Allmächtiger!«, schrie er angeekelt und trat einen Schritt zurück.

Hastig wischte sie sich mit der Hand Reste des Erbrochenen vom Mund. »Es tut mir leid«, sagte sie ohne eine hörbare Emotion. »Nicht böse sein, ich bin krank.«

Ihr Vater zögerte verunsichert. Dann griff er nach einem Handtuch und reichte es ihr. »Mach dich sauber und bedeck dich«, sagte er stoisch. »Du bist nicht krank. Nur reif für die Sünde.« Er sagte das mit einer gewissen Enttäuschung in der Stimme.

»Ist ... ist das gut oder schlecht?«, fragte sie zögerlich.

»Es ist schlecht«, kam die prompte Antwort, und nun lag in seinen Worten wieder der übliche Nachdruck. »Es macht dich schwach und verleitet dich zu Fehlern.« Er hob mahnend den Finger. »Von heute an stellt Gott dich auf die Probe. Und ich werde noch mehr auf dich achten müssen, damit du sie bestehst.«

Sie betrachtete ihn stumm, ohne zu wissen, wovon er redete.

Er drehte sich um und brüllte den Namen ihrer Mutter durch den Flur. Kurz darauf erschien sie in der Tür.

»Was ist denn?«, fragte sie gereizt. Dann erblickten ihre Augen das blutverschmierte Bein ihrer Tochter unter dem Rand des Handtuchs. Ihr Blick klärte sich auf, als sie begriff, was passiert war. »Du meine Güte«, entfuhr es ihr, als sie das Chaos sah, das sich im Badezimmer ausgebreitet hatte. »Alles in Ordnung, Schätzchen?«

»Nichts ist in Ordnung«, brüllte ihr Vater. »Sieh dir diese Sauerei an. Hast du nie mit ihr über derartige Dinge gesprochen?«

»Du selbst hast doch gesagt, du willst nicht, dass in diesem Haus über so etwas gesprochen wird«, rechtfertigte sie sich und ging auf ihre Tochter zu. »Dadurch hast du diese Situation quasi heraufbeschworen.« Sie kniete sich neben Corinna und streifte ihr übers Haar. »Keine Sorge, Schätzchen, es ist nichts Schlimmes. Jede Frau erfährt das in deinem Alter.«

Sie nickte, ohne es zu begreifen.

»Also gibst du mir die Schuld daran?«, fragte er zornig.

Ihre Mutter deutete mit dem Kopf in ihre Richtung. »Sie kann jedenfalls nichts dafür. Und ehrlich gesagt verstehe ich nicht, weshalb du dich so aufregst. Es ist ein ganz natürlicher Vorgang, der nicht rechtfertigt, dass du eine Tür eintrittst. Und er wird auch ganz sicher nicht das Ende der Welt prophe-

zeien. Also lass dieses Mal bitte Gott aus dem Spiel!«

Für einige Sekunden herrschte eisige Stille. Corinna verstand noch immer nicht, worüber die beiden stritten, aber sie betrachtete ihre Mutter mit einer Mischung aus Verwunderung und Unsicherheit. Noch nie hatte sie erlebt, dass ihre Mutter sich gegen ihren Vater gestellt hatte. Überhaupt war es das erste Mal, dass ihre Mutter sich für sie einsetzte. Irgendwie schien sie diese »Frauensache« auf ihre Seite zu ziehen. Aber dass sie sich auch gegen den Glauben ihres Vaters ausgesprochen hatte, erzeugte ein erneutes Rumoren in ihren Eingeweiden. Ihr Magen verkrampfte sich ein weiteres Mal, als sie bemerkte, wie sich die Züge in seinem Gesicht zu einer zornigen Maske verhärteten.

»Es verheißt jedenfalls nichts Gutes«, zischte er, als würde er sogleich Feuer speien. »Nicht mehr lange und sie wird von Sehnsüchten und Gedanken heimgesucht werden. Sündigen Gedanken. Also rede mit ihr und kläre sie auch gleich darüber auf, was passiert, wenn sie sich diesen Sehnsüchten hingibt. Sie ist keine Frau, nur ein schwaches Kind. Sie kann noch nicht damit umgehen. Also liegt es an uns, sie vor Fehlern zu bewahren.« Er atmete durch und deutete auf den nassen Boden. »Ich werde jetzt die Nachrichten sehen, und wenn ich damit fertig bin, ist diese Schweinerei hier verschwunden.«

»Ich werde mich sofort darum kümmern«, sagte ihre Mutter.

»Nein«, schrie er und zeigte mit dem Finger energisch auf Corinna. »Sie wird das tun! Sie muss lernen für ihre Fehler geradezustehen.«

»Fehler? Sie hat nichts Falsches getan.«

»Sie hat versucht, es zu verheimlichen!« Spucke sprühte ihm aus dem Mund, und sein Gesicht glühte vor Zorn, während er auf sie herabsah. Es kam ihr vor, als verwandle sich sein Ant-

litz vor ihren Augen in das einer Bestie, die ausspähte, wen von ihnen sie zuerst zerfleischen sollte. »Und so etwas dulde ich hier nicht! Ebenso wenig wie Widerspruch! Ich verlange nicht viel von euch, nur dass ihr euch an ein paar Regeln haltet. Ist das so schwer zu begreifen?« *Er drehte sich um und wollte gehen, als er an dem Durchgang stehen blieb und den Schaden begutachtete, den sein Eindringen verursacht hatte.* »Seht ihr, was eure Geheimniskrämerei verursacht?« *Er betrachtete die beiden vorwurfsvoll.* »Ich werde einen neuen Rahmen für die Tür kaufen müssen. Den Schaden wirst du im Haus abarbeiten«, *sagte er an seine Tochter gerichtet. Dann betrachtete er seine Frau.* »Und wir reden später.« *Sein Blick verharrte noch einige Sekunden wutentbrannt auf ihr. Dann drehte er sich weg und verschwand aus ihrem Blickfeld.*

Hastig wusch ihre Mutter das Blut von ihren Beinen. Anschließend kramte sie in einem der Schränke, reichte ihr eine Binde und erklärte ihr, wie man sie benutzt. Kein weiteres Wort des Trostes oder des Zuspruchs, als wäre dieser kurze Anflug von Solidarität verpufft. Sie tat nur noch, was sie am besten konnte, nämlich diesen Vorfall zu vertuschen, indem sie ihr half, das Bad zu säubern. Anschließend schickte ihre Mutter sie auf ihr Zimmer.

Es dauerte nicht lange, bis Alexander sich zu ihr schlich. Er legte sich neben sie aufs Bett, und wie immer wandte er ihr dabei seine rechte Seite zu. Denn sein linkes Ohr war halb taub, seit sein Vater ihm das Trommelfell zerschlagen hatte. Augenblicklich presste sie sich schutzsuchend an seinen Körper.

»Schon gut«, *beruhigte er sie und strich ihr über das blonde Haar.* »Ich habe alles mit angehört. Wenn er dir was getan hätte, dann wäre ich sofort dazwischen gegangen. Du weißt, dass ich dich nie im Stich lassen würde.«

Sie nickte, mit dem Kopf auf seiner Brust liegend.

»*Stell dir einfach vor, ich wäre ein Adler, der hoch über dir kreist und über dich wacht. So ähnlich wie in dem Comic, den du immer liest, der mit dem Indianerjungen, weißt du?*«
Wieder nickte sie, ohne ihn anzusehen.
»*Ich bin dein großer Adler*«, flüsterte er ihr ins Ohr, »*und ich werde immer für dich da sein.*«
Wenig später hörten sie von unten die aufgebrachten Stimmen ihrer Eltern, die sich anschrien, bevor kurz darauf eine unheilvolle Stille einsetzte.

Die Erinnerung verblasste schlagartig, als der Druck in ihrem Magen unerträglich wurde. Ihre Innereien brannten, als hätte sie Säure verschluckt. Ruckartig drehte sie sich vom Waschbecken weg und erbrach sich in die Toilette. Es dauerte gut eine Minute, bis sich ihr Magen wieder beruhigt hatte und sie sich keuchend erhob. In ihrem Kopf hämmerte es, als würden Rotorblätter durch ihr Hirn pflügen. Sie wusch sich das Gesicht mit kaltem Wasser. Danach wurden ihre Gedanken klarer und kreisten um ihren Bruder. Warum hatte Alexander seine Mutter angerufen? Warum hatte er sich nach dem Vorfall in der Schule nicht bei ihr, seiner Schwester, gemeldet, hatte ihr die Situation geschildert? War ihr Verhältnis in den letzten Jahren so sehr ermüdet, dass er in seiner Mutter einen besseren, einen vertrauensvolleren Ansprechpartner für seine Probleme gesehen hatte? Das würde sie nicht gerade zur Schwester des Jahres küren. Unwillkürlich fasste sie sich mit der Hand an die Stelle, an der sich das Tattoo an ihrer Schulter befand.

Zusammenhalt.

Offenbar war diese Verbindung im Laufe der Jahre zerbrochen. Sie konnte es Alex nicht einmal verdenken. Sie wusste, dass viele ihrer Kollegen sie für ein eiskaltes Miststück hielten. Vielleicht hatten sie recht damit. Ein Grund mehr, ihren Vater selbst nach seinem Tod zu verachten. Seiner Erziehung hatte sie es zu verdanken, dass sie sich nicht einmal in ihre eigene Gefühlswelt hineinversetzen konnte. Wie sollte es ihr da bei anderen gelingen? Also war es nicht mehr als gerecht, dass sie nicht um ihn trauern konnte, denn Trauer war eine Form von Schwäche. Und die hatte ihr Vater ihr gründlich ausgetrieben. Sollte er doch in der Hölle schmoren, es war ihr egal. Nicht zum ersten Mal erschien ihr diese Einstellung angemessen.

Sie zuckte erschrocken zusammen, als es an der Tür klopfte.

»Ist alles in Ordnung mit Ihnen?«, drang die Stimme der Analytikerin zu ihr durch.

Sie holte tief Luft, trocknete sich das Gesicht ab und öffnete wortlos die Tür.

Marina Hoffmanns Augen weiteten sich. »Geht es Ihnen gut?«, fragte sie besorgt. »Sie sind kreidebleich.«

»Es geht schon wieder. Habe wohl etwas Schlechtes gegessen.«

Die Analytikerin betrachtete sie kritisch. »Ich schätze, es sind eher schlechte Erinnerungen, die Sie quälen.«

»Ich musste nur mal kurz auf die Toilette, das ist alles.«

»Kurz? Sie waren fast zwanzig Minuten da drin.«

Hartfels starrte sie an. »Was sagen Sie?« Unsicher sah sie auf ihre Uhr. »Es ... es kam mir nicht so lange vor. Ich ... ich muss die Zeit vergessen haben.«

Marina Hoffmann packte sie am Arm. »Kommen Sie. Wir werden das Ganze hier abbrechen.«

»Ich sagte doch, es geht mir gut.«

»Das sehe ich anders. Außerdem sind Ihre Kollegen ohnehin mit der Befragung fertig.«

Im Flur vor der Haustür stießen sie auf die anderen.

Chris, der wie Rokko einen Karton in der Hand hielt, sah sie besorgt an. »Alles in Ordnung?«

»Warum fragt mich das jeder?«, erwiderte sie kalt.

»Weil Sie aussehen, als ginge es Ihnen nicht gut.«

»Sind wir hier fertig?«

Chris nickte.

»Dann lassen Sie uns verschwinden.«

Ohne ihre Mutter eines weiteren Blickes zu würdigen, verließ sie das Haus.

Die Rückfahrt begann schweigend. Fast schien es so, als traue sich niemand, die drückende Stille zu durchbrechen. Erst nachdem sie einige Kilometer zurückgelegt hatten, fand Hartfels ihre Stimme wieder.

»Es tut mir leid«, sagte sie unverhofft. »Mein Verhalten war äußerst unprofessionell. Ich hätte mich zusammenreißen müssen.«

Chris betrachtete sie kurz im Rückspiegel. Dann tauschte er einen Blick mit Rokko auf dem Beifahrersitz. Auch er wirkte überrascht. Diesen Satz aus dem Mund von Corinna Hartfels zu hören war gleichzusetzen mit der Aufhebung physikalischer Gesetze. Es klang einfach absurd.

»Sie müssen sich nicht entschuldigen«, meinte Chris. »Wir haben alle Verständnis für Ihre Situation.«

Sie sah mit nichtssagendem Blick aus dem Fenster. Draußen hatte es zu regnen begonnen.

»Wenn Sie sich mal aussprechen wollen«, meinte Marina Hoffmann und drückte ihr etwas in die Hand.

Hartfels schielte auf die Visitenkarte.

»Sie sollten das nicht länger in sich hineinfressen, sonst

frisst es Sie irgendwann auf.«

»Das hat es schon längst«, antwortete Hartfels monoton.
»Was ist in diesen Kartons, die Sie mitgenommen haben?«,
fragte sie an Chris gerichtet.

»Persönliche Unterlagen Ihres Bruders, die Ihre Mutter
aufbewahrt hat.«

»Und Sie denken, dass Sie darin eher Hinweise finden
werden, als die Ermittler vor zwei Jahren?«

»Wir haben möglicherweise eine neue Spur, von der die
Kollegen damals nichts wussten.«

»Sie meinen die Anspielung einer möglichen Beziehung
meines Bruders.«

»Ja. Vielleicht ergeben sich daraus neue Ermittlungsan-
sätze.«

»Inwiefern?«

»Zum Beispiel, wenn die Frau, mit der Ihr Bruder ein
mutmaßliches Verhältnis hatte, verheiratet war. Vielleicht
sind die beiden auch durchgebrannt oder irgendetwas in
der Beziehung ist schiefgelaufen. Ich denke, Sie wissen
genau, worauf ich hinauswill.«

»Ja«, meinte sie nach einer kurzen Denkpause. »Allerdings halte ich das für ziemlich unwahrscheinlich. Zumindest in dieser Konstellation.«

Chris beobachtete sie im Rückspiegel. »Sagen Sie uns
auch, weshalb Sie dieser Meinung sind?«

Sie atmete durch. »Mein Bruder war homosexuell.«

KAPITEL 16

»Wieso steht davon nichts in den Akten?«, fragte Chris aufgebracht. Sie waren zurück im Büro und durchforsteten die alten Berichte zu dem Fall, die die Kollegen aus Mayen ihnen hatten zukommen lassen.

»Weil es niemand wusste«, sagte Hartfels.

»*Sie* wussten es, oder nicht?«

»Mir wurden diesbezüglich nie Fragen gestellt, und auf die Akten hatte ich keinen Zugriff.«

»Ach kommen Sie«, tat Chris dieses Argument ab. »Sie sind Hauptkommissarin beim BKA. Sagen Sie mir nicht, Sie wüssten weniger über Ermittlungsarbeit als ich. Es wird immer zuerst im persönlichen Umfeld des Opfers ermittelt.«

»Das ist mir durchaus bewusst.«

»Dann kann ich Ihr Schweigen noch weniger verstehen. Denn wenn Ihr Bruder in gewissen Kreisen verkehrt hat, wurden diese damals völlig außer Acht gelassen.«

»In gewissen Kreisen? Das klingt ziemlich abfällig.«

»Sie wissen genau, was ich meine. Menschen, die ihre Homosexualität nicht offen ausleben, müssen dies im Untergrund tun. Meist sind es Treffpunkte, die über das Internet in gewissen einschlägigen Foren festgelegt werden. Auf abgelegenen Parkplätzen zum Beispiel. Wie den, auf dem das verlassene Auto Ihres Bruders gefunden wurde.«

»Wenn Sie tatsächlich davon ausgehen, dass mein Bruder zum Zeitpunkt seines Verschwindens in einer frischen Beziehung gelebt hat, dürfte er sich kaum an abgelegenen Orten mit anderen getroffen haben.«

»Aber vielleicht könnte uns eine seiner früheren Bekanntschaften sagen, um wen es sich dabei handelt. Denn diese Person hat sich laut den Akten nie gemeldet. Und das wiederum würde nur zwei Schlüsse zulassen: Entweder sie ist zusammen mit Ihrem Bruder verschwunden oder sie ist in die Ereignisse verwickelt.«

»Es gibt noch eine dritte Möglichkeit«, meinte Rokko, der in einem Aktenordner aus einem der Kartons blätterte. »Die beiden machen gemeinsame Sache.«

Hartfels blickte ihn nichtssagend an. »Mein Bruder ist tot.«

»Was macht sie da eigentlich so verdammt sicher?«

»Ich weiß es einfach«, wich sie aus.

»Oh, na dann können wir den Fall ja beruhigt zu den Akten legen.« Rokko warf den Ordner auf seinen Schreibtisch. »Ich weiß ja nicht, was man Ihnen beim BKA beigebracht hat, aber hier stützen wir uns lieber auf Beweise.«

»Was ist mit dem Blut meines Bruders, das in dem Auto gefunden wurde.«

»Das belegt gar nichts«, meinte Rokko. »Er könnte es auch selbst dort hinterlassen haben, um seine Ermordung vorzutäuschen.«

»Wie ich dem Bericht der Spurensicherung entnehmen konnte, wurden in dem Wagen auch Spuren einer anderen Person gefunden. Haare und Fasern, die keinem seiner Bekannten zugeordnet werden konnten.«

»Zumindest keinem, von dem die Kollegen wussten. Leider ergab der Abgleich in der DNA-Datenbank keinen Treffer. Letztendlich belegt das aber nur, dass Ihr Bruder jemanden in seinem Auto mitgenommen hat. Das könnte ebenso gut ein Anhalter gewesen sein.«

»Glauben Sie das wirklich?«, konterte Hartfels. »Oder nehmen Sie das nur an, weil es die einfachste Lösung wäre?

Man wird nicht einfach über Nacht zum kalkulierten Mörder, der seine Taten zwei Jahre im Voraus plant. Und wo bitte ist das Motiv dafür?«

»Unerwiderte Liebe?«, mutmaßte Marina Hoffmann. Sie stand mit verschränkten Armen an einen Aktenschrank gelehnt und verfolgte die Diskussion interessiert.

»Wie bitte?«, entfuhr es Hartfels.

»Die Art, wie die beiden Leichen arrangiert wurden, könnte darauf hindeuten, dass es dem Täter um eine unerfüllte Liebe geht. Nicht direkt auf die beiden Toten bezogen, sondern auf jemanden in seiner Vergangenheit.«

»Bullshit!«

Marina Hoffmann überging diesen Kommentar. »Möglicherweise hatte ihr Bruder falsche Vorstellungen, was diese andere Person betrifft, von der Ihre Mutter gesprochen hat. Vielleicht hat er in diese Bekanntschaft etwas hineininterpretiert, was es so nicht gegeben hat. Das dürfte ihn ziemlich enttäuscht haben und er fühlte sich zurückgestoßen, als er die Wahrheit erfahren hat. Eine solche Erfahrung kann jemanden durchaus dazu bringen, an der Welt zu verzweifeln und ihr den Rücken zuzukehren.«

»Und dann wartet er zwei Jahre in seinem Versteck, um diese Erfahrung auf solche Weise zu verarbeiten? Das ist doch Schwachsinn!«

»Nicht wenn wir in Betracht ziehen, dass Ihr Bruder damals gezwungen war unterzutauchen.«

Hartfels starrte sie regungslos an. »Sie meinen ...«

Marina Hoffmann nickte. »Es könnte durchaus sein, dass Ihr Bruder die betreffende Person ermordet hat.«

»Aber das ... das ...«, stammelte Hartfels. »Das kann ich einfach nicht glauben.«

»Weil es sich dabei um Ihren Bruder handelt, nicht

wahr?«, meinte Marina Hoffmann einfühlsam. Sie ging auf Hartfels zu und legte ihr sanft die Hand auf die Schulter. Die zuckte unter der Berührung leicht zusammen. »Aber aus beruflicher Sicht wissen Sie sehr wohl, wie so etwas passiert. Ein einseitiges Liebesbekenntnis, Zurückweisung, ein klärendes Gespräch, Enttäuschung, Wut ... und plötzlich hält jemand einen blutigen Gegenstand in der Hand.«

»Aber ... aber warum dann die beiden Toten in dem Haus? Sie waren heterosexuell.«

»Die sexuelle Ausrichtung muss nicht zwangsläufig eine Rolle spielen«, erläuterte Marina Hoffmann. »Ihr Bruder könnte den beiden zufällig begegnet sein, und vielleicht hat dieses Paar etwas in ihm ausgelöst, eine Art Trigger, der ihn zu der Tat getrieben hat. Unter Umständen hat der Mann ihn an die Person von damals erinnert. Vielleicht war diese Person ja auch heterosexuell und es kam deshalb nicht zu einer Beziehung.«

Hartfels betrachtete Chris und Rokko, als suche sie in ihren Gesichtern nach einem Anhaltspunkt, der diese These in Frage stellte. Doch sie fand nur stummen Zuspruch darin.

»Ich habe den Kollegen Gerlach bereits damit beauftragt, die Vermisstenmeldungen von damals in der Region Koblenz zu überprüfen«, bestätigte Chris ihren Eindruck. »Vielleicht haben wir ja Glück.«

Hartfels blickte starr in die Runde. »Haben Sie sich das alles zusammengereimt, während ich auf der Toilette war?«

Chris beugte sich vor. »Ich weiß, unsere These ist nicht lückenlos, aber durchaus schlüssig. Und sie entspringt der unumstößlichen Tatsache, dass das Blut Ihres Bruders am Tatort gefunden wurde, und zwar in Form eines Symbols, welches für sie beide eine Bedeutung hat.«

Hartfels atmete durch. Sie schien noch immer nicht überzeugt zu sein. »Was ist mit den persönlichen Sachen meines Bruders? Hat sich daraus irgendetwas ergeben, das ihre These stützt?«

»Nein«, gab Rokko zu. »Es befinden sich zwar einige Fotos darunter, bei diesen handelt es sich aber fast ausschließlich um Familienaufnahmen oder Bilder seiner Schulklassen. Der Rest sind Ordner voller Behördenkonferenz und Gehaltsabrechnungen. Ihre Mutter sagte, sie hätte nur versäumt, sie zu entsorgen.«

»Es gibt doch sicher eine Inventarliste der Gegenstände, die damals in der Wohnung meines Bruders gefunden wurden.«

»Sicher.« Rokko wühlte in einer seiner Schubladen herum, bis er eine blaue Mappe hervorkramte und sie Hartfels reichte. »Ich bin sie bereits durchgegangen.«

Hartfels ignorierte den Kommentar und blätterte in der Mappe. Nachdem sie die Listen einige Minuten studiert hatte, hielt sie inne. »Das kann nicht stimmen«, sagte sie.

»Haben Sie etwas gefunden?«, fragte Chris, der sich mit Doktor Hoffmann unterhalten hatte.

»Ich würde eher sagen, ich habe etwas *nicht* gefunden. Sind diese Listen komplett?«

»Das ist zumindest alles, was die Kollegen uns geschickt haben. Warum?«

»Weil darauf nirgends der Computer meines Bruders vermerkt ist.«

»Uns ist auch aufgefallen, dass dort nichts dergleichen zu finden war«, meinte Chris. »Allerdings ist das nicht ungewöhnlich, da viele heutzutage in erster Linie über ihr Smartphone kommunizieren. Im Fall Ihres Bruders ist das aber zusammen mit ihm verschwunden.«

»Alexander besaß einen Laptop.«

»Sie haben selbst gesagt, dass Sie in den letzten Jahren kaum Kontakt zu ihm hatten.«

»Wir standen in Kontakt, nur nicht auf persönlicher Ebene. Er war Lehrer und dürfte seine Klassenarbeiten und Lernblätter kaum über sein Handy gestaltet haben.«

»Laut den Kollegen, die damals für den Fall zuständig waren, stand ihm für derartige Arbeiten in der Schule ein Rechner zur Verfügung.«

»Tja, dann muss er wohl von dort via Videochat mit mir Kontakt aufgenommen haben.« Sie beugte sich nach vorn. »Nur komisch, dass auf dem Videobild im Hintergrund jedes Mal das Bücherregal in seiner Wohnung zu sehen war.«

Einen Augenblick lang herrschte Stille. Chris wartete auf eine Reaktion von Rokko oder Doktor Hoffmann. Doch die beiden erwiderten nur seinen Blick und blieben stumm.

Er räusperte sich. »Das würde ja bedeuten ...«

»Dass jemand in der Wohnung meines Bruders gewesen ist und den Computer an sich genommen hat«, vervollständigte Hartfels den Satz, »und zwar *nachdem* er verschwunden war. Vermutlich haben die beiden auch über das Internet in Kontakt gestanden und derjenige wäre auf diesem Weg angreifbar gewesen. Und hätten die zuständigen Ermittler damals ihre Arbeit gewissenhaft gemacht, und mir zudem Zugang zu den Akten gewährt, dann wäre das schon vor zwei Jahren ans Licht gekommen.« Sie ließ sich zurück in den Stuhl fallen und blickte in die Runde. »Sie sollten Ihr Täterprofil noch einmal überdenken. Denn wie ich Ihnen bereits gesagt habe, ist mein Bruder das Opfer. Finden Sie die Person, mit der er in Kontakt gestanden hat, und Sie haben Ihren Mörder.«

Das Klingeln des Telefons riss Chris aus seinen Gedanken. Erst nach dem dritten Läuten nahm er ab und meldete sich mit belegter Stimme. Das Gespräch dauerte nicht lange. Chris machte sich Notizen, bevor er auflegte. »Wir müssen diese Diskussion verschieben.«

»Wer war das?«, fragte Rokko.

»Die Zentrale. Es gibt einen weiteren Mord.«

KAPITEL 17

Obwohl die Luft draußen feucht und kalt war, ragten gut ein Dutzend Köpfe aus den Fenstern des Mietshauses, während Chris und seine drei Mitstreiter sich vor dem Eingang in ihre Overalls zwängten, die sie von der Spurensicherung erhalten hatten. Auch in dem gegenüberliegenden Gebäude erkannte er Leute an ihren Fenstern, die den Polizeiauflauf in ihrer Straße begafften.

»Arbeitet außer uns heutzutage eigentlich niemand mehr?«, fragte er in die Runde.

»Gleitzeit und Schichtarbeit«, meinte Rokko und zog sich die verhasste Haube über den Kopf. »Die unumstößlichen Begleiterscheinungen einer Vierundzwanzig-Stunden-Gesellschaft.«

»Sind Sie heute etwas gesprächiger?« Es war Armin Pelzer, der sich aus einer Gruppe von Uniformierten gelöst hatte und auf sie zukam. »Scheint so, als wären meine Bedenken bei unserer letzten Begegnung nicht ganz aus der Luft gegriffen gewesen. Ich sagte Ihnen ja, dass wieder ein

Irrer sein Unwesen treibt. Diese Gegend scheint solche Spinner regelrecht anzuziehen. So was wie da drin hab ich jedenfalls noch nicht gesehen.«

»Waren Sie und Ihre Kollegen die Ersten am Tatort?«

Pelzer nickte. »Einer der unmittelbaren Nachbarn hat uns verständigt, nachdem er eine kopflose Katze auf seiner Terrasse vorgefunden hat.«

»Eine *was*?«

Pelzer zuckte mit den Schultern. »Er meinte, er wüsste, wem das Tier gehöre und hat uns diese Adresse genannt. Als wir hier ankamen, war die Wohnungstür nur angelehnt. Also sind wir rein und haben ...« Er stockte kurz, als überlege er, wie er sich ausdrücken sollte. »Na ja, wir haben vorgefunden, was auch immer das da drin darstellen soll. Ich beneide Sie jedenfalls nicht um Ihren Job.«

Chris und Rokko warfen sich unheilvolle Blicke zu, während sie sich den Mundschutz überzogen.

Nachdem auch Hartfels und Doktor Hoffmann ihre Schutzkleidung angelegt hatten, betraten sie die Wohnung im Erdgeschoss. Gut ein Dutzend Techniker hielten sich in der Wohnung auf, schossen unentwegt Fotos und dokumentierten alles, was sich als Spur erweisen konnte. Im Flur nahmen sie einen seltsam blumigen Geruch wahr, der in keinster Weise zu einem Tatort passte. Als sie an der offenen Badezimmertür vorbeikamen, nahm der Geruch an Intensität zu.

Chris rümpfte die Nase. »Das riecht wie ...«

»Raumspray«, bestätigte Meißner und zog sich seinen Mundschutz herunter, nachdem er sich ihnen zugewandt hatte. »Soll wohl den Blutgeruch übertünchen. Offenbar hat der Täter ein Problem damit.«

»Dann wurde die Leiche wieder verstümmelt?«

Meißner nickte. »In der Badewanne, wie bei den ersten Opfern. Und genau wie dort hat er anschließend den Körper gesäubert. Er scheint nicht sonderlich auf Blut abzufahren.« Als er näher kam und Hartfels in der kleinen Gruppe erkannte, verhärtete sich sein Gesichtsausdruck.

»Ich schätze, ich muss euch nicht bekanntmachen«, sagte Chris.

»Wahrlich nicht«, meinte Meißner unterkühlt. Er hatte die letzte Begegnung mit Corinna Hartfels noch lebhaft in Erinnerung. »Was macht sie hier? Ich meine, darf sie sich überhaupt hier aufhalten? Ihr Bruder ist in die Sache verwickelt.«

»Da liegen Sie falsch«, dementierte Hartfels.

Meißner starrte Chris an. »Was soll das heißen? Stellt sie etwa wieder meine Kompetenz infrage?«

»Dieses Mal ist es komplizierter«, meinte Chris verlegen.

»Ist mir egal«, zischte Meißner. »Ich stelle eine klare Bedingung, wenn sie sich weiterhin an meinem Tatort aufhalten will.«

»Ihrem Tatort?«, warf Hartfels ein und erntete einen mahnenden Blick von Chris.

Meißner trat einen Schritt auf sie zu. »Ganz genau. Ich bin hier der Verantwortliche«, stellte er klar. »Und sollten Sie wie beim letzten Mal wieder versuchen, sich in meine Arbeit und die meiner Leute einzumischen, oder auf die wahnwitzige Idee kommen, hier irgendetwas anzufassen, dann werde ich Sie mit dem größten Vergnügen vor die Tür setzten und Ihnen ein Disziplinarverfahren anhängen, das sich gewaschen hat. Und dabei ist es mir völlig egal, für welche Behörde Sie arbeiten. Haben wir uns verstanden?«

»Keine Sorge«, ging Chris dazwischen. »Das BKA ist an dem Fall nicht beteiligt.«

»Ist mir egal«, zischte Meißner. »Ich will es von *ihr* hören.«

Hartfels starrte ratlos in die Runde. Schließlich blieb sie an Chris hängen, der ihr aufmunternd zunickte. »Meinetwegen«, sagte sie schließlich zur Erleichterung aller.

»Können wir jetzt wieder zur Sache kommen«, forderte Rokko ungeduldig.

Meißner atmete durch und entspannte sich. »Wie bereits gesagt ist der Tathergang größtenteils identisch zu dem ersten Fall«, begann er mit seinen Erläuterungen. »Auch hier wurde das Opfer nach der Tat gesäubert und anschließend in einem angrenzenden Raum hergerichtet. Und die Art und Weise wie das geschehen ist, lässt keinen Zweifel daran, dass es sich um denselben Täter handelt.«

»Sie sagen, die Leiche wurde hergerichtet?«, hakte Hartfels nach. »Ich hoffe, Sie und Ihre Leute haben den Fundort nicht verändert.«

Chris und Rokko hielten den Atem an, während Doktor Hoffmann die Diskussion neugierig verfolgte.

Meißners Augen verengten sich. »Sie halten mich offenbar noch immer für einen inkompetenten Idioten«, meinte er zurückhaltend.

»Nein«, versicherte ihm Hartfels irritiert. »Ich habe Ihnen nur meine Bedenken ...«

»Ihre Bedenken sind mir scheißegal«, fuhr er ihr ins Wort. »Ich habe diese Stellung nicht in einer Lotterie gewonnen, sondern mir aufgrund jahrelanger Erfahrung erarbeitet. Ich hoffe, das ist jetzt auch bis nach Wiesbaden vorgedrungen, wo sich offenbar jeder für eine Koryphäe hält.«

»Haben Sie den Fundort nun verändert oder nicht?«

Meißner atmete tief durch. »Ich hätte meine Kollegen

und Sie wohl kaum so dringend hierherbestellt, *wenn* ich das getan hätte«, erwiderte er unter stärkster Zurückhaltung. »Der Gerichtsmediziner wartet seit über zwanzig Minuten, um den Leichnam zu untersuchen, was er nur deshalb noch nicht getan hat, weil ich es für wichtig halte, dass Sie das da drin mit eigenen Augen sehen.«

»Gut«, meinte sie, »worauf warten wir dann noch?«

Chris tätschelte Meißner beruhigend die Schulter, während er sie aufgebracht in den Wohnbereich führte.

Der weibliche Leichnam war mit Hilfe eines Seils auf einem Stuhl fixiert, der vor der hinteren Wand postiert war. Der Körper hing nach vorn geneigt, als wäre er gramgebeugt, und von einem altmodisch wirkenden schwarzen Kleid umhüllt, welches der Frau bis über die Knie reichte. Was von den Beinen zu sehen war, steckte in schwarzen Strumpfhosen. Auf dem Kopf trug sie einen Hut, dessen schwarzer Schleier bis in ihr Gesicht hing, das von einer weißen Maske verdeckt wurde.

»Na endlich«, begrüßte Frank Thielmann die Gruppe und trat auf sie zu. »Ich warte hier seit einer geschlagenen halben Stunde. Euch ist schon klar, dass ich auch noch andere Verpflichtungen habe.«

»Tut mir leid, aber es ging nicht schneller«, entschuldigte sich Chris.

»Immerhin dürfte an der Todesursache kein Zweifel bestehen.«

Chris begriff, auf was Thielmann anspielte, als er auf die Hände der Leiche blickte. Sie waren mit den Handflächen nach oben in deren Schoß ausgebreitet. Zusammen mit der gebeugten Haltung hatte es den Anschein, als sehe sie direkt auf das, was dort auf ihren Händen lag. Es war faustgroß, fleischig und mit dicken Venen durchzogen.

»Ist das ...?«

»Ja«, bestätigte der Gerichtsmediziner seinen Verdacht. »Ein menschliches Herz.«

Entsetzt richtete Chris seine Augen auf das Kleid. Im Bereich der linken Brusthälfte war es eingerissen und auseinandergezogen worden. Dahinter klaffte eine fleischige Öffnung.

»Großer Gott«, entfuhr es ihm.

»So könnte man es auch beschreiben«, meinte Thielmann trocken. »Es gehört schon eine Menge kriminelle Energie dazu, einem Menschen den Brustkorb aufzustemmen und ihm sein Herz rauszureißen.«

»Gibt es Einbruchspuren?«, fragte Chris an Meißner gerichtet.

»Es wurde nichts aufgebrochen«, gab der zurück. »Aber wir haben einen schwachen Schuhabdruck auf dem Klodeckel im Badezimmer vorgefunden. Vermutlich stand das Fenster offen und er ist dort eingestiegen.«

»Er hat ihr in der Wohnung aufgelauert, so wie bei den ersten Opfern.« Chris betrachtete die Wand hinter der Toten. Auf der hellen Tapete war großflächig etwas mit Blut gezeichnet worden. Es sah aus wie zwei große Flügel, die sich schützend über dem Opfer ausbreiteten.

»Was soll das darstellen?«, fragte Rokko und betrachtete die abstrakten Konturen. »Einen Engel?«

»Nein«, sagte Hartfels mit brüchiger Stimme.

Chris drehte sich zu ihr um. Sie war kreidebleich, und ihr Atem ging stoßweise. »Was ist mit Ihnen?«

Sie starrte auf die blutige Zeichnung. »Das ist kein Engel. Es ... es ist ein Adler.«

»Ist das wieder ein Hinweis an Sie?«

Sie antwortete nicht, starrte nur weiter die Wand an.

Chris wandte sich wieder der Leiche zu. Er kniete sich neben sie, schob den Schleier beiseite und betrachtete die Maske. Sie wirkte schwer und war aus Gips gefertigt, wie auch bei den ersten Opfern. Diesmal gaben die comicartigen Züge der Maske jedoch ein tieftrauriges Antlitz wieder. Die Mundwinkel waren heruntergezogen, die angedeuteten Augenpartien wirkten eingefallen. Im Gegensatz zu der Zeichnung an der Wand waren die Konturen hier alle sehr fein und sauber ausgearbeitet.

Hier bist du deutlich sorgfältiger vorgegangen, hielt er in Gedanken fest. *Die Zeichnung wirkt improvisiert. Und Improvisation liegt dir nicht. Du bist es gewohnt, dich gut vorzubereiten. War die Zeichnung ein spontaner Einfall? War sie so nicht vorgesehen? Oder ist dein Talent mehr auf handwerklicher Ebene angesiedelt?*

Er musterte die feinen Linien der Maske.

Hier legst du sehr viel Wert auf Details. Sie sind dir wichtig, denn du willst auf keinen Fall, dass deine Arbeit falsch interpretiert wird. Sie ist deine Botschaft.

Unter den Rändern entdeckte er eine sauber geschnittene, fleischige Kante.

Auch ihr hast du die Gesichtshaut entfernt. Warum tust du das? Hemmt es dich, ihnen ins Gesicht zu blicken? Erinnern sie dich an jemanden? Hat es vielleicht etwas mit Dominanz zu tun?

Sein Blick wanderte hinunter zu dem Herz im Schoß des Opfers. Es wirkte leicht aufgebläht, als würde es jeden Moment wieder zu schlagen beginnen. Exakt entlang der Mitte entdeckte er einen feinen Einschnitt, der an drei Stellen mit dünnem Garn zusammengehalten wurde.

»Das Herz wurde geöffnet.« Chris erhob sich.

»Hat er uns wieder etwas hinterlassen?«

»Das ist die große Frage, die uns allen unter den Nägeln brennt«, sagte Meißner. »Wir wollten auf euch warten, um es herauszufinden.«

Chris sah in die Gesichter der anderen und entdeckte dort das gleiche Unbehagen, das ihn selbst überkam. »Na, dann los«, sagte er und trat einige Schritte von der Leiche zurück.

Augenblicklich nahm Thielmann seinen Platz ein. Meißner stand neben ihm und hielt den Fotoapparat schussbereit. Der Arzt kniete sich vor die Leiche und begann, das Garn vorsichtig mit einem Skalpell zu durchtrennen. Nachdem er die zweite Nahtstelle gelöst hatte, zog sich die Öffnung leicht auseinander. Sofort hielt der Arzt inne.

»Da drin bewegt sich etwas«, sagte er, und alle in dem Raum schienen sich zu versteifen. Lediglich der Auslöser der Kamera war zu hören. Dann wand sich etwas Wurmartiges aus der Öffnung heraus. »Maden«, meinte Thielmann abgeklärt. »Er hat Maden in das Herz eingesetzt.«

»Können die sich nicht auf natürlichem Weg dort gebildet haben?«, fragte Rokko.

Thielmann schüttelte den Kopf. »Diese kleinen Aasfresser bevorzugen verwesendes Fleisch. Die Leiche ist dafür noch viel zu frisch. Anhand der Körpertemperatur würde ich sagen, dass der Tod vor maximal sechsunddreißig Stunden eingetreten ist.« Thielmann kramte aus seinem Koffer eine Pinzette hervor, entfernte vorsichtig zwei der Maden und verstaute sie in einem kleinen Kunststoffbecher. Dann durchtrennte er die letzte Naht an dem Herz und öffnete die Schnittstelle. Sofort zuckte er zurück. »Scheiße!«

»Was ist?«, fragte Chris.

»Das glaubt ihr nicht.« Thielmann zögerte kurz. Dann zog er die Öffnung weiter auseinander und legte den Inhalt frei. Neben weiteren Maden kam dabei noch etwas anderes zum Vorschein.

Ein Raunen ging durch den Raum. Selbst Meißner senkte die Kamera und schien in eine Art Starre verfallen zu sein. Chris hörte hinter sich ein Würgen. Es war Marina Hoffmann, die sich kreidebleich abwendete und den Raum verließ.

»Fuck«, entfuhr es Rokko, während er mit aufgerissenen Augen auf den abgetrennten Katzenkopf starrte.

KAPITEL 18

Chris stand mit Doktor Hoffmann auf dem Gehweg, etwas abseits des Gebäudes. Sie verfolgten den Abtransport des Leichnams aus einiger Entfernung, ohne ein Wort zu sprechen. Erst nachdem der Leichenwagen sie passiert hatte und aus ihrem Blickfeld fuhr, fand Marina Hoffmann ihre Fassung wieder.

»Sie haben es hier mit einem hochgradigen Soziopathen zu tun, der die krankhafte Neigung hat, mit den Gefühlen anderer Menschen zu spielen und seine Taten zur Schau zu stellen.« Sie drehte sich zu Chris und blickte ihm direkt in die Augen. Ihr Gesicht war noch immer aschfahl, ihre Stimme brüchig. »Das da drin war mit Abstand das Grausamste, was ich je gesehen habe. Und ich bin mir nicht sicher, ob ich Ihnen in diesem Fall länger als Beraterin zur Verfügung stehen kann.«

»Niemand würde Ihnen deswegen einen Vorwurf machen«, erwiderte Chris einfühlsam. »Obwohl ich nur ungern auf Ihre Fähigkeiten verzichten würde.«

»Meine Fähigkeiten?«, sagte sie abwertend. »Was könnte ich in dem Fall schon dazu beitragen, um diesen abartigen Mörder zu fassen? Wie Sie wissen, habe ich mich in meiner Vergangenheit nicht gerade mit Ruhm bekleckert, was meine Prognosen bezüglich der Psyche solcher Menschen betrifft.«

»Ich denke, Sie unterschätzen sich gewaltig.«

»Tue ich das? Die Psychoanalyse ist keine exakte Wissenschaft. Letztendlich fische ich nur im Trüben.«

»Sie mögen vielleicht nicht immer richtig liegen, aber genau wie ich können Sie sich ziemlich gut in andere hineinversetzen. Nur das Sie dabei die nötige professionelle Distanz wahren und sich nicht von eigenen Gefühlen beeinflussen lassen.«

»Da täuschen Sie sich.« Sie deutete vehement auf das Wohngebäude. »Wie könnte ich das, was ich dort drin gesehen habe, einfach ausblenden?«

»Niemand mit einer gesunden Psyche wäre dazu in der Lage«, pflichtete Chris ihr bei. »Aber wenn der erste Schock sich gelegt hat, und Sie es aus rein beruflicher Perspektive betrachten und damit beginnen, die Tat zu analysieren, dann verdrängt der Verstand die Emotionen und Sie sehen nur noch nüchterne Fakten. Das macht es zwar nicht weniger grausam, aber erträglicher. Daher lege ich sehr großen Wert auf Ihre Meinung, da mir dieser Abstand nicht immer gelingt.«

Sie dachte einen Moment darüber nach. »So wie Sie das darstellen, sind wir im Grunde nicht viel anders, als die, die wir zur Strecke bringen wollen.«

»In gewissem Maße mag das zutreffen.« Er hob den Zeigefinger an. »Aber es gibt einen entscheidenden Unterschied: Nach dem Feierabend gewinnt bei uns die Menschlichkeit wieder die Oberhand.«

»Es sei denn, sie findet irgendwann den Rückweg nicht mehr. Denn im Gegensatz zu einem psychopathischen Mörder haben wir einen entscheidenden Nachteil: Wir fühlen mit den Opfern.«

Chris blickte stumm zu Boden. Er wusste, worauf sie anspielte. Wenn negative Gefühle die Oberhand gewannen, war es nur noch ein schmaler Grat, bis man selbst die Kontrolle verlor. Das hatte er am eigenen Leib erfahren müssen, als er es mit skrupellosen Kinderschändern zu tun gehabt hatte.

Es waren Rokko und Hartfels, die ihn von seinem betroffenen Schweigen erlösten. Sie kamen aus dem gegenüberliegenden Gebäude, aus dessen Fenstern noch immer zahlreiche Menschen das Geschehen beobachteten, und näherten sich ihnen über die Straße.

»Wir haben die Nachbarn gegenüber befragt«, berichtete er, als sie die beiden erreicht hatten.

»Lass mich raten«, entgegnete Chris. »Niemandem ist etwas aufgefallen.«

»Stimmt. Aber derjenige, der den Rest der Katze gefunden hat, hat noch einmal bestätigt, dass es sich um Manuela Gierkes Kater gehandelt hat, dessen ...« Rokko stockte und blickte hilfesuchend zu Hartfels, deren Gesicht noch immer eine ungesunde Blässe aufwies. »Na ja«, fuhr er fort und schwenkte zu Chris herüber, »dessen Kopf in ihrem Herz eingenäht war.« Er strich sich über seinen Kinnbart. »Ist dir eigentlich klar, wie verrückt sich das anhört? Wie zum Teufel soll ich das in einen Bericht fassen?«

»Wieso hat er den Körper der Katze dort deponiert?«

Chris blickte zu Doktor Hoffmann, die noch immer betroffen wirkte. »Offenbar wollte der Täter, dass die Leiche relativ schnell entdeckt wird, bevor seine Inszenierung durch natürliche Verwesung zerstört worden wäre.« Er betrachtete sie eine Weile prüfend. »Was glauben Sie?«, fragte er. »Hat die Katze eine besondere Bedeutung für den Täter?«

Sie wich seinem Blick aus und seufzte. »Ich weiß nicht«, sagte sie und rieb sich die Augen. »Ich denke ... na ja ...«

Chris berührte sie an der Schulter. »Wenn Sie noch nicht so weit sind, dann ist das okay«, meinte er. »Ich will Sie zu nichts drängen.«

»Nein, schon gut«, erwiderte sie. »Ich ... es geht schon wieder.« Sie nahm sich zusammen und atmete durch. »Die meisten Menschen lieben ihre Haustiere. Manche sogar abgöttisch. Das kann so weit gehen, dass sie ihre Gesellschaft der von Menschen vorziehen.«

Chris nickte. »Wenn Manuela Gierke so ein Mensch war, dann hätte der Verlust ihrer Katze ihr ganz sicher das Herz zerrissen.«

»Dann hat der Täter das Tier benutzt, um sie emotional zu foltern?«, fragte Rokko.

Chris dachte einen Moment darüber nach. »Vermutlich hat er das Tier vor ihren Augen gequält und getötet, um sie leiden zu sehen.« Er blickte zu Hartfels. Sie wirkte ungewöhnlich zurückhaltend. Es war ihr anzumerken, dass sie von dem, was hier besprochen wurde, nicht die geringste Vorstellung besaß.

»Ja«, bestätigte Marina Hoffmann. »Der Täter scheint sehr auf bestimmte Gefühle fixiert zu sein.«

»Aber was will er damit bezwecken?«, brach Hartfels ihr Schweigen.

»Wir gehen davon aus, dass der Täter diese Gefühle nicht selbst empfinden kann und sie durch seine Taten bewusst bei seinen Opfern auslöst.«

Hartfels musterte sie skeptisch. »Aber wozu?«

Marina Hoffmann rieb sich das Kinn, während sie ihren Gedanken nachging. Die Aufgelöstheit, die sie noch vor wenigen Minuten gelähmt hatte, war verflogen und einer tiefen Konzentration gewichen. »Offenbar haben diese Gefühle eine besondere Bedeutung für ihn«, sagte sie nach einer Weile. »Und möglicherweise hängt diese Bedeutung mit den Opfern zusammen. Der Täter wählt sie nicht zufällig aus. Er muss gewusst haben, dass Manuela Gierke eine Katze besaß und eine enge emotionale Bindung zu dem Tier hatte. Nur so war es ihm möglich, das Gefühl der Trauer bei ihr auszulösen, indem er das Tier getötet hat.«

»Das setzt voraus, dass er sie entweder gekannt oder längere Zeit beobachtet hat«, fügte Chris hinzu und wandte sich an Rokko und Hartfels. »Wir sollten nach einer Verbindung zwischen den Opfern suchen. Vielleicht stammen sie aus dem persönlichen Umfeld des Täters.«

»Ich rufe Gerlach an«, sagte Rokko und zückte sein Handy. »Er soll alles Nötige veranlassen.« Er machte kehrt und entfernte sich in Richtung des Wohnhauses. Hartfels folgte ihm. Anscheinend war sie der Ansicht, diesem Gespräch nicht länger beiwohnen zu müssen.

»Gratuliere«, sagte Chris und lächelte Marina Hoffmann zu. »Ich sagte Ihnen doch, wir können nicht aus unserer Haut. Es liegt uns im Blut.«

»Ein ziemlich makaberer Vergleich an einem Tatort wie diesem hier«, sagte sie, erwiderte aber sein Lächeln.

»Aber ja, Sie haben recht.«

»Demnach kann ich also weiter auf Sie zählen?«

Sie seufzte. »Ich könnte es mir vermutlich nie verzeihen, wenn Ihnen der Kerl ohne meine Hilfe durch die Lappen geht.«

»Nun werden Sie mal nicht gleich überheblich, Frau Doktor«, scherzte er, um gleich darauf wieder ernst zu werden, als er zur Straße vor dem Haus sah, wo die Kollegen der Spurensicherung ihre Koffer in den Fahrzeugen verstauten. »Das hier wird nicht so schnell aufhören, nicht wahr?«

Schwermütig folgte sie seinem Blick. »Vermutlich ist es erst der Anfang.«

Chris nickte, ohne sie anzusehen. »Was glauben Sie, wie viele Morde uns noch bevorstehen?«

Sie zog die Brauen nach oben. »Das ist schwer einzuschätzen«, erwiderte sie. »Es gibt eine breite Palette von Gefühlen, die …« Sie hielt plötzlich inne und erstarrte.

»Was ist?«, fragte Chris, als er ihren steinernen Gesichtsausdruck bemerkte.

Sie reagierte nicht, schien völlig in Gedanken versunken.

»Doktor Hoffmann?«

»Natürlich!«, sagte sie und fasste sich an die Stirn. »Warum bin ich nicht gleich drauf gekommen?«

»Worauf?«, fragte Chris geduldig.

»Es hätte mir eigentlich schon früher auffallen müssen«, überging sie seine Frage. Sie war nun sichtlich aufgeregt. »Die Darstellung der Leichen, die Masken … vor allem die Masken!«

»Erinnert Sie das wieder an ein Kunstwerk?«

»Nein, keine Kunst, eine evolutionspsychologische These!«

Chris packte sie am Arm und riss sie aus ihrer Gedankenwelt. »Doktor Hoffmann«, sprach er sie an. »Lassen Sie mich an Ihrer Eingebung teilhaben. Und zwar so, dass ich sie verstehe.«

Sie sah ihn an, als wäre sie gerade aus einem Traum erwacht. Schließlich nickte sie. »Ja, aber nicht hier. In Ihrer Dienststelle kann ich Ihnen das wesentlich anschaulicher erläutern.«

KAPITEL 19

Sie befanden sich im verdunkelten Besprechungsraum ihrer Abteilung im sechsten Stockwerk. Chris und Rokko hatten an einem der Tische Platz genommen, während Hartfels an der hinteren Wand lehnte und sich für ihre Verhältnisse stark zurückzog. Ganz offensichtlich war sie mit der Materie überfordert. Dennoch folgte sie konzentriert den Erläuterungen, die Marina Hoffmann ihnen unterbreitete. Sie stand vor einem pultartigen Tisch, auf dem sich ein Laptop befand, an dem sie etwa zehn Minuten konzentriert gearbeitet hatte. Der angeschlossene Beamer projizierte den nun angezeigten Bildschirminhalt auf eine heruntergelassene Leinwand im Hintergrund. Darauf war eine englischsprachige Webseite zu sehen, die das Foto eines älteren Mannes mit lichtem, weißem Haar und einem weißen Kinnbart beinhaltete.

»Das ist Professor Doktor Paul Ekman«, erklärte Marina Hoffmann, »ein US-amerikanischer Anthropologe und zugleich einer der bedeutendsten Psychologen unserer Zeit.

Ihnen ist er vielleicht eher durch die Fernsehserie *Lie to me* ein Begriff. Die dort durch den Schauspieler Tim Roth verkörperte Figur des Doktor Cal Lightman, der Lügen anhand flüchtiger Gesichtsausdrücke entlarven kann, basiert im Wesentlichen auf Ekman, der für die Serie als wissenschaftlicher Berater fungierte. Ekman wurde besonders für seine Forschung auf dem Gebiet der nonverbalen Kommunikation bekannt, um die es im Grunde auch in der Serie geht. Dieser Arbeit liegt auch seine These der von ihm festgelegten Primäraffekte zugrunde.«

»Wieso habe ich gerade das Gefühl, in einer Vorlesung zu sitzen«, unterbrach Rokko ihren Vortrag.

Marina Hoffmann sah ihn fragend an.

»Was mein Kollege zu sagen versucht«, erläuterte Chris, »ist, dass Sie sich bitte etwas allgemeinverständlicher ausdrücken sollen.«

»Oh«, meinte sie und räusperte sich. »Verstehe.« Sie überlegte kurz, dann setzte sie neu an. »Ekman hat sich intensiv mit Körpersprache auseinandergesetzt. Gefühle spiegeln sich hauptsächlich in den Gesichtszügen der Menschen wider. Aufgrund seiner diesbezüglichen Studien ist er zu dem Schluss gekommen, dass es menschliche Emotionen gibt, die unabhängig von Kultur oder Herkunft sind und im Gesicht weltweit von jedem erkannt und gedeutet werden können. Es handelt sich dabei um die anerkannten sieben Basisemotionen.«

Sie wechselte in ein anderes Browserfenster. Dort waren die Köpfe von sieben Personen abgebildet, die alle unterschiedliche Gesichtsausdrücke wiedergaben. Sie bewegte den Mauszeiger auf das erste Bild und fuhr dann über die anderen sechs hinweg, während sie die Ausdrücke der Gesichter erläuterte:

»Freude, Wut, Ekel, Furcht, Verachtung, Traurigkeit und Überraschung. Auf diesen sieben Grundemotionen basiert unsere gesamte Gefühlswelt. Und wie es aussieht, hat der Täter vor, sie alle abzuarbeiten.«

»Was denn?«, fragte Chris und stand auf. »*Sieben*? Wie in diesem Film?«

Marina Hoffmann nickte. »Nur dass es dort die sieben Todsünden waren, die der Täter die Opfer durchleben ließ.«

Chris schüttelte den Kopf. »Das kann doch nur ein schlechter Witz sein«, sagte er. »Reden wir hier von einem gefühllosen Mörder mit einer Vorliebe für düstere Hollywoodstreifen und Fernsehserien?«

»Das ist durchaus nicht abwegig«, meinte Marina Hoffmann. »Viele reale Mörder haben sich von Filmen und Serien zu ihren Taten inspirieren lassen. Es existieren sogar mehrere wissenschaftliche Abhandlungen und Dokumentationen über diese sogenannten *Copycat-Killer*.« Sie deutete mit dem Mauszeiger wieder auf das erste der sieben Bilder. »Wenn wir Freude in dem Fall als Glück und somit auch als Liebe interpretieren, dann müssen wir noch mit fünf weiteren Morden rechnen.«

Chris sah skeptisch auf die Leinwand. »Sie müssen zugeben, das klingt alles sehr vage. Es könnte sich hier auch durchaus um einen Zufall handeln.«

»Ich dachte mir, dass sie so argumentieren würden«, erwiderte sie und wechselte erneut das Browserfenster. Als Chris das Bild darauf erblickte, setzte er sich ruckartig auf. »Das gibt es doch nicht!«, entfuhr es ihm, als er auf die sieben abgebildeten Masken starrte, die erschreckende Ähnlichkeit mit den an den Opfern angebrachten Masken hatten. »Woher stammt das?«

»Es handelt sich um die Arbeit eines finnischen Künstlers, der Ekmans These auf gestalterischer Ebene ein Gesicht gegeben hat – oder in dem Fall sieben Gesichter in Form von Masken. Das Bild findet sich zuhauf im Internet und wird auch gerne bei Vorlesungen verwendet, da die etwas überzogene comicartige Darstellung der Gesichtszüge die verkörperten Emotionen noch deutlicher macht.«

»Dann könnte es sich bei dem Täter um einen Psychologiestudenten handeln?«, fragte Rokko.

»Nicht zwangsläufig. Wie Sie sehen, kann man sich dieses Wissen über das Internet sehr schnell aneignen. Der Täter muss sich aber intensiv mit der Thematik beschäftigt haben. Das bekräftigt meinen Verdacht, dass es sich dabei um jemanden handelt, der nur zu wenig oder gar keiner Empathie fähig ist.«

»Ich verstehe immer noch nicht das Motiv dahinter«, warf Hartfels ein. »Was bezweckt er mit dieser Vorgehensweise?«

»Erinnern Sie sich noch an den Tatort, den wir bei unserer letzten Zusammenarbeit besichtigt haben?«, fragte Chris und drehte sich zu ihr. »Das Mädchen, das seine Mutter und ihren Stiefvater ermordet hat?«

Hartfels nickte.

Chris erhob sich und ging auf sie zu. »Ich konnte mich damals sehr gut in die Motive des Mädchens hineinversetzen und so die Verstümmelung an der männlichen Leiche und deren ungewöhnliche Aufmachung erklären.«

»Ja, ich erinnere mich.«

»Wissen Sie auch noch, wie Sie anschließend auf mich zugekommen sind und mich gefragt haben, wie ich das anstelle?«

Wieder nickte sie.

»Sie konnten es sich nicht erklären, weil Sie selbst nicht dazu in der Lage sind, emotional zu denken. Vielleicht ergeht es dem Täter genauso«, schlussfolgerte er. »Und vielleicht will er wie Sie erfahren, wie es ist, auf diese Weise zu fühlen und zu denken. Eventuell sehnt er sich auch danach, wie seine Opfer empfinden zu können.«

»Ich verstehe«, sagte sie.

»Es wäre auch durchaus möglich, dass er wie Sie eine kindliche Entwicklungsstörung durchlebt hat«, sagte Marina Hoffmann. »Vielleicht ist er deshalb auf Sie fixiert.«

»Sie meinen, er will mich herausfordern?«

»Zumindest scheint er über gewisse Informationen aus ihrem Leben zu verfügen, mit denen er Sie konfrontiert.«

»Womit wir wieder bei meinem Bruder wären, nicht wahr?«

Chris betrachtete sie eingehend. »Was hat es mit dieser Zeichnung an der Wand auf sich?«, fragte er. »Stellt sie ein weiteres Tattoo auf Ihrem Körper dar?«

Sie blickte zu Boden. »Nein.«

»Aber es hat etwas mit Ihrem Bruder zu tun, hab ich recht?«

Sie atmete schwer. »Alexander ...«, begann sie zögerlich. »Er hat als Kind immer zu mir gesagt, er wäre wie ein Adler, der schützend seine Kreise über mir zieht.«

»Und wie lange wollten Sie uns diese Information noch vorenthalten?«

»Sie irren sich, wenn Sie glauben ...«

»Ich glaube«, fiel Chris ihr ins Wort, »dass der Täter diese Hinweise hinterlässt, weil er aus irgendeinem Grund will, dass Sie sich an den Ermittlungen beteiligen. Haben Sie irgendeine Idee, warum er so erpicht darauf ist?«

Sie schüttelte den Kopf.

»Aber Sie müssen zugeben, dass diese Informationen sehr intimer Natur sind und es nicht viele Menschen geben kann, die darüber Bescheid wissen. Haben Sie oder Ihr Bruder je mit anderen über diese Dinge gesprochen?«

»Nein ... Ich weiß es nicht.« Sie fuhr sich erschöpft durchs Gesicht.

Chris seufzte und blickte zu den anderen. »Tja, wenn ihr mich fragt, brauchen wir nicht erst auf die Ergebnisse der DNA-Analyse zu warten, um sicher zu sein, von wem das Blut an der Wand stammt.«

»Wie oft soll ich Ihnen noch sagen, dass mein Bruder tot ist«, sagte Hartfels, und dieses Mal klang sie ungewohnt verzweifelt. »Finden Sie seinen Mörder, dann haben Sie auch Ihren Täter.«

»Es würde uns die Suche unter Umständen erleichtern, wenn Sie uns etwas mehr Details aus Ihrer Kindheit und der Ihres Bruders offenlegen würden. Vielleicht ist die Verbindung dort zu finden.«

»Nein!«, erwiderte sie vehement. »Das halte ich für ausgeschlossen.«

»Und warum?«

»Es liegt zu lange zurück.«

»Ein frühkindliches Trauma kann ein Leben lang ...«

»Ich sagte Nein!« Sie stieß sich von der Wand ab und ging zur Tür. »Fragen Sie meine Mutter, wenn Sie mehr wissen wollen. Sie haben ja ihre Nummer.«

Chris seufzte, nachdem die Tür hinter ihr ins Schloss gefallen war. »Das dürfte nicht leicht werden«, meinte er.

»Das ist es in solchen Fällen nie«, entgegnete Marina Hoffmann.

Rokko fingerte augenblicklich einen Streifen Kaugummi aus dem Papier und kaute genüsslich darauf herum.

»Was?«, fragte er, als er bemerkte, wie Chris ihn betrachtete. »Ich muss das ausnutzen, wenn sie mal nicht da ist.«

»Du solltest mit dem Rauchen anfangen, um dir das Kaugummikauen abzugewöhnen«, brummte Chris und ging auf Marina Hoffmann zu, die gerade im Begriff war, den Laptop auszuschalten. »Warten Sie«, hielt er sie zurück und betrachtete die sieben Masken auf dem Bild. »Mir ist aufgefallen, dass die Reihenfolge nicht stimmt.«

Marina Hoffmann sah auf den Bildschirm. »Was meinen Sie?«

»Der Täter hat wie auf dem Bild mit der ersten Emotion Freude begonnen, dann aber Wut, Ekel, Furcht und Verachtung übersprungen und mit Traurigkeit weitergemacht.«

»Nun«, sagte sie und strich sich eine Strähne ihres blonden Haars hinters Ohr, »im Grunde gibt es keine festgelegte Reihenfolge der Basisemotionen. Das hier ist nur eine weit verbreitete Aufzählung derselben, die aber keinen Anspruch auf eine exakte Reihenfolge hat.«

»Dann dürfte es schwierig werden, herauszufinden, auf welche Emotion der Täter es als Nächstes abgesehen hat.«

Marina Hoffmann runzelte die Stirn. »Inwieweit wäre das für Ihre Ermittlungen hilfreich?«

Chris zuckte ratlos mit den Schultern. *Ich weiß es nicht*, ging es ihm durch den Kopf. *Aber es wäre immerhin ein Ansatz.*

KAPITEL 20

Er sah kurz auf die Anzeige der Uhr am Armaturenbrett seines Wagens, bevor sein Blick wieder zurück zu der Frau schwenkte, die durch den separaten Eingang im Untergeschoss des Hauses ins Freie trat. Sie war etwas später dran als üblich, wenn man das so sagen konnte. Denn eigentlich hielt sie sich nicht an feste Zeiten, was ihre täglichen Spaziergänge betraf. Der Grund dafür lag auf der Hand. Oder vielmehr in ihren Armen. Er musste zugeben, dass er sie gerne betrachtete und sie auf seine eigene, ganz spezielle Art zu schätzen wusste. Heute trug Sie ihren dunklen Wollmantel und die schwarzen Stiefel, die ihr fast bis zu den Knien reichten. Nur der Schal war dieses Mal ein anderer. Grau, mit dunklen Absteppungen und an den Rändern leicht ausgefranst. Sie wirkte wie immer elegant in dieser Aufmachung. Überhaupt faszinierte ihn diese Frau zusehends, je länger er sie beobachtete. Und das tat er nun schon seit geraumer Zeit. Fast schon bedauerte er, was er ihr schon bald antun musste. Sie war ihm so vertraut geworden wie eine nette Angewohnheit, auf die man sich freute, obwohl er derlei Gefühle nicht empfinden konnte. Und die Erinnerung daran, wie es gewesen war, so zu empfinden, war längst verblasst. Denn es lag schon zu lange zurück, dass ihm das Leben diese Fähigkeit genommen hatte. Aber er wusste, was damit gemeint war und bildete sich zumindest ein, es sich vorstellen zu können. Jetzt, da ihm immer bewusster wurde, dass ihm nichts Besseres hätte passieren können. All die Gefühle, denen Menschen täglich ausgesetzt waren und die sie quälten und blockierten. Was konnte daran schon besonders sein?

124

Für einen kurzen Moment verschwand sie hinter einer Hecke aus seinem Blickfeld, tauchte dann aber wieder auf, als sie die geschwungene Einfahrt herunter zur Straße kam. Augenblicklich hob er seine Kamera an und schoss Fotos von ihr. Er hatte nur noch ein verschwommenes Bild von seiner Mutter im Kopf, doch beim Anblick der Frau musste er unwillkürlich an sie denken. Es waren nicht nur Äußerlichkeiten, denen er diesen Vergleich zuschrieb, sondern auch die stolze, erhabene Art, mit der sie sich bewegte. Einer der wenigen positiven Erinnerungen, die er an seine Mutter hatte. Erinnerungen, die über die Jahre verblasst waren und nur noch aus Albträumen und Abscheu bestanden. Aus purem Grauen. Fast jede Nacht träumte er denselben Traum. Und dieser Traum verdeutlichte ihm, wie vorteilhaft es war, nichts mehr empfinden zu können. Keine Angst mehr zu verspüren. Eine Schutzfunktion seines Verstandes.

In dem Traum sah er seine Mutter, mit dem Rücken zu ihm in der Küche stehend. Er ging auf sie zu, unbedarft, wie ein Kind es tut. Als er sie erreicht hatte, griffen seine kleinen, kindlichen Finger nach ihr und zogen an ihrer Schürze, die sie immer trug, wenn sie kochte. Sie drehte sich langsam um und blickte zu ihm nach unten. Doch ihr Gesicht war kein Gesicht mehr. Nur eine fleischige Fratze, aus der Würmer herausragten wie glitschige Tentakel. Ein Monster, aus dessen Mund nur Fäulnis und Verkommenheit strömten und ihm den Atem raubten. Er glaubte diesen Geruch noch immer wahrnehmen zu können, nachdem er erwacht war. Er klebte an ihm wie eine ansteckende Krankheit. Das personifizierte Böse, das auf ihn übergesprungen war, sich in ihm vermehrt hatte und nun auch ihn von innen heraus zu zerfressen begann. Er stellte es sich immer wie einen Timecode vor, der herunterlief, bis er bei null angelangt war und der dann seine Schadprogramme im System verteilte, wo sie irreparable Zerstörung anrichteten. Er würde jedoch nicht darauf warten, bis es so weit war. Er wollte sein Schicksal selbst bestimmen.

So wie seine Mutter es getan hatte.

Erneut sah er auf die Uhr. Es war an der Zeit, diesen kleinen Kontrollbesuch zu beenden. Er musste seinen nächsten Schachzug vorbereiten. Bis jetzt hatte er nur mit seinen Gegnern gespielt, um sie zu beschäftigen. Nun war es an der Zeit, konkreter zu werden. Schon bald würden sie seine Hinterlassenschaften finden. Und dann würde es nicht mehr lange dauern, ihn zu entlarven. Doch all das hatte er bedacht. Nichts geschah ohne Grund, denn alles war vorherbestimmt. Doch nun musste er sich beeilen, damit sein Schicksal sich erfüllte. Die beiden würde er sich bis zum Schluss aufheben. Sie würden zu seinem Vermächtnis werden. Der Gedanke daran erzeugte ein Kribbeln auf seiner Haut. Schon bald würde es so weit sein.

Sehr bald.

Als die Frau mit dem Kinderwagen die Straße hinunterging und aus seinem Sichtfeld verschwand, startete er den Motor und fuhr in die entgegengesetzte Richtung davon.

KAPITEL 21

Zwei Tage später

Vera Schönfeld fluchte genervt, als das Warnlicht am Armaturenbrett ihres in die Jahre gekommenen Twingos zu leuchten begann. Ihre Pechsträhne schien an diesem frühen Morgen kein Ende nehmen zu wollen. Zuerst hatte sie verschlafen, wodurch sie ohnehin schon zu spät zur Arbeit kommen würde – was ihr äußerst selten passierte, da sie normalerweise die Zuverlässigkeit in Person war. Dann war ihr auch noch das Haarspray ausgegangen, sie hatte sich den Mund an heißem Kaffee verbrüht und ihren Schlüssel verlegt. Und nun auch noch das.

Was kommt als Nächstes?, fragte sie sich in Gedanken, während ihre Augen auf die Landstraße gerichtet waren, wo sie insgeheim jeden Moment damit rechnete, einen umgestürzten Baum in den Scheinwerfern auftauchen zu sehen, deren Kegel auf beiden Seiten die Ausläufer eines Waldgebietes streiften.

Just in diesem Moment trafen die ersten Regentropfen auf die Frontscheibe. Offenbar hatte sich heute auch das Wetter gegen sie verschworen. Sie ignorierte die Warnleuchte, in der Hoffnung, dass es sich um einen geringfügigen Defekt handelte. Die Stadt war noch etliche Kilometer entfernt, und sie wollte sich nicht einmal vorstellen, bei diesem Wetter in der dunklen Einöde festzusitzen, in der alles Mögliche an Ungeziefer herumkreuchte. Allein die Vorstellung verursachte ihr eine Gänsehaut und ließ ihren Puls in die Höhe schnellen. Sie beschleunigte die Fahrt, obwohl der zunehmende Regen ihr die Sicht erschwerte. Es dauerte nicht lange, bis weitere Warnleuchten aufblinkten und der Motor zu stottern begann.

»Bitte nicht«, flehte sie verzweifelt, doch es half nichts. Der Wagen wurde langsamer, und sie lenkte ihn in eine kleine Parkbucht, die in einen Waldweg mündete, wo der Motor schließlich gänzlich seinen Dienst versagte.

»Verdammter Mist!« Sie hämmerte wild auf das Lenkrad ein, bis sie erschöpft in den Sitz sank und den Tränen nahe war. Wenn sie sich nur eine Wohnung in der Stadt leisten könnte. Dann würde ihr der Umweg durch diesen verdammten Wald erspart bleiben. Gleich morgen würde sie ihre Bewerbungsunterlagen auf den neuesten Stand bringen und sich nach einem Job umsehen, der besser bezahlt würde und für den sie nicht um diese frühe Uhrzeit unterwegs sein müsste. Es dauerte einige Minuten, bis sich ihr Puls wieder beruhigt hatte. Und während sie wie betäubt beobachtete, wie der Regen vor ihr durch das Licht der Scheinwerfer tanzte, überlegte sie, was zu tun war. Als Erstes würde sie ihre Kollegin auf der Arbeit anrufen und ihr mitteilen, was passiert war. Anschließend würde sie Sonja, ihre beste Freundin, aus dem Bett klingeln müssen, was sie sicher nicht erfreuen dürfte, denn sie hatte heute ihren freien Tag. Aber genau für solche Situationen waren beste Freundinnen schließlich da. Sie hatte gerade nach ihrem Handy in der Jacke gegriffen, als neben ihr ein Auto hielt. Im ersten Moment starrte sie den Fahrer erschrocken an. Ein Mann mit kurzen, braunen Haaren sah freundlich lächelnd zu ihr herüber. Sie hätte unmöglich sagen können, wie alt er war. Seine Augen wirkten jung, aber die Haut um seinen Mund herum warf einige tiefe Falten, was er durch einen Drei-Tage-Bart zu kaschieren versuchte, der ihn zusätzlich älter erscheinen ließ. Auch wirkte er ungewöhnlich blass, was aber an der grellen Innenbeleuchtung seines Wagens liegen konnte. Sie registrierte, wie sich das Fenster auf der Beifahrerseite des fremden Wagens senkte. Nachdem sie sich von dem kurzen Schock erholt hatte, betätigte sie den Knopf in der Armlehne, worauf ihr Fenster ebenfalls in der Tür verschwand. Augenblicklich spürte sie den Regen auf ihrem Arm.

»Ist alles in Ordnung?«, fragte der Mann. Selbst durch den kalten Regen hindurch klang seine Stimme warm und einfühlsam.

»Mein Auto streikt.«

»Wo genau liegt das Problem?«

Hoffnung keimte in ihr auf. »Kann ich nicht sagen. Der Motor ist einfach ausgegangen. Könnten Sie vielleicht mal nachsehen?«

Der Mann spitze die Lippen. »Sagen Sie es bitte nicht weiter, aber ich kenne mich mit solchen Sachen leider nicht aus.« Wieder dieses warmherzige Lächeln. »Außerdem würde ich es vorziehen, nicht klatschnass zu werden.«

»Natürlich«, erwiderte sie ein wenig enttäuscht. »Das verstehe ich.«

»Wenn Sie in die Stadt wollen, kann ich Sie mitnehmen.«

»Ich weiß nicht recht«, sagte sie und sah unsicher in die Dunkelheit. »Ich kann doch mein Auto nicht einfach hier stehen lassen.«

»Wenn es nicht mehr fährt, wird Ihnen erst einmal nichts anderes übrig bleiben. Um diese Uhrzeit hat in der Gegend noch keine Werkstatt geöffnet. Sie würden hier mindestens zwei Stunden festsitzen, wenn Sie nicht jemanden kennen, der Ihren Wagen abschleppen kann.«

Sie dachte darüber nach. Sonja wäre wohl kaum dazu in

der Lage. Sie hätte ihr auf Anhieb zwanzig Nagellacksorten mit ihren genauen Bezeichnungen aufsagen können, aber was Autos betraf, wusste sie vermutlich an ihrem eigenen Wagen nicht einmal, wo der Ölstand kontrolliert wurde. Der Einzige, dem sie auf Anhieb so etwas zutrauen würde, wäre ihr Bruder. Doch der lebte über vierzig Kilometer entfernt in Köln. Abgesehen davon, dass er an diesem Morgen sicher etwas Besseres zu tun hätte, als hierher zu kommen und ihren Wagen abzuschleppen. Arbeiten zum Beispiel, was sie auch längst tun müsste. Sie überlegte fieberhaft, ob ihre Kollegin einen Schlüssel für die Filiale hatte.

Ein Räuspern riss sie aus ihren Gedanken. »Hallo?« Der Mann betrachtete sie noch immer lächelnd. »Ich will Sie ja nicht drängen«, meinte er höflich, »aber meine Schicht fängt gleich an. Sie müssen sich entscheiden.«

Sie musterte ihn einen Augenblick lang. Er sah nett aus. Und offensichtlich war er es auch, denn er bot ihr seine Hilfe an. Die meisten wären vermutlich ohne zu zögern an ihr vorbeigefahren und hätten sie ihrem Schicksal überlassen. Andererseits wusste sie nur zu gut, dass die äußere Erscheinung nicht im Geringsten auf das Innenleben eines Menschen schließen ließ. Was Männer betraf, konnte sie getrost ein Lied davon singen. Er schien ihre Zweifel zu bemerken und weitete sein Lächeln aus.

»Mein Name ist übrigens Georg. Ich wohne in Ittenbach.«

Zum ersten Mal erwiderte sie sein Lächeln. »Vera«, stellte sie sich vor. »Dann sind wir ja quasi Nachbarn. Ich komme aus Ruttscheid.«

Der Mann blickte sie überrascht an. »Vera? Vera Schönfeld? Sie haben einen jüngeren Bruder, richtig?«

»Ja«, erwiderte sie lächelnd. »Aber woher ...?«

»Wir sind alte Schulfreunde.«

Ihr Lächeln wurde breiter. »Na, so ein Zufall.«

Der Mann schielte zur Uhr. »Tja, Vera aus Ruttscheid. Wie soll es denn jetzt weitergehen?«

Dieses Mal überlegte sie nicht lange. »Könnten Sie mich an dem Café in der Heisterbacher Straße absetzen? Dort arbeite ich. Von da aus kann ich alles Weitere regeln.«

»Ich kenne das Café«, sagte er. »Meine Arbeitsstätte liegt sozusagen um die Ecke.«

»Tatsächlich?«, meinte sie freudig. »Das ist wirklich nett von Ihnen.« Sie griff nach ihrer Tasche und stieg zu ihm ins Auto. »Sie sind mein Retter, wissen Sie das?«, sagte sie, während er zurück auf die Straße fuhr und beschleunigte. »Bis jetzt hatte ich einen ziemlich miesen Tag.« Sie bemerkte, wie er kurz auflachte. Die Art, wie er das tat, ließ sie innerlich zusammenzucken, denn es hatte nichts Warmherziges mehr an sich. Es wirkte kalt und berechnend. Sie schluckte. »Kommen Sie doch in Ihrer Pause im Café vorbei, dann spendiere ich Ihnen ein Mittagessen.«

»Vielen Dank, aber das wird nicht nötig sein.«

»Wenn Sie um die Ecke arbeiten, wieso habe ich Sie noch nie bei uns gesehen?«

Er lächelte sie kurz an, und sah dann wieder zur Straße. »Dafür gibt es eine einfache Erklärung«, meinte er.

»Und die wäre?«, fragte sie verunsichert.

»Weil ich dich belogen habe.« Wieder dieses Lachen, dass ihr die Kälte über den Rücken trieb. »Ich arbeite nicht in der Stadt. Und ich heiße auch nicht Georg. Vermutlich kennst du mich besser unter meinem Pseudonym *ScaryMike*.«

Sie sah ihn mit großen Augen an und merkte, wie ihre

Handflächen feucht wurden. Eine Internetbekanntschaft aus dem Forum, in dem sie regelmäßig über ihre Ängste schrieb. Dort hatte sie *ScaryMike* vor einigen Monaten kennengelernt. Sie hatten sich ausgetauscht, persönliche Dinge preisgegeben. Angeblich litt er unter Panikattacken. Vermutlich war das auch gelogen.

»Du bist das?« Sie atmete tief durch. Doch es gelang ihr nicht, die aufkommende Angst zu vertreiben. »Ich ... ich nehme an, es ist kein Zufall, dass du hier aufgetaucht bist.«

»Nein. Ich wollte, dass du in mein Auto steigst. Und ich bin froh, dass du es freiwillig getan hast. Denn sonst hätte ich Gewalt anwenden müssen und das tue ich nur ungern.«

Ihr Atem beschleunigte sich. »Was ... was willst du von mir?«, fragte sie panisch.

»Ich bin auf einer Mission«, entgegnete er. Seine Stimme klang nun monoton und gefühllos. »Und du bist ein wichtiger Teil davon.« Er betätigte einen Knopf am Armaturenbrett und die Türen verriegelten sich.

»O Gott«, schluchzte sie und presste sich in ihren Sitz. »Ich flehe dich an, bitte tu mir nicht weh.«

»Keine Sorge, das habe ich nicht vor, *Vera28*. Jedenfalls nicht körperlich«, fügte er hinzu. »Ich bin mehr an deiner Seele interessiert. Sie ist es, die bluten wird.« Er drehte sich zu ihr, und aus seinem Blick war jegliche Warmherzigkeit gewichen. Seine Augen wirkten leblos, sein Grinsen diabolisch. »Denn ich weiß genau, wovor du dich fürchtest.«

KAPITEL 22

Rokko und Hartfels waren bereits anwesend und hatten vor dem Schreibtisch Platz genommen, als Chris das Büro betrat. Zu seiner Überraschung entdeckte er dahinter Peter Gerlach, der einige Unterlagen sortierte.

»Wo ist Meißner?«, fragte er.

Gerlach sah von seinen Unterlagen auf. »Er muss vor Gericht eine Aussage in einem Fall von Totschlag machen und hat mich im Vorfeld eingewiesen und darum gebeten, euch auf den neusten Stand zu bringen.«

»Tut mir leid, dass ihr warten musstet«, meinte Chris und zog sich einen Stuhl zurecht, »aber ich hatte noch eine Unterredung mit Deckert.«

»Ich wette, dem Alten hängt die Staatsanwaltschaft im Nacken«, meinte Rokko.

Chris nickte. »Die wollen um jeden Preis vermeiden, dass der Fall wieder zu viel Staub aufwirbelt. Wir haben grünes Licht für eine zwölfköpfige Soko. Außerdem sind wir angewiesen, mit den örtlichen Pressevertretern im zulässigen Rahmen der Ermittlungen zusammenzuarbeiten.«

»Na toll«, stöhnte Rokko. »Jetzt müssen wir diesen Schmierfinken schon in den Arsch kriechen, damit wir einer miesen Presse vorbeugen. Was erwarten die eigentlich? Dass wir jedes Mal nach zwei Tagen einen Täter aus dem Hut zaubern? Haben die eigentlich eine Vorstellung davon, was für einen zeitlichen Aufwand solche Ermittlungen nach sich ziehen?«

»Deckert versucht, uns so gut er kann den Rücken freizuhalten. Aber wir sollten möglichst bald Ergebnisse präsentieren können.«

»Gott bewahre, dass man mich mal zum Kriminaldirektor befördert und ich mich den ganzen Tag lang mit diesen Bürokraten herumärgern darf.«

»Es muss auch Leute geben, die diese Art von Arbeit machen und die Verantwortung übernehmen«, mischte sich Hartfels ein.

»Ja, ja, schon gut«, beschwichtigte Rokko und sah zu Gerlach. »Lass uns endlich anfangen, damit die Obrigkeit wieder mal die Lorbeeren einstreichen darf.«

»Sollen wir nicht auf Doktor Hoffmann warten?«, fragte Gerlach.

»Sie lässt sich entschuldigen und meinte, sie habe auch noch andere Patienten, deren Leiden nichts mit grausamen Morden zu tun haben.«

Gerlach betrachtete ihn irritiert.

»Das waren ihre Worte«, entgegnete Chris und zuckte mit den Schultern. »Ich werde sie im Nachhinein über die Ergebnisse informieren.«

Gerlach nickte. »Also gut«, meinte er und zog eine der aufgeschlagenen Mappen, die ausgebreitet vor ihm auf dem Tisch lagen, zu sich heran. »Fangen wir mit der Gerichtsmedizin an. Das Opfer starb nicht, wie anfänglich vermutet, an den massiven Verletzungen, die durch das Öffnen des Brustkorbes entstanden sind«, las er von dem Bericht ab. »Die Frau wurde vergiftet. Im Blut wurde eine erhöhte Konzentration des gleichen Schlafmittels festgestellt, das man auch bei den ersten beiden Opfern gefunden hat. Die Menge spricht eindeutig für eine Überdosis, die zum Herzstillstand geführt hat.«

»Das ergibt Sinn«, meinte Hartfels.

»Inwiefern?«, fragte Rokko und drehte sich zu ihr.

»Hätte die Frau noch gelebt, während der Täter ihr das

Herz herausgeschnitten hat, hätte das eine ziemliche Sauerei erzeugt. Und wie wir wissen, hat der Täter eine Abneigung gegen Blut. Außerdem hätte er in Kauf nehmen müssen, dass die Frau möglicherweise durch die Schmerzen erwacht wäre und sich zur Wehr gesetzt hätte, als er ihr den Brustkorb geöffnet hat.«

Rokko schluckte aufgrund dieser nüchternen Prognose. »Mit Ihrer warmherzigen Art würden Sie einen erstklassigen Gerichtsmediziner abgegeben«, erwiderte er konsterniert. »Aber warum hat er sich die Arbeit gemacht, ihr Medikamente einzuflößen und ihr nicht einfach das Messer in die Brust gerammt?«

»Der Täter ist kein Sadist«, sagte Chris. »Diese Vorgehensweise stützt unsere These, dass er es nicht auf körperliche Qualen abgesehen hat. Es ist der seelische Schmerz, die Emotion, auf die es ihm ankommt. Er will, dass seine Opfer langsam sterben, will dabei zusehen, wie das Leben aus ihnen herausfährt. Das ist sein Kick.« Er gab Gerlach ein Zeichen, dass er fortfahren sollte.

Dieser räusperte sich und sah wieder auf die Unterlagen. »Das Öffnen des Brustkorbes geschah nicht fachmännisch. Sämtliche Rippen waren teils an mehreren Stellen gebrochen, was auf brachiale Gewalt hindeutet. Vermutlich hat er zunächst mit einem schweren Gegenstand den Brustkorb zertrümmert und ihn dann mit einem sägeartigen Messer aufgetrennt. Auch das Heraustrennen des Herzens lässt auf keine chirurgischen Fähigkeiten schließen.«

Rokkos Blick wanderte von Gerlach zu Hartfels. »Ihr beiden würdet ein tolles Paar abgeben.«

Gerlach sah irritiert von seinen Unterlagen auf.

»Wenn ich mich recht an den Vortrag von Doktor Hoffmann erinnere«, meinte Rokko zu ihm, »betrachtest du mich gerade mit einer Mischung aus Überraschung und Verachtung.«

Chris musste schmunzeln. »Konnte Meißner etwas zu den Maden sagen?«

Gerlach löste sich aus seiner Starre und blätterte in den Unterlagen. »Es handelt sich dabei um die Larven der Schmeißfliege«, las er aus dem Bericht vor. »Diese weitverbreitete Gattung ist dafür bekannt, ihre Eier auf Aas abzulegen. Dürfte uns aber nicht weiterbringen. Laut Meißner kann man die Larven in jeder Biotonne züchten.«

»Auch zu dieser Jahreszeit?«

»Solange man für ausreichend Wärme und Feuchtigkeit sorgt.«

»Aber warum dieser Aufwand?«, fragte Rokko. »Weshalb mordet er nicht im Sommer? Da hätte er es wesentlich einfacher an Insekten zu gelangen. Warum gerade jetzt?«

»Vielleicht hat diese Jahreszeit eine besondere Bedeutung für ihn«, mutmaßte Chris. »Oder sie macht ihn depressiv. Schwer zu sagen, was in einer solchen Psyche vor sich geht. Vielleicht kann uns Doktor Hoffmann mehr dazu sagen.«

»Wir sollten uns lieber fragen, was die Maden für einen Zweck hatten«, meinte Hartfels. »Sie wurden nicht auf natürliche Weise abgelegt, sondern vom Täter dort platziert. Aber wozu?«

»Als Symbol für Tod und Verfall«, mutmaßte Chris. »Es untermalt die Traurigkeit, die das Opfer darstellt.«

»Das wäre eine Interpretationsmöglichkeit, und sie trifft in gewissem Maße sicher zu. Aber wie Ihr Kollege sagte«, sie deutete auf Rokko, »hat er dafür einen ziemlichen Aufwand betrieben. Er muss die Fliegen irgendwo gehalten und die Maden regelrecht gezüchtet haben. Und all das nur, um etwas zu untermauern, was ohnehin offensichtlich ist?«

Chris rieb sich das Kinn. »Der Täter ist sehr detailversessen, was das Zurschaustellen seiner Opfer betrifft. Da erscheint es mir nur logisch.«

»Sie sollten tiefer gehen.«

»Inwiefern?«, fragte Chris.

»Vielleicht beruht diese Detailversessenheit auf dem Trauma, das er durchlebt hat.«

»Sie meinen, es hatte irgendetwas mit Insekten zu tun?«

»Möglicherweise interpretiert er es auch nur so.«

»Sie sprechen aus Erfahrung?«

Hartfels wich seinem Blick aus. »Ich ...«, begann sie zögerlich. »Ich habe manchmal eine sehr verschwommene Vorstellung von meinem Vater. Darin sehe ich ihn als eine Art geifernde Bestie mit rot unterlegten Augen, die vor Zorn glühen. Dieses Bild hat sich damals in meiner kindlichen Vorstellung manifestiert. Auf diese Weise interpretiert meine Erinnerung noch heute die Wutanfälle meines Vaters. Wenn wir das auf ähnliche Art auf den Täter übertragen, dann wäre das ein schlüssiger Grund dafür, weshalb er seinen Opfern die Gesichtshaut entfernt und sie durch Masken ersetzt.«

Chris nickte anerkennend. »Wenn wir also herausfinden, welches Trauma er als Kind durchlebt hat, könnte uns das zu ihm führen.«

Rokko schnaufte. »Da können wir auch gleich die Nadel im Heuhaufen suchen.«

»Was ist mit den Opfern?«, fragte Chris und wandte sich Gerlach zu. »Konntest du da irgendeinen Zusammenhang finden?«

»Von den äußerlichen Ähnlichkeiten der beiden weiblichen Opfer abgesehen, haben beide dieselbe Schule besucht, waren aufgrund ihres geringen Altersunterschieds aber in unterschiedlichen Klassen untergebracht. Eine Befragung der Verwandten und Freunde hat ergeben, dass sie sich weder in dieser Zeit noch danach gekannt haben. Wie sich herausgestellt hat, hat das zweite Opfer sehr zurückgezogen gelebt. Von ein paar früheren Bekanntschaften haben wir erfahren, dass sie vor einigen Jahren eine Fehlgeburt hatte. Kurz darauf ist sie weggezogen und hat jeglichen Kontakt abgebrochen.«

»Konntest du den Vater des Kindes ermitteln?«

»Laut den Eltern des Opfers war es ein Austauschstudent aus Amerika, den Manuela Gierke nach ihrem Kontakt nie wieder gesehen hat.«

»Sonst noch etwas?«

Gerlach verneinte. »Keinerlei direkte Verbindung der Opfer untereinander. Jedenfalls keine, die ersichtlich ist.«

»Die muss es nicht zwingend geben«, meinte Rokko. »Wenn der Täter auch auf diese Schule gegangen ist, und beide Opfer von dort her kennt, könnte die Verbindung darin bestehen.«

»Vielleicht will er aber auch nur, dass wir das glauben«, warf Hartfels ein.

Rokko drehte sich zu ihr und musterte sie misstrauisch. Dabei blieb sein Blick auf der Mappe hängen, die sie in der Hand hielt. »Wissen Sie irgendetwas über den Fall, das wir nicht wissen?«

»Nein. Ich halte den Täter aber für überdurchschnittlich intelligent. Er spielt mit uns, lockt uns auf falsche Fährten.«

»Sie reden von dem Blut und den Zeichnungen an den Wänden.«

»Das Ergebnis der Analyse war übrigens dasselbe wie bei den ersten Morden«, warf Gerlach ein. »Das Blut stammt von Alexander Hartfels.«

Hartfels war es mittlerweile zu mühselig, den daraus resultierenden Gedankenschluss zu dementieren. »Ich rede davon, dass es uns Wochen kosten würde, alle Schuljahrgänge aus dieser Zeit zu überprüfen. Offenbar ist der Täter darauf aus, Zeit zu schinden, um seinen Plan in die Tat umzusetzen.«

»Und sie meinen, aus demselben Grund will er unsere Aufmerksamkeit auf Ihren Bruder lenken?«, fragte Chris.

»Ich meine, dass wir über die Opfer keine direkte Verbindung zum Täter herstellen können.«

»Das widerspricht seiner systematischen und lange im Voraus geplanten Handlungsweise.«

»Diese stelle ich auch gar nicht infrage. Ich behaupte lediglich, dass er keinerlei persönlichen Groll gegen die Opfer hegt. Er wählt sie nach anderen Aspekten aus.«

»Und die wären?«

»Wie Doktor Hoffmann bereits festgestellt hat, geht es dem Täter um Emotionen. Ich vermute daher, er sucht seine Opfer aufgrund ihrer Vorlieben oder Lebensumstände aus.«

»Und wie stellt er das an, wenn er sie nicht kennt?«

Hartfels wandte sich Gerlach zu. »Hat man in der Wohnung des zweiten Opfers einen Computer gefunden?«

Gerlach blätterte in den Unterlagen. »Nein«, sagte er, nachdem er nicht fündig geworden war. »Auch kein Handy oder Tablet.«

Hartfels nickte. »Genau wie bei meinem Bruder und den ersten beiden Opfern. Einen Zufall können wir hier definitiv ausschließen.«

»Sie gehen davon aus, dass der Täter über Onlinemedien mit den Opfern in Kontakt gestanden hat?«, schlussfolgerte Chris.

»Das ist korrekt«, meinte Hartfels in ihrem typisch militärischen Tonfall. »Das Internet ist das geeignete Medium, um nach bestimmten Interessengruppen zu suchen. Über soziale Netzwerke oder in einschlägigen Foren kann man sich relativ schnell ein Bild von einem Menschen machen. Seine Interessen, seine Vorlieben, bestimmte Lebensumstände oder Ängste. Es gibt nichts, was die meisten Menschen dort nicht preisgeben. Allerdings dürfte der Täter dabei seine digitalen Spuren hinterlassen haben. Persönliche Nachrichten, Mails und so weiter. Daher wollte er sichergehen, dass wir auf diesem Weg zunächst nicht an ihn herankommen. Er versucht gezielt, unsere Ermittlungen in die falsche Richtung zu lenken und uns damit gegenseitig auszuspielen. Offenbar ist er bestens mit unserer Vorgehensweise vertraut.«

Chris stutzte. »Sie meinen, es handelt sich dabei um einen Kollegen?«

»So weit würde ich nicht gehen«, dementierte Hartfels. »Wie wir von Doktor Hoffmann erfahren haben, hat der Täter sich im Vorfeld intensiv informiert. Und daher wissen wir auch von seiner Obsession für Filme, Fernsehserien und Dokumentationen, die sich mit dieser Thematik beschäftigen und von denen sich viele zumindest im Kern oftmals nahe an der Realität bewegen.«

»Das klingt alles sehr einleuchtend«, meinte Chris. »Und woher haben Sie plötzlich diese Erkenntnisse? Sie scheinen sich Ihrer Sache jedenfalls ziemlich sicher zu sein.«

»Ich habe mir erlaubt, diese und weitere Hypothesen hier drin festzuhalten.« Sie reichte Chris die Mappe.

»Was ist das?«

»Ein vorläufiges Täterprofil.«

Er sah sie überrascht an. »Wann haben Sie das erstellt?«

»Ich hatte zwei Tage Zeit dafür«, erwiderte sie. »Das ist mehr als ausreichend.«

»Finden Sie?« Chris schlug die Mappe auf und studierte den Inhalt. »Sie grenzen den Täter vom Alter her auf Anfang bis Mitte zwanzig ein«, sagte Chris, nachdem er das Profil studiert hatte. »Worauf stützen Sie diese Einschätzung?«

»Ein frühkindliches Trauma, welches laut Doktor Hoffmann als Auslöser für die Taten in Betracht gezogen werden kann, äußert sich in dieser schweren Form von Soziopathie nicht erst in gehobenem Erwachsenenalter. Mordfantasien, wie wir sie in diesem Fall dargeboten kriegen, dürften kaum so lange unausgelebt geblieben sein. Vermutlich hat der Täter bereits in seiner Jugend ein auffälliges Verhalten gezeigt oder kleinere Straftaten begangen. Ich gehe auch davon aus, dass er in psychiatrischer Behandlung war oder ist.«

»Und diese Erkenntnis hat nichts damit zu tun, dass sie Ihren Bruder entlastet?«, fragte Gerlach.

»Meine Einschätzung diesbezüglich beruht auf keinerlei persönlichen Faktoren«, stellte sie unmissverständlich klar.

Rokko räusperte sich. »Und wie erklären Sie sich das Blut Ihres Bruders an den Tatorten und woher der Täter die persönlichen Informationen über sie beide bezogen hat?«

»Daran arbeite ich noch«, sagte sie kurz angebunden. »Und wenn Sie nichts dagegen haben, würde ich diese Arbeit jetzt gerne fortsetzen.« Ohne eine Reaktion abzuwarten, verließ sie den Raum.

»Junge, ist die gut«, entfuhr es Gerlach. »Wie schafft sie das nur, wenn sie ... na ja, ihr wisst schon.« Er machte mit dem Zeigefinger eine kreisende Bewegung neben seinem Kopf.

»Reine, unverfälschte Logik«, half ihm Chris auf die Sprünge.

Rokko stand auf und ging auf ihn zu. »Tja«, meinte er und grinste. »Sieht so aus, als hättest du deinen Meister gefunden.« Er klopfte ihm auf die Schulter. »Oder in dem Fall deine Meisterin.«

»Wenn es dabei hilft, diesen Kerl zu schnappen, kann mir das nur recht sein.«

»Da wäre noch etwas«, meinte Gerlach, als beide bereits im Aufbruch waren. »Die Unterlagen von Alexander Hartfels, die ihr von seiner Mutter ausgehändigt bekommen habt.«

»Was ist damit?«, fragte Rokko. »Das waren doch hauptsächlich nur Belege und behördliche Korrespondenz.«

»Ja. Wir sind alles durchgegangen. Die Unterlagen waren penibel nach Jahren sortiert.«

»Und?«

»Die letzten beiden Jahre vor seinem Verschwinden fehlen komplett.«

»Möglicherweise ist einer der Ordner nach den Ermittlungen verlorengegangen.«

»Ich habe bereits telefonisch bei der Mutter nachgefragt. Sie sagt, sie habe alles so belassen, wie sie es damals von den Kollegen bekommen habe. Daraufhin habe ich die Berichte von damals durchgesehen. Dort war der fehlende Zeitraum auch nicht aufgeführt.«

»Du meinst, die Unterlagen hat jemand nach seinem Verschwinden entwendet?«

Gerlach nickte. »Den Ermittlern scheint das damals nicht aufgefallen zu sein. Oder sie haben dem keine Beachtung geschenkt.«

Chris rieb sich nachdenklich das Nasenbein. »Erst der fehlende Computer und nun auch noch das. Was für eine dilettantische Scheiße ist da damals abgelaufen?«

»Vielleicht ist es doch einer aus unseren Reihen.«

»Wenn das Profil von Hartfels nur halbwegs zutrifft, ist das ziemlich unwahrscheinlich. Dafür wäre der Täter zu jung.«

»Es ist nur ein Profil«, sagte Rokko. »Sie könnte sich diesbezüglich auch irren.«

»Na schön«, meinte Chris erschöpft. »Ich will eine Liste mit den Namen aller Kollegen aus Mayen, die damals an den Ermittlungen beteiligt waren. Kripo, Streife, Spurensicherung. Das volle Programm.«

Gerlach schnaufte. »Ihr denkt doch nicht wirklich ...«

»Mach es einfach«, blaffte Chris. Sein Handy meldete den Eingang einer Nachricht. »Mist, verdammter«, fluchte er, nachdem er sie gelesen hatte. »Das hatte ich völlig vergessen.« Er sah seine Kollegen an. »Sorry, ich muss los. Rebecca und ich haben einen wichtigen Termin.«

KAPITEL 23

Als Chris das Haus in seinem Wohnort Hilgert erreichte, war Rebecca bereits dort eingetroffen. Sie hatte seine Verspätung für ihren täglichen Spaziergang mit Patrick genutzt und war zu Fuß zu der Adresse gegangen. Das Haus lag nur etwa zwanzig Gehminuten von ihrer Wohnung entfernt und grenzte unmittelbar an ein Waldgebiet. Mächtige Tannen- und Fichtenbäume ragten hinter dem Satteldach auf, welches großflächig mit Solarpanels bestückt war. Das Gebäude war modern gestaltet, wirkte aber keineswegs protzig. Laut der Beschreibung im Internet war es vor sechzehn Jahren erbaut und erst vor Kurzem auf die neuesten Energiestandards umgerüstet worden. Ein eisiger Herbstwind erfasste Chris, als er die Auffahrt zum Haus hinaufging. Die Bö brachte das große Schild im Vorgarten mit der Aufschrift *ZU VERKAUFEN* ins Wanken, bevor sie sich rauschend in den Bäumen verfing. Chris entdeckte den Kinderwagen, der vor der breiten Doppelgarage abgestellt war. Rebecca und eine weitere Frau warteten bereits vor dem Eingang auf ihn. Auf dem Arm seiner Mutter sitzend, verfolgte Patrick sein Eintreffen mit verschlafenen Augen, während er Kauübungen auf seiner kleinen Faust abhielt.

»Das ist Ramona Peters, die zuständige Maklerin für das Haus«, stellte Rebecca die Frau neben sich vor, nachdem Chris die beiden begrüßt hatte.

»Sehr erfreut«, sagte sie und reichte ihm die Hand. Sie war um die vierzig, trug einen dunklen Damenblazer über einem eng anliegenden, dunkelblauen Kostüm, das ihre Fitnessstudiofigur elegant betonte.

Chris erwiderte die Geste. »Ich hoffe, Sie mussten nicht zu lange auf mich warten. Ich wurde leider aufgehalten.«

»Nein, nein«, winkte sie freundlich lächelnd ab. »Ihre Frau und ich sind auch erst vor ein paar Minuten hier eingetroffen. Sie hat mir von den schrecklichen Ereignissen, mit denen Sie sich zurzeit herumschlagen müssen, berichtet. Da ist es nur allzu verständlich, dass Sie momentan sehr beschäftigt sind.«

Chris sah verwundert zu Rebecca.

»Ich lese Zeitung«, klärte sie ihn über ihr Wissen in dem Fall auf. »Außerdem wird momentan im Netz viel darüber diskutiert. Denkst du, das hätte ich nicht mitbekommen?«

Chris behagte es gar nicht, dass sie so viel im Internet unterwegs war. Er wusste aus eigener Erfahrung, wie zermürbend es sein konnte, wenn man sich zu sehr mit den Missständen dieser Welt auseinandersetze. Es war der Fluch des digitalen Zeitalters, sich auf Schritt und Tritt über nahezu alles und jeden informieren zu können. Ein Portal, über das weniger ein Austausch sondern mehr ein Bombardement aus unterschiedlichen Informationen und Meinungen stattfand und über das die dunklen Seiten dieser Welt Einzug in jedes Heim hielten. Und in seinem Fall war es genau das, was er verhindern wollte.

Die Maklerin entriegelte die Eingangstür, und sie folgten ihr ins Innere des Hauses. Die Luft roch ein wenig abgestanden, als sie den Flur betraten und Chris einen Blick in die beeindruckende Küche werfen konnte.

»Wie lange steht das Haus schon leer?«, fragte er, als sie sich dem großen Wohnraum näherten, in dem sich außer einem gemütlichen Kaminofen keinerlei Möbel befanden.

»Seit etwas mehr als sechs Monaten«, antwortete Ramona Peters. »Es gehört einem älteren Ehepaar, das hier aus der Gegend stammt, aber über zwanzig Jahre in Frankfurt gelebt hat. Sie haben dort sehr erfolgreich einige Mode-Boutiquen betrieben, bevor sie die Firma verkauft und sich zeitweise hier zur Ruhe gesetzt haben.«

»Zeitweise?«, fragte Rebecca.

»Sie besitzen noch ein Anwesen auf Teneriffa, wo sie sich in den Wintermonaten aufgehalten haben. Als ihr Mann vor acht Monaten gestorben ist, hat die Frau beschlossen, ganz auf der Insel zu bleiben, weil sie das Klima dort besser verträgt. Und da sie keine Kinder hat, will sie das Haus hier verkaufen.«

»Wäre der Preis denn verhandelbar?«, fragte Chris.

Die Maklerin lächelte. »Da bin ich mir ziemlich sicher. Der Besitzerin kommt es nicht so sehr auf den bestmöglichen Erlös an. Viel wichtiger ist ihr, dass hier eine nette Familie einzieht. Und da sehe ich bei Ihnen keine Schwierigkeiten, zumal Sie beide auch noch Polizisten sind.« Ihr Blick klärte sich etwas. »Sie sollten mit Ihrer Entscheidung allerdings nicht zu lange warten. Seit gestern Nachmittag gibt es einen weiteren Interessenten. Er rief mich an und erkundigte sich ausgiebig nach der Lage des Hauses. Ich hatte den Eindruck, dass es ihm ziemlich ernst war.«

»Die Lage ist ja auch wirklich traumhaft«, schwärmte Rebecca und bestaunte durch die Terrassentüren hindurch den großflächigen Garten, der sich bis unmittelbar an den Wald erstreckte.

»Hier hätte ihr Sohn später auf jeden Fall genügend Möglichkeiten, sich auszutoben«, sagte die Maklerin und warf Patrick verzückte Blicke zu, der sie nur neugierig beäugte und weiter auf seinen Fingern kaute. »Du bist ja wirklich ein süßer kleiner Kerl. Sollen wir uns mal dein zukünftiges Zimmer ansehen?«

Ramona Peters führte sie die Treppe hinauf ins Obergeschoss. »Planen Sie noch weiteren Nachwuchs?«, fragte sie, als sie fast oben angekommen waren.

Die beiden warfen sich fragende Blicke zu. »Darüber haben wir noch gar nicht nachgedacht«, sagte Rebecca schließlich.

»Platz wäre jedenfalls genug. Neben Bad und Schlafraum befinden sich noch zwei weitere Zimmer in der Etage.« Die Absätze ihrer Schuhe klackerten auf dem Laminatboden. Als sie das erste der besagten Zimmer erreicht hatte, öffnete sie die Tür – und wunderte sich sogleich darüber, dass der Raum dahinter verdunkelt war. Sie versuchte, ihre Unsicherheit mit einem Lächeln zu überspielen und tastete nach dem Lichtschalter neben der Tür. Plötzlich zuckte sie zurück und wischte hektisch über ihre Hand. Im einfallenden Licht der offenen Tür konnte Chris erkennen, wie etwas über den Boden in die Dunkelheit davonhuschte.

»Was war das?«, fragte er.

»Irgendein Tier«, krächzte Ramona Peters und verzog angeekelt das Gesicht. »So unmittelbar am Waldrand sind kleinere Eindringlinge nicht ungewöhnlich. Vermutlich hat die Putzfrau gelüftet. Allerdings ist mir nicht klar, warum sie danach den Rollladen heruntergelassen hat. Man kann nicht das Geringste sehen.« Sie tastete erneut nach dem Schalter und knipste das Licht an.

Als Nächstes drang ihr gellender Schrei durch den Raum.

KAPITEL 24

»Schaff Patrick hier raus«, schrie Chris seiner Frau entgegen. »Und versuch sie zu beruhigen.« Er deutete auf die Maklerin, die völlig aufgelöst im Flur des Obergeschosses stand und hysterisch kreischte.

Rebecca löste sich aus ihrer Starre und nickte ihm apathisch zu. Erst jetzt bemerkte sie, dass sie den Kopf ihres Sohnes viel zu fest gegen ihre Schulter presste, um ihm den schrecklichen Anblick, der sich ihnen in dem Raum offenbarte, zu ersparen. Obwohl sie selbst ebenso wenig begreifen konnte, was sie dort sah. Schließlich riss sie sich von dem Anblick los und ging auf die Maklerin zu. Chris hörte im Hintergrund, wie sie auf sie einredete und sie die Treppe hinunter begleitete.

»Ich verständige die Kollegen«, rief er ihr noch nach und fingerte nervös das Handy aus der Tasche seiner Jacke. Sein Finger zitterte leicht, als er über das Display wischte, bis er Rokkos Nummer erreicht hatte. Während sich die Verbindung aufbaute, betrat er langsam den Raum und betrachtete die Leiche, die dort auf einen Stuhl gefesselt saß. Eine Frau, wie er an den langen, braunen Haaren und der Wölbung ihrer Brüste, die sich unter der weißen Bluse abzeichneten, erkennen konnte. An der Wand dahinter und am Boden konnte er gut drei Dutzend Spinnen ausmachen, deren dunkle, daumengroße Körper sich deutlich abhoben. Und noch etwas fiel ihm sofort ins Auge: Der Hals der Toten war unnatürlich aufgebläht, als würde etwas extrem Großes darin feststecken. Als er näher trat, entdeckte er eine Naht, die sich direkt unterhalb des Kehlkopfes befand, als hätte jemand einen langen Luftröhrenschnitt angelegt und ihn anschließend wieder verschlossen. Die Haut war an der Stelle gedehnt, die Nahtstellen standen unter Spannung. Das Gesicht der Toten war wie bei den anderen Opfern von einer weißen Gipsmaske bedeckt. Die angedeuteten Augen waren weit geöffnet und mit tiefen Ringen übertrieben hervorgehoben. Der Mund stand offen, die Mundwinkel waren leicht nach unten gezogen. Ein Antlitz von extremer Furcht.

148

Als Chris sich weiter näherte, zuckte er plötzlich schockiert zurück.

Aus der Mundöffnung der Maske krabbelte eine weitere Spinne hervor. Am Kinn angelangt, ließ sie sich mit einem dünnen Spinnenfaden in den Schoß der Leiche hinab und verschwand dann flink seitlich hinter dem Körper.

Großer Gott, schoss es Chris durch den Kopf, als er wieder den gedehnten Hals der Frau betrachtete und er sich zwangsläufig vorzustellen versuchte, was sich dort drin befinden mochte.

Schließlich war es Rokkos Stimme, die in seinem Ohr erklang und ihn von dieser Vorstellung befreite. »Ist die Besichtigung schon vorbei?«, meldete er sich unverblümt.

Chris starrte zu der Wand, vor der sich die Leiche befand. »Kann man so sagen«, erwiderte er entrückt.

»Ist alles in Ordnung«, fragte Rokko, nun etwas besorgter. »Du klingst so ...«

»Trommelt sofort die Spurensicherung zusammen und kommt alle zu der Adresse, die ich dir hinterlassen habe.«

»Okay, was ist passiert?«

»Es gibt ein weiteres Opfer.« Er legte eine kurze Pause ein, in der es ihm die Kehle zuschnürte. »Und dieses Mal ist die Botschaft an mich gerichtet.«

Er beendete die Verbindung, während er weiterhin wie paralysiert die drei Worte anstarrte, die dort mit Blut an die Wand geschrieben waren:

Home Sweet Home.

KAPITEL 25

»Seid ihr in Ordnung?«, fragte Chris aufgewühlt, als er zurück in die Einfahrt trat, wo Rebecca stand und Patrick im Arm wiegelte. Das Chaos war nicht spurlos an ihm vorübergegangen. Sein Kopf war hochrot und er weinte.

»Ist nur die Aufregung«, meinte Rebecca und wischte ihrem Sohn die Wangen trocken. »Bei ihr bin ich mir nicht sicher.« Sie deutete auf die Maklerin, die neben der Garage auf einer hüfthohen Mauer saß und völlig apathisch wirkte. Einer ihrer hochhackigen Schuhe war ihr vom Fuß gerutscht und lag vor ihr auf dem gepflasterten Untergrund. »Sie steht unter Schock.«

»Die Kollegen sind gleich hier. Ein Notarzt ist auch verständigt.«

Rebecca sah ihm beunruhigt in die Augen. »Hinter wem seid ihr her?«

Chris seufzte. »Das ist eine komplizierte Geschichte.«

Sie legte Patrick im Kinderwagen ab und schob ihn sachte hin und her. »Dann solltest du dir die Zeit nehmen, sie mir zu erzählen, denn nach dem, was ich da drin gesehen habe, sind wir offensichtlich auch davon betroffen.«

Er wich zögernd ihrem Blick aus. »Wir haben bis jetzt noch keinen konkreten Verdacht, wer hinter den Morden steckt«, sagte er schließlich. »Aber offensichtlich handelt es sich um jemanden, der in irgendeiner Weise mit der Vergangenheit von Corinna Hartfels in Zusammenhang steht.«

»Der Hauptkommissarin vom BKA, mit der du zusammen an dem Kinderschänderfall gearbeitet hast?«

Chris nickte. »Wir haben an jedem der Tatorte das Blut

ihres Bruders gefunden, der seit gut zwei Jahren als vermisst gilt.«

»Aber du sagtest doch gerade, ihr hättet keinen konkreten Verdacht.«

»Das stimmt«, räumte er ein. »Es gibt stichhaltige Zweifel daran, dass es sich dabei wirklich um Alexander Hartfels handelt. Offenbar spielt der Täter mit uns und legt es darauf an, uns in die Irre zu führen.«

»Und wie stellt er das an?«

»Das wissen wir noch nicht. Aber offensichtlich scheint er genau darüber im Bilde zu sein, wer hinter ihm her ist.«

»Das ist auch kein Kunststück«, meinte Rebecca. »Dein Name wurde in der Zeitung erwähnt.«

Dieser verdammte Schmierfink, fluchte Chris in sich hinein. Sein Verhältnis zu Journalisten war schon immer etwas getrübt gewesen. Doch seit Daniel Fischer vor etwas mehr als einem Jahr auf der Bildfläche aufgetaucht war, war es gänzlich zerrüttet. Er war einer der jungen Vertreter seiner Zunft, die in Zeiten des Internets mehr Wert auf Schnelligkeit als auf sorgfältig recherchierte Hintergrundinformationen legte. Demzufolge waren seine Artikel meist oberflächlich und hatten einen Hang zur Sensationsgier, weshalb Chris bereits mehrmals mit ihm in Konflikt geraten war. Der einzige Reporter, dem er halbwegs vertraut hatte, war Mark Bondek gewesen. Doch der hatte seine Risikobereitschaft für eine Story mit dem Leben bezahlt. Nun war Fischer sein Nachfolger, und er musste sich wohl oder übel mit ihm abfinden.

»Wir hatten uns doch darauf geeinigt, diese Art von Nachrichten aus unserem privaten Leben zu verbannen«, meinte er.

Rebecca deutete wütend nach oben. »Ja, und wie ich gerade gesehen habe, ist dir das auch prima gelungen«, rechtfertigte sie sich.

Er atmete hörbar aus. »Mach dir keine Sorgen«, meinte er und nahm sie in den Arm. »Wir haben eine Sonderkommission gegründet, die sich ausschließlich mit dem Fall befasst. Es dürfte nur noch eine Frage der Zeit sein, bis wir dem Kerl auf die Spur kommen.«

»Dann solltet ihr als Erstes herausfinden, woher er wusste, dass wir an dem Haus interessiert sind.«

Chris ließ sie los und räusperte sich verhalten. »Wir gehen davon aus, dass er seine Opfer über das Internet ausspäht.« Er sah sie betroffen an. »Du hast diesen Termin dort nicht zufällig erwähnt, oder?«

Sie schloss die Augen, als sie begriff. »Verdammt!«, fluchte sie. »Gott, was ist nur in mich gefahren? Ich bin Polizistin und hätte es eigentlich besser wissen müssen. Ich habe uns damit alle in Gefahr gebracht.«

»Mach dir keine Vorwürfe. Das hier ist nicht deine Schuld. Aber bis wir den Kerl geschnappt haben, solltest du deine Internetaktivitäten besser einstellen.«

Ein Wimmern unterbrach ihre Diskussion. Die Maklerin hatte sich etwas gefasst und zu weinen begonnen. Chris ging auf sie zu. »Gleich wird sich ein Arzt um Sie kümmern«, redete er auf die zitternde Frau ein. »Es tut mir schrecklich leid, dass Sie das mit ansehen mussten.« Er zog seine Jacke aus und legte sie ihr über die Schultern. Dann beugte er sich zu ihr hinab und blickte ihr in die verweinten Augen, um die herum dunkle Schlieren ihres verwischten Make-ups zu sehen waren. »Sie sagten vorhin, es hätte Sie ein weiterer Interessent für das Haus angerufen. Haben Sie den Anruf über ihr Handy entgegengenommen?«

Ein weiteres Nicken.

»Würden Sie es mir kurz aushändigen?«

Die Maklerin griff in die Innentasche ihres Blazers und zog ihr Telefon hervor. Sie entsperrte den Bildschirm und reichte es Chris mit zitternder Hand.

»Ich werde es Ihnen gleich zurückgeben. Wissen Sie noch, um welche Uhrzeit der Anruf kam?«

Mit Mühe hob sie ihre Hand und hielt fünf Finger empor.

»Gegen fünf Uhr nachmittags?«

Nicken.

»Danke, Frau Peters.«

Während die Frau wieder in ihr monotones Wimmern verfiel, öffnete Chris das Menü für entgegengenommene Anrufe. Ramona Peters schien eine geschäftige Frau zu sein. Er musste durch gut zwei Dutzend Anrufe scrollen, bis er den besagten Eintrag erreichte. Die Nummer des Anrufers war nicht unterdrückt. Er tippte auf den Eintrag und betätigte die Rückruftaste. Noch vor dem ersten Freizeichen schaltete sich die Mailbox des Anschlusses ein. Chris lauschte der Stimme einer jungen Frau, die sich als Manuela Gierke ausgab und ihn freudlos darum bat, ihr eine Nachricht zu hinterlassen. »Verdammt! Der Mistkerl hat sie mit dem Handy des vorherigen Opfers kontaktiert.«

»Könnt ihr keine Ortung veranlassen?«

»Zwecklos, da er es längst entsorgt haben dürfte.«

Er reichte der Maklerin das Telefon zurück. Mechanisch nahm sie es entgegen. Chris war klar, dass es wenig Sinn machte, sie in diesem Zustand nach dem Anrufer zu befragen. Damit würde er mindestens bis zum morgigen Tag warten müssen. Als er sich aufrichtete, blieb sein Blick auf der Straße vor dem Haus haften.

»Was ist?«, fragte Rebecca.

»Sieh mal unauffällig zu dem roten Wagen dort am Straßenrand. Siehst du ihn?«

Sie kniff die Augen zusammen. »Ja«, sagte sie und blickte gleich wieder in eine andere Richtung. »Da sitzt jemand hinter dem Steuer.«

»Und wie es scheint, beobachtet er uns.«

»Denkst du, das ist der Kerl?«

»Keine Ahnung. Aber ich werde es herausfinden.« Er kniete sich wieder vor die Maklerin. »Gibt es von hier aus eine Möglichkeit, ungesehen zur Straße zu gelangen?«

Die Frau zeigte keine Reaktion. Sie betrachtete ihn nur, aber es hatte den Anschein, als sehe sie durch ihn hindurch.

»Hinter dem Haus verläuft ein schmaler Waldweg«, meldete sich Rebecca. »Ich konnte ihn durch den Garten hindurch sehen.«

Chris zögerte. »Kann ich euch alleine lassen?«

Rebecca verdrehte die Augen. »Wir kommen schon klar.«

»Also gut«, sagte Chris und verschwand im Haus.

Er hastete durch den Flur in den Wohnraum. Als Chris die Terrassentür öffnete, bemerkte er die Einbruchsspuren an der Außenseite. Offenbar war der Täter beim Aufhebeln der Tür äußerst sorgfältig vorgegangen. Der Kunststoff war nicht gebrochen, lediglich ein wenig verzogen und wies nur leichte Kratzspuren und Verfärbungen auf, die von innen nicht zu sehen waren. Er hatte um jeden Preis vermeiden wollen, dass der Einbruch bereits vor der Entdeckung der Leiche aufgefallen wäre. Das hätte ihm den Effekt verdorben, der bei Ramona Peters noch immer nachwirkte.

Chris lief durch den Garten, vorbei an mehreren akkurat gewachsenen Lorbeersträuchern, bis er den Lattenzaun erreichte, der an dieser Stelle in ein kleines Tor mündete. Er schob den Riegel beiseite und stürmte auf den leicht ansteigenden Weg, der sich dahinter erschloss und parallel entlang des Grundstücks am Waldrand verlief. Er folgte dem Weg etwa fünfzig Meter, scherte dann nach rechts aus und durchquerte das Dickicht aus Sträuchern und Ästen, bis er etwas oberhalb des Nachbargrundstücks die Straße erreichte. In geduckter Haltung schlich er sich von hinten an den roten Wagen heran. Er konnte eine Person darin erkennen, die eine Kamera auf das Gebäude gerichtet hielt. An der Fahrerseite angelangt, riss er die Tür auf, zerrte den Insassen aus dem Innenraum und schleuderte ihn gegen das Fahrzeug.

»Verdammt«, schrie der Mann. »Was ... was soll das?«

»Sie?«, entfuhr es Chris überrascht, als er in das wieselartige Gesicht von Daniel Fischer blickte.

»Wen haben Sie denn erwartet?«, krächzte der. »Sie haben mich zu Tode erschreckt. Sind Sie irre?«

Chris ließ ihn los. »Was tun Sie hier? Verfolgen Sie mich etwa?«

Fischer bückte sich nach seiner Kamera auf dem Boden und untersuchte sie nach sichtbaren Schäden. Nachdem er keine finden konnte, legte er sie auf den Sitz und richtete sein Hemd unter der Jacke. »Es geht mal wieder ein Serienmörder in der Gegend um«, sagte er. »Da muss man dranbleiben, wenn man darüber berichten will. Und wer wäre da nicht besser als Informant geeignet als der zuständige Ermittler.« Er sah zu dem Haus auf der anderen Straßenseite hinüber. »Liegt das nicht ein wenig über der Besoldungsstufe eines Oberkommissars?«

»Verschwinden Sie gefälligst«, zischte Chris.

»Sie können mir nicht verbieten, mich hier aufzuhalten.«

»Nein, aber ich kann dafür sorgen, dass Sie sich von mir fernhalten.«

Fischer grinste ihn an. »Das wäre sicher nicht im Sinne Ihres Vorgesetzten, nicht wahr? Soviel ich weiß, versucht er gerade, an allen Fronten die Wogen zu glätten.«

»Sie scheinen gut informiert zu sein.«

»Das gehört zu meinem Job«, sagte Fischer selbstgefällig.

»Wie läuft die Fahndung nach Alexander Hartfels?«, fragte er. »Gibt es schon konkrete Hinweise?«

»Ich werde mit Ihnen nicht über den Fall sprechen.«

»Das müssen Sie auch nicht. Denn wenn ich Ihren erfrischenden Auftritt hier und den völlig desolaten Zustand der Frau dort oben richtig deute, scheint in dem Haus etwas ziemlich Schlimmes vorgefallen zu sein. Ich schätze, Ihre Kollegen sind bereits auf dem Weg hierher?«

»Denken Sie, was Sie wollen«, brummte Chris.

»Sie sollten etwas aufgeschlossener sein, wenn Sie nicht wollen, dass die Öffentlichkeit von Ihrer völligen Ratlosigkeit in dem Fall erfährt.«

Chris starrte ihn an. Am liebsten hätte er Fischer einige Krater und Hügel in seine arrogante Fresse geschlagen, doch dadurch hätte er die Sache nur komplizierter gemacht. In wenigen Minuten würde es vor dem Haus von Polizei und Einsatzkräften wimmeln. Es würde also wenig nutzen, Fischer etwas vorzumachen. Chris blieb nichts anderes übrig, als Schadensbegrenzung zu betreiben, um sich und seinen Kollegen eine miese Presse zu ersparen, womit er Deckert ganz sicher vor einem Herzinfarkt bewahrte.

Chris atmete durch. »In dem Haus wurde eine weitere

Frau ermordet«, presste er widerwillig hervor.

»Handelt es sich um denselben Täter?«

»Das kann ich offiziell noch nicht bestätigen.«

»Und inoffiziell?«, fragte Fischer.

Chris schwieg.

»Kommen Sie, Herr Oberkommissar, Sie werden als Chefermittler doch sicher eine eigene fachliche Meinung zu den Dingen haben. Ansonsten müsste ich davon ausgehen, dass Sie der Sache nicht gewachsen sind.«

Chris ballte die Hände. *Ich kann dir gerne zeigen, wie gut ich mit meinen Fäusten bin*, kam es ihm unweigerlich in den Sinn. »Meiner Meinung nach«, presste er stattdessen hervor, »gibt es keinerlei Zweifel daran, dass es sich um denselben Täter handelt.«

Fischer spitzte die Lippen. »Das lässt auf eine bestimmte Vorgehensweise schließen. Können Sie etwas näher darauf eingehen?«

»Ich werde Ihnen keine Details preisgeben. Wenn Ihnen das nicht passt, heulen Sie sich bei meinem Vorgesetzten aus. Er wird Ihnen nichts anderes sagen. Und jetzt entschuldigen Sie mich.«

»Ich habe nur noch eine Frage, Herr Oberkommissar«, hielt Fischer ihn zurück.

»Machen Sie es kurz«, stöhnte Chris genervt.

»Hat Alexander Hartfels es auch auf Sie abgesehen? Oder halten Sie es für einen Zufall, dass ausgerechnet in diesem Haus ein weiteres Opfer gefunden wird. Genau an dem Tag, an dem Sie es mit Ihrer Frau besichtigen? Der Täter kannte Ihre Absichten offenbar sehr genau. Und nebenbei arbeiten Sie mit seiner Schwester zusammen an dem Fall. Gibt es da nicht so etwas wie einen Interessenkonflikt?«

»Ich weiß, worauf Sie anspielen«, meinte Chris aufgebracht. »Aber leider muss ich Ihre Sensationslust etwas ausbremsen. Corinna Hartfels steht nicht in Kontakt zu ihrem Bruder. Auch wissen wir nicht mit Sicherheit, ob Alexander Hartfels für die Morde verantwortlich ist. Offensichtlich versucht der wahre Täter, uns das glauben zu lassen. Er spielt mit uns, fordert uns heraus. Das ist nicht ungewöhnlich für einen Serienmörder. Er fühlt sich allen anderen überlegen, so lange, bis er einen Fehler begeht.«

»Und wie viele Morde müssen noch geschehen, bis es so weit ist?«, fragte Fischer. »Denken Sie nicht, die Öffentlichkeit muss darauf vorbereitet werden?«

Chris atmete durch, um den Drang zu bekämpfen, Fischer an den Hals zu springen. »Der Täter bevorzugt weibliche Personen mit langen, braunen Haaren im Alter von Ende zwanzig bis Mitte dreißig. Jeder, auf den diese Beschreibung zutrifft, sollte alle Türen und Fenster seiner Wohnung verschlossen halten und nach Einbruch der Dunkelheit nicht mehr alleine unterwegs sein. Schreiben Sie das, dann tun Sie wenigstens mal etwas Nützliches.«

»Sehen Sie? War doch gar nicht so schlimm, oder?«

»Ficken Sie sich ins Knie, Fischer!«

»Ihnen auch einen schönen Tag, Herr Oberkommissar«, rief er ihm nach, während sich aus der Ferne das Geräusch von Sirenen näherte.

KAPITEL 26

Chris verriegelte die Tür seiner Wohnung hinter sich und lehnte noch eine Weile daran, als wolle er sich vergewissern, dass dieser Schutzwall auch wirklich geschlossen war. Für heute hatte er genug von der Welt dort draußen. Rebecca hatte bereits vor Stunden den Tatort verlassen und war hierher zurückgekehrt. In Begleitung eines uniformierten Kollegen, darauf hatte Chris bestanden. Nachdem die Untersuchungen in dem Haus abgeschlossen waren, und er seine Aussage gemacht hatte, wollte er nur noch nach Hause und bei seiner Familie sein. Sollte die Welt dort draußen doch weiterhin vor die Hunde gehen, solange dies außerhalb seiner Wohnung und somit seiner Reichweite geschah. Rebecca trat auf ihn zu und nahm ihm die Jacke ab. Anschließend umarmten sie sich lange.

»Geht es dem Kleinen gut?«, fragte er.

»Der ist schon auf dem Weg hierher eingeschlafen.«

»Das lag hoffentlich nicht an Pelzers einschläfernden Art.«

Rebecca lachte. »Nein, er war ausnahmsweise sehr nett. Patrick scheint es ihm angetan zu haben.«

Sie lösten sich aus ihrer Umklammerung, und augenblicklich hatte Chris das Gefühl, zerbrechlicher zu sein. »Ich bin froh, dass Patrick das alles noch nicht begreifen kann.«

»Da geht es ihm wie mir«, meinte Rebecca. »Wie können Menschen nur zu so etwas fähig sein?«

»Diese Frage stelle ich mir schon lange nicht mehr.«

»Das solltest du aber. Sonst bist du irgendwann innerlich genauso tot wie diese kranken Seelen.«

»Vielleicht habe ich einfach nur Angst vor der Antwort«, erwiderte Chris.

Rebecca betrachtete ihn sorgenvoll. »Und die wäre?«

Er wich ihrem Blick aus. »Womöglich ist diese Art zu töten das Einzige, was uns von Tieren unterscheidet.«

Sie griff nach seiner Hand. »Komm, lass uns ins Wohnzimmer gehen.«

Sie saßen auf der Couch, und Chris trank aus seinem Bier, das Rebecca ihm gebracht hatte. Sie selbst bevorzugte wie immer Rotwein.

»Wie geht es der Maklerin?«, fragte sie.

»Sie hat einen schweren Schock erlitten und wird im Krankenhaus behandelt. Es soll ihr aber bereits wieder besser gehen.«

»Das freut mich«, sagte sie und nippte an ihrem Glas. »Haben die Untersuchungen schon irgendetwas ergeben.«

»Willst du wirklich jetzt darüber sprechen?«, meinte Chris.

»Ich weiß, dass du zu Hause nicht gerne über solche Dinge sprichst ...«

»Ja, weil sie hier nicht hingehören.«

»... aber ich finde es wichtig«, beharrte Rebecca. »Du irrst dich, wenn du glaubst, das alles von hier aussperren zu können.« Sie legte ihm die Hand auf die Brust. »Dadurch hältst du es hier drin gefangen, und dann frisst es sich durch deine Seele, bis du selbst zum Opfer wirst. Kein Wunder, dass du solch einen pessimistischen Blödsinn von dir gibst.«

»Du redest schon wie Doktor Hoffmann.«

»Wer?«

»Ach, vergiss es.«

160

»Siehst du, genau das meine ich. Ich weiß nicht mal, wer das ist, weil du mir nie etwas von deiner Arbeit erzählst.«

»Doktor Hoffmann ist unsere psychologische Beraterin«, klärte er sie auf. »Und du hast heute auf ziemlich anschauliche Weise mitbekommen, womit ich mich befassen muss. Ich will dich nicht auch noch ständig damit belasten.«

»Ich kenne die Belastungen, die dieser Job mit sich bringt, sehr gut, wie du weißt.«

»Ja, und genau wie ich trägst du sie lieber mit dir selbst aus. Wie du dich sicher erinnern kannst, hast du dich auch tagelang zurückgezogen, als du damals beinahe erschossen worden wärst.«

»Das war etwas anderes. Eine Extremsituation, die ich erst einmal verarbeiten musste, bevor ich darüber sprechen konnte. Deine Belastung ist nahezu permanent. Und ich will nicht so lange warten, bis sie sich auf unser Familienleben überträgt. Ganz zu schweigen davon, dass es in dem Fall auch Patrick und mich betrifft. Ich denke, ich habe ein Recht darauf, die Gründe zu erfahren, weshalb das heute passiert ist.«

»Na schön«, sagte Chris und fuhr sich erschöpft übers Gesicht. »Reden wir darüber, dass der Täter eine Liste von bestimmten Gefühlen abarbeitet, die er seinen Opfern entlockt, bevor er sie tötet. Und im Fall von Vera Schönfeld bestand dieses Gefühl aus Furcht.«

»Der Furcht vor Spinnen«, argwöhnte Rebecca.

Er nickte. »Zumindest vermuten wir das. Näheres wird hoffentlich die Befragung ihrer Eltern und die Durchsuchung ihrer Wohnung in Ruttscheid ergeben.«

»Wo liegt das?«

»In der Nähe von Königswinter. Ihr Wagen wurde dort in einem angrenzenden Waldstück gefunden. Offenbar hat der Täter das Kühlsystem manipuliert und sie anschließend aufgabelt.«

»Das sind über vierzig Kilometer Entfernung von hier.«

»Wie gesagt, sucht der Täter sich seine Opfer über das Internet. Vermutlich ist er in Foren oder sozialen Netzwerken aktiv, sucht dort in bestimmte Themengruppen nach geeigneten Personen, die das geforderte emotionale Merkmal aufweisen. Da wird man nicht immer in dieser Gegend fündig. Er war gezwungen zu nehmen, was er kriegen konnte.«

Kaum hatte Chris diesen Satz ausgesprochen, bereute er ihn bereits. Ebenso wie ein Arzt, der einem Patienten eine schlimme Diagnose mitteilen muss, waren auch Polizisten angehalten, eine gewisse emotionale Distanz zu den Dingen zu wahren, die ihr Alltag ihnen abverlangte. Chris tat sich jedoch schwer damit. Denn solche Denkweisen konnten schnell zur Routine werden, ohne dass einem dabei bewusst wurde, wie ein herzloses Arschloch zu klingen.

»Bitte entschuldige«, sagte er schuldbewusst. »Ich meinte das nicht so anteilnahmslos, wie es sich angehört hat.«

Erneut griff sie nach seiner Hand. »Woran ist sie gestorben?«

»Das wird die Obduktion ergeben. Die anderen Opfer wurden mit Schlaftabletten vergiftet. Vermutlich treibt er die Opfer dazu, sie selbst zu schlucken.«

»Und ... und was war das in ihrem Hals? Ich meine, vielleicht ist sie an etwas erstickt.«

Chris nahm einen tiefen Atemzug, bevor er fortfuhr. »Nein, der Gegenstand darin wurde erst nach ihrem Tod dort eingepflanzt. Ein faustgroßer Hartplastikball. Vermutlich sollte er den Kloß im Hals verbildlichen, den man spürt, wenn man extreme Furcht oder Angst empfindet.«

Er fingerte an seiner Bierflasche herum. »Allerdings ...«

»Was?«

»Der Ball ... er diente noch einem weiteren Zweck. In seinem Inneren befanden sich die Spinnen, die ... die wir überall in dem Raum gefunden haben. Er hatte oben eine Öffnung und ...«

Rebeccas Augen weiteten sich. »Soll das heißen, die Viecher sind aus dem Mund der Toten ...«

Chris bestätigte durch ein Nicken, was sie nicht zu Ende sprechen konnte. »Ich halte es für besser, wenn du und Patrick eine Zeitlang zu deinen Eltern zieht.«

Rebecca stellte das Weinglas auf dem Tisch ab. »Denkst du, er hat es auch auf uns abgesehen?«

»Ich weiß es nicht«, sagte Chris und betrachtete ihr langes, braunes Haar, das ihr in leichten Wellen über die Schultern fiel. »Aber du passt genau in sein Beuteschema.«

»Dennoch halte ich diese Maßnahme für ein wenig überzogen«, meinte Rebecca.

Chris betrachtete sie kritisch. »Wie kannst du so etwas sagen, nachdem, was heute geschehen ist?«

»Was ich heute gesehen habe, war grausam und es hat mir Angst gemacht«, erwiderte sie. »Aber ich habe nicht vor, mich deswegen zu verstecken. Du weißt, wie ich dazu stehe. Ich lasse nicht zu, dass solche Dinge unser Privatleben beeinträchtigen.«

»Nun sei aber mal vernünftig«, meinte Chris erbost. »Dieser Kerl hat dich im Internet verfolgt. Das heißt, er kennt deinen Namen und er weiß vermutlich auch, wo wir wohnen. Womöglich beobachtet er uns schon eine ganze Weile.«

»Dann dürfte es für ihn ein Leichtes sein, auch an die Adresse meiner Eltern zu gelangen. Ich will sie nicht auch noch mit in diese Sache hineinziehen. Sollte er es tatsächlich auf uns abgesehen haben, dann wird er sich nicht davon abbringen lassen, das weißt du.«

»Soll mich das etwa beruhigen?«, sagte Chris. Er sprang von der Couch auf und lief unruhig im Raum umher. »Der Kerl dringt ungeniert in Wohnungen ein und lauert seinen Opfern auf. Ich will nicht, dass du hier den ganzen Tag alleine bist!«

»Dann treffe ich mich eben mit Freunden oder halte mich an öffentlichen Orten auf, bis du nach Hause kommst. Außerdem sind da ja noch die Vermieter ein Stockwerk über uns.«

Dieser Umstand beruhigte Chris in keinster Weise. Denn bei ihren Vermietern handelte es sich um ein altes Rentnerehepaar, das man keinesfalls mehr als rüstig bezeichnen konnte. Die Frau hatte starke Arthritis und verließ kaum noch das Haus. Ihr Mann war achtundsiebzig und trug ein Hörgerät. So nett die beiden auch waren, man konnte sie keineswegs als eine sichere Option betrachten, was die Abschreckung von Einbrechern betraf.

»Ist das dein Ernst?«, fragte er zornig. »Anscheinend bist du schon zu lange im Mutterschaftsurlaub, denn du scheinst die Grundlagen deines Berufs vergessen zu haben.«

»Nein, das habe ich nicht«, erwiderte sie resolut. »Aber ich werde mich nicht verkriechen.«

»Herrgott, du kannst so fürchterlich stur sein!«

Sie stand ebenfalls auf und ging zu ihm. »Hey«, meinte sie mit versöhnlichem Unterton. »Genau wie du kann ich nun mal nicht aus meiner Haut heraus.« Sie streifte mit den Fingern sanft an seinem Arm entlang. »Betrachten wir das Ganze doch mal logisch«, meinte sie. »Wenn dieser Kerl tatsächlich hinter mir her wäre, dann hätte ich heute auf diesem Stuhl in dem Haus gesessen, meinst du nicht?«

»Mag sein«, erwiderte er etwas gefasster. »Aber mir kam das heute eindeutig wie eine Drohung vor.«

»Denkst du wirklich, er würde dich warnen, wenn er dergleichen vorhätte? Das würde es ihm letztendlich nur erschweren. Du hast gesagt, der Täter spielt mit euch. Er versucht, dich zu provozieren. Er will, dass du die Nerven verlierst und abgelenkt bist. Lass es nicht zu.«

»Das sagt sich so einfach.«

»Ich weiß.« Sie betrachtete ihn mit ihren großen, dunklen Augen. »Ich verspreche dir, ich werde gut auf mich und Patrick aufpassen. Und wenn es hart auf hart kommt, habe ich immer eine Dose Pfefferspray bei mir.«

Chris nickte, auch wenn ihn das wenig überzeugte. Doch ihm war klar, dass es keinen Sinn machte, sich weiter mit ihr darüber zu streiten. Wenn sie sich etwas in den Kopf gesetzt hatte, war sie nicht davon abzubringen. Und wenn er mit seinen fünfundvierzig Lebensjahren etwas mit Sicherheit gelernt hatte, dann, dass weibliche Beharrlichkeit jeglicher Argumentation trotzte, auch wenn diese noch so einleuchtend erschien. Und noch etwas wurde ihm in diesem Moment bewusst. Er machte sich etwas vor, was sein Zuhause betraf. Das Böse hatte längst Einkehr dort gehalten. Und es war bereits dabei, sich wie ein Virus auszubreiten und alles Private zu vergiften. Aber noch mehr als diese Einsicht beunruhigte ihn die Tatsache, dass der Journalist recht hatte: Sie waren in dem Fall völlig ratlos. Und es standen noch vier weitere Emotionen auf der Liste.

KAPITEL 27

Am nächsten Tag

Melanie Köppke saß am Schreibtisch ihres Vaters, in ihrem Elternhaus in Lahnstein, und blätterte in dem Aktenordner, der aufgeschlagen vor ihr lag. Gerahmte Fotos säumten den Tisch und besiedelten die Wände. Neben ihrem achtjährigen Sohn Kevin war sie auf den meisten davon selbst als Kind zu sehen: bei der Einschulung, auf der Schaukel im Garten oder im Urlaub am Strand. Ein Bild zeigte sie bei ihrem Uni-Abschluss mit ihrem Diplom in Betriebswirtschaft. Ein weiteres an ihrem Hochzeitstag, zusammen mit ihrem Mann. Keine Frage, ihr Vater war sehr stolz auf sie gewesen. Diese Gewissheit trieb ihr die Tränen in die Augen.

Neben dem Computermonitor stand ein Bild ihrer Mutter. Seit knapp zwei Jahren war sie tot. Und nun war ihr Vater ihr gefolgt. Ein Schlaganfall. Immer wieder hatte sie ihn ermahnt, das Rauchen aufzugeben und sich gesünder zu ernähren. Aber ihr Vater hatte nur abgewunken, sich seinen dicklichen Bauch gerieben und in seiner trockenen Art gemeint: »Ich war schon mal schlank. Hat Scheiße ausgesehen.« Dann hatte er gelacht und noch ein Bier getrunken. Rolf Meinhard war ebenso spontan gestorben, wie er gelebt hatte. Neun Tage war das jetzt her. Tage, in denen sie sich um formelle Dinge und die Beerdigung hatte kümmern müssen. Abgesehen von ihrer Trauer über den plötzlichen Verlust. Bei ihrer Mutter hatte es sich über Monate angekündigt und sie hatte Zeit gehabt, sich von ihr zu verabschieden. Das letzte Gespräch mit ihrem Vater hatte am Telefon stattgefunden, zwei Tage vor seinem Tod. Und der Grund dafür war so belanglos gewesen. Sie hatte ihn gefragt, ob er am Wochenende auf Kevin aufpassen könne. Ihr Mann Manuel und sie hatten geplant, zwei Tage wegzufahren, einfach um auszuspannen und für sich zu sein. Er hatte wie immer ohne zu zögern zugesagt. Wie egoistisch ihr das jetzt vorkam. Keine Frage nach seinem Befinden, nichts Persönliches. Hätte sie gewusst, dass sie zum letzten Mal mit ihm sprechen würde, sie hätte ihm gesagt, dass sie ihn von ganzem Herzen liebt und sich bei ihm bedankt, für seine Fürsorge und dass er immer für sie da gewesen war. So wie für alle anderen. Sie konnte sich nicht vorstellen, dass es unter all den vielen Menschen, die ihren Vater gekannt hatten, auch nur einen gab, der etwas Schlechtes über ihn hätte sagen können. Seine Beliebtheit hatte sich auf der Beerdigung widergespiegelt. Fast zweihundert Leute waren gekommen, um Abschied von ihm zu nehmen. Es war eine bewegende Zeremonie gewesen.

Bei dem Gedanken daran liefen weitere Tränen ihre Wangen entlang und tropften auf den Aktenordner, der vor ihr lag. Sie wischte die Flüssigkeit weg, wodurch die Buchstaben auf dem obersten Dokument verschmierten.

Sie hatte es lange vor sich hergeschoben, doch nun musste sie den ganzen Papierkram ihres Vaters endlich durchsehen und seine Angelegenheiten regeln. Seit Stunden saß sie hier, kämpfte sich durch geschäftliche Akten und Unterlagen. Dabei erschien immer wieder das Bild ihres Vaters vor ihren Augen, der sie auf seine herzliche Art anlächelte und ihr keine Bitte ausschlagen konnte.

Plop.

Erneut tropfte eine Träne auf das Papier.

Reiß dich zusammen, ermahnte sie sich und griff nach ihrem Taschentuch. *Sonst sitzt du in zwei Wochen noch hier.*

Es gab in der Tat noch eine Menge zu tun. Sie musste einen Termin mit der Entrümpelungsfirma machen und eine Besichtigung des Hauses mit dem Makler absprechen. Und sie musste die geschäftlichen Dinge ihres Vaters regeln. Der hatte sein Leben lang als Handwerker gearbeitet, in den letzten acht Jahren auf selbstständiger Basis. Er hatte es etwas ruhiger angehen lassen wollen und nur noch so viele Aufträge annehmen wollen, dass er über die Runden kam. Zum Glück hatte er keine Angestellten, die sie hätte entlassen müssen, nur eine gelegentliche Aushilfe, die er laut den Abrechnungen aber schon länger nicht mehr in Anspruch genommen ...

Sie hielt inne, als sie das verschmierte Papier in dem Ordner genauer betrachtete. Die fett gedruckte Überschrift gab das Dokument als Mietvertrag aus. Wie sie dem weiteren Text entnehmen konnte, hatte ihr Vater offensichtlich eine Garage in Neuwied angemietet.

Aber aus welchem Grund?

Seine Werkzeuge und Arbeitsmaterialien hatte er in dem Geräteschuppen hinter dem Haus untergebracht, in dem auch der alte Lieferwagen stand, mit dem er zu seinen Kunden gefahren war. Wozu sollte ihr Vater eine weitere Garage benötigt haben?

Und warum ausgerechnet in Neuwied?

Der Ort lag fast dreißig Kilometer entfernt. Möglicherweise hatte ihr Vater dort Kunden gehabt, für die er regelmäßig tätig gewesen war. Wenn ja, wäre das aus seinen Rechnungen ersichtlich. Doch als sie auf das Datum des Mietvertrages blickte, erübrigte sich die Suche.

Der Vertrag war zwölf Jahre zurückdatiert!

Zu dieser Zeit war ihr Vater noch nicht selbstständig

gewesen, und somit hätte er auch keinen nachvollziehbaren Grund gehabt, so weit entfernt eine Garage anzumieten.

Plötzlich fiel ihr der Schlüssel am Bund ihres Vaters ein, der zu keinem Schloss im Haus passte. Hastig kramte sie den Bund aus ihrer Hosentasche. Neben den Schlüsseln für das Auto und den Lieferwagen befanden sich weitere sechs Schlüssel daran. Nur einer davon war nicht klar beschriftet. Auf dem Anhänger war lediglich eine Nummer vermerkt: 8. Sie schaute in den Vertrag. Dort stand es schwarz auf weiß. Ihr Vater hatte die Garage mit der Nummer 8 gemietet.

Zwölf Jahre, dachte sie, während sie den Schlüssel an dem Bund betrachtete. *Was hattest du dort so lange zu verbergen?*

Es gab nur einen Weg, das herauszufinden. Sie nahm den Mietvertrag aus dem Ordner und verließ das Haus.

Das Navigationsgerät ihres Autos führte sie zu der im Vertrag angegebenen Adresse. Das menschenleere Gelände lag in einem Industriegebiet am Rande der Stadt. Dort befanden sich zwölf in Reihe gebaute Garagen neben einem Komplex aus kleineren Lagerhallen. Melanie Köppke stieg aus und ging an den Toren der Hallen vorbei, bis sie die Garage mit der Nummer 8 erreichte. Neben dem Tor befand sich ein separater Eingang in Form einer Stahltür. Diese ignorierte sie und steckte den Schlüssel ins Schloss des Tores. Er hakte etwas, da die Mechanik dringend ein paar Tropfen Öl vertragen hätte, doch dann griff der Zylinder und setzte den elektrischen Motor in Gang, der das Rolltor langsam anhob. Ihr Herz pochte vor Aufregung. Vermutlich lagerten die meisten Mieter hier ihre Saisonwagen oder Motorräder über den Winter ein. Doch als das

Tor oben angelangt und das Summen des Motors verstummt war, trat Ernüchterung bei ihr ein. Kein Oldtimer von beachtlichem Wert. Nur überfüllte Metallregale und ein halbes Dutzend blauer Kunststofffässer. Neben altem Werkzeug und Resten von Brettern, die die Regale verstopften, lagen Säcke mit Gips überall verteilt auf dem Boden. Einige waren bereits geöffnet und hatten einen Teil ihres mehligen Inhalts über den Betonboden verteilt. Dazwischen entdeckte sie eingetrocknete Farbdosen, steife Pinsel und einige Kanister mit Flüssigkeiten. Und etwas, das wie eine gesichtslose Büste aussah. Modellierwerkzeuge und Verpackungsreste lagen überall herum. Ein Schwall feuchtwarmer Luft schlug ihr entgegen.

Wieso ist es so warm hier drin?, fragte sie sich, als sie eintrat und sich weiter umsah. Neben dem ganzen Unrat entdeckte sie in einem der Regale noch etwas anderes. Dort standen mehrere große Einmachgläser, deren Böden mit etwas Dunklem bedeckt waren. Sie glaubte, eine Bewegung darin ausmachen zu können. Erst bei näherer Betrachtung erkannte sie, dass es Insekten waren. Ameisen, Fliegen, Maden ... Die meisten davon waren bereits verendet und lagen reglos in den Gläsern, in deren Deckel sich feine Löcher zur Belüftung befanden. Erschrocken wich sie zurück, als plötzlich eine daumengroße Spinne an die Innenseite ihres gläsernen Gefängnisses sprang und dort reglos verharrte. Aber das war nicht das Einzige, was ihr zusetzte. Da war auch noch dieser faulige Gestank, der ihr das Atmen fast unmöglich machte. Zunächst vermutete sie den Ursprung dieses üblen Geruchs in den Fässern. Doch diese waren mit Spannungsringen luftdicht verschlossen. Ihr Blick blieb schließlich an der grünen Plane haften, die zwischen zwei der Regale gespannt war und die den hinteren Teil der Garage nicht einsehbar machte.

Was zum Teufel hast du bloß hier drin getrieben, Vater?

Vermutlich moderte hier drin irgendwelcher Abfall vor sich hin, und die Entsorgung dieses ganzen Gerümpels würde sie auch noch eine Stange Geld kosten. Ganz abgesehen von dem Mietvertrag, der sich ohne Kündigung alle sechs Monate automatisch um denselben Zeitraum verlängerte, wodurch die fällige Miete noch weitere drei Monate lang beglichen werden musste. Offenbar hatte ihr Vater hier seine heimliche Neigung zum Messie ausgelebt.

Sie packte eines der Fässer und wackelte vorsichtig daran. Es war schwer und im Inneren gluckste eine Flüssigkeit. Je nachdem, was für eine Art von Abfall sich darin befand, konnte es dazu noch kompliziert werden. Vielleicht handelte es sich um Restchemikalien, die sich über die Jahre angesammelt hatten: Verdünnung, Farben, Harze und Öle oder was immer ihr Vater verarbeitet hatte. Sie würde eine Firma mit der Entsorgung beauftragen müssen.

Angeekelt hielt sie sich die Hand vor Mund und Nase, als sie sich der Plane näherte. Sie würde nicht umhinkommen, sich zu vergewissern, was sich dahinter befand. Sie scheuchte einige Fliegen davon, die vor dem Sichtschutz ihre Kreise zogen. Anscheinend befanden sich noch mehr dieser Gläser in den hinteren Regalen. Und wie es aussah, war zumindest eines davon undicht oder gar zerbrochen. Sie vernahm ein unheimliches Summen, als sie die Befestigung der Plane auf ihrer Seite löste. Als sich diese senkte, stoben noch mehr Fliegen auf. Es mussten Hunderte sein, denn sie konnte durch diese lebende Wolke zunächst nichts erkennen. Erst als sie sich aufzulösen begann, begriff Melanie Köppke das grausame Ausmaß ihres Fundes.

Ihr Blut gefror auf der Stelle, sodass sie eine Lähmung

befiel, die es ihr unmöglich machte zu schreien. Die Plane glitt ihr aus der Hand und schliff ratschend über den Boden, wobei sie feinen Zementstaub aufwirbelte. Melanie schnappte nach Luft wie eine Ertrinkende und kämpfte gegen den Schock an, der ihren Körper lähmte. Als es ihr schließlich gelang, sich aus ihrer Starre zu befreien, taumelte sie kraftlos zurück und musste sich an einem der Regale festhalten, um nicht hinzufallen. Werkzeuge fielen zu Boden, wirbelten noch mehr Staub und Fliegen auf. Panik befiel sie, als sie die anderen Fässer betrachtete.

Sie musste hier raus, sofort hier raus!

Sie schrie aus Leibeskräften, während sie die gepflasterte Zufahrt entlanglief. Als sie ihr Auto erreicht hatte, beugte sie sich keuchend neben die Motorhaube und übergab sich. Erbrochenes brannte ihr im Hals, als sie kurz darauf nach ihrem Handy griff und mit zitternden Fingern die Nummer des Notrufs wählte.

KAPITEL 28

Rokko betrat das Büro mit zwei Bechern dampfendem Kaffee, die ihn und Chris zu einer willkommenen Pause einluden. Die Auswertung der bisherigen Ermittlungen dauerte nun schon über drei Stunden an, und sie waren keinen Schritt vorangekommen. Die Kollegen der Sonderkommission arbeiteten fast permanent an dem Fall und ständig kamen neue Hinweise herein, aber konkrete Ergebnisse waren bislang ausgeblieben. Die Fahndung nach Frank Kilb war nahezu im Sande verlaufen. Sein Konto wies keinerlei Aktivitäten seit seinem Verschwinden auf, und die Überprüfung seiner Kreditkarte blieb ebenso erfolglos wie eine Auswertung seiner Handydaten. Es gab keine verwertbaren Hinweise auf seinen Aufenthaltsort. Der Portier schien einfach von der Bildfläche verschwunden zu sein.

Wie sich herausstellte, gab es keine weitere Vermisstenmeldung in dem Zeitraum, in dem Alexander Hartfels verschwunden war. Das entkräftete ihre These, dass er bereits damals zum Mörder geworden war. Zumal eine Beteiligung von Alexander Hartfels an den Morden ohnehin immer unwahrscheinlicher wurde.

Die Auswertung der Spuren in dem Haus war noch nicht abgeschlossen, es deutete sich aber auch hier bereits an, dass kein entscheidender Durchbruch zu erwarten war, was aber niemanden sonderlich überraschte. Ebenso wenig wie die Tatsache, dass keinem der unmittelbaren Nachbarn etwas Ungewöhnliches in dem Haus aufgefallen war. Einziger Lichtblick war die bisherige Auswertung der Daten, die auf dem sichergestellten Computer in der Wohnung des letzten Opfers gefunden worden waren.

»Demnach war Vera Schönfeld regelmäßig in einem Forum aktiv, in dem sich Menschen mit Angststörungen austauschen«, sagte Rokko und nippte an seinem Kaffee, während er den vorläufigen Bericht der IT studierte. »Den dortigen Einträgen zufolge war ihre Angst vor Spinnen und anderen Insekten sehr ausgeprägt.«

»Dann muss der Täter über dieses Forum auf sie aufmerksam geworden sein«, mutmaßte Chris.

»Davon ist auszugehen. Allerdings erklärt das nicht, wie er an ihre Adresse gelangt ist. Sie war dort nur unter *Vera28* registriert.«

»Die meisten Foren bieten die Möglichkeit eines privaten Chats. Sicher hat er darüber Kontakt mit ihr aufgenommen. Oft genügt eine Telefonnummer, um an einen Namen und somit an eine Adresse zu gelangen.«

»Nur gibt man auch in einem Chat nicht so einfach persönliche Daten von sich preis. Er müsste schon über einen längeren Zeitraum mit ihr in Kontakt gestanden und ein gewisses Vertrauen aufgebaut haben.«

»Es sei denn, er verfügt über entsprechende Hackerfähigkeiten.«

Rokko schüttelte den Kopf. »Dagegen sprechen die entwendeten Computer der ersten Opfer. Ein Hacker hätte es nicht nötig so vorzugehen. Er würde seine digitalen Spuren verwischen oder es so aussehen lassen, als wäre er ein anderer.«

»Dann hat der Täter auch diesen Schritt von langer Hand geplant.«

»Zumindest muss er Vera Schönfeld schon länger als Opfer im Visier gehabt haben. Und als er von der Hausbesichtigung erfahren hat ...«

»... hielt er es für eine günstige Gelegenheit, die Tat dort umzusetzen«, vervollständigte Chris. Er überlegte einen Moment. »Werden Chatprotokolle nicht gespeichert?«

»Nicht in dem Fall. Da es sich hier um ein reines Onlineangebot handelt, muss keine Software installiert werden, um den Dienst zu nutzen. Dementsprechend werden auch keine Protokolle auf dem Rechner gespeichert. Und laut Auskunft des Betreibers auch nicht auf deren Servern. Das Protokoll wird nur so lange zwischengespeichert, wie der Chat aktiv ist. Sobald man das Fenster schließt, löscht sich der Verlauf.«

Chris atmete durch. »Aber man muss sich dort doch sicher registrieren, um mit anderen in Kontakt zu treten.«

»Sicher«, meinte Rokko, »aber auf dieser Plattform gibt es laut angezeigter Statistik weit über achthundert registrierte Nutzer. Wie sollen wir die alle überprüfen? Und vor allem unter welchen Voraussetzungen? Zumal man sich dort auch ohne weiteres mit einer Scheinidentität anmelden kann.«

»Aber es muss doch möglich sein, dem Kerl irgendwie auf die Spur zu kommen.«

»Nicht über diesen Weg«, meinte Rokko. »Vermutlich hat er es deshalb nicht für nötig gehalten, in Vera Schönfelds Wohnung einzubrechen und ihren Rechner zu entwenden, wie bei den anderen Opfern. Er konnte sich in dem Fall sicher sein, darauf keine digitalen Spuren hinterlassen zu haben.«

»Was hat die Ortung von Manuela Gierkes Handy ergeben?«

»Zuletzt war es zu dem Zeitpunkt eingeloggt, als der Anruf bei der Maklerin einging. Die Position konnte nicht exakt ermittelt werden, aber es befand sich zu dem Zeitpunkt in der Nähe von Vera Schönfelds Wohnung – was im Nachhinein wie ein höhnischer Hinweis auf das nächste Opfer erscheint. Der Kerl macht sich über uns lustig, und die Presse wird ihren Spaß daran haben. Sollte einer von denen herausbekommen, dass wir in dem Fall auch intern ermitteln, möchte ich nicht in Deckerts Haut stecken. Einer der zuständigen Kollegen aus Mayen hat sich bereits bei ihm gemeldet und sich lautstark darüber beschwert, dass hinter seinem Rücken Erkundigungen über ihn und die damaligen Ermittlungen eingeholt worden sind. Er hat auch damit gedroht, die Sache einem Anwalt zu übergeben. Dann dürfte es nicht mehr lange dauern, bis die Presse Wind davon bekommt.«

Chris rieb sich die Augen. »Und was soll ich deiner Meinung nach tun?«, fragte er. »Deswegen diese Möglichkeit außer Betracht lassen?«

»Ich denke nicht, dass einer der Kollegen darin verwickelt ist. Die haben damals einfach nur schlampig gearbeitet und wollen einer möglichen Untersuchung entgehen.«

»Vielleicht hätten sie es verdient, dafür an den Pranger gestellt zu werden. Hätten die damals ihren Job gemacht, wäre es vielleicht nie so weit gekommen!«

»Du hast ja recht. Aber es dürfte uns kaum weiterbringen, wenn wir uns jetzt selbst diffamieren.«

»Dieser verdammte ...« Wütend ließ Chris sich in den Stuhl zurückfallen und umklammerte mit beiden Händen die Lehnen, als wolle er sie ausreißen. »Vier Tote, und wir haben nicht das Geringste in der Hand! Dieser Mistkerl muss doch mal einen Fehler machen!«

»Das wird er schon noch.«

»Ach ja? Und was ist, wenn er nach sieben Morden aufhört und einfach verschwindet?«

»Du wirkst ziemlich angespannt«, sagte Rokko. »Vielleicht solltest du lieber nach Hause zu Rebecca fahren und bei deiner Familie sein.«

Chris raufte sich die Haare. »Ich will mir gar nicht vorstellen, was ist, wenn ihr oder Patrick etwas zustoßen sollte. Allein der Gedanke daran macht mich wahnsinnig.«

»Vermutlich will der Täter genau das damit erreichen.«

»Tja, dann hat der Scheißkerl ganze Arbeit geleistet.«

»Wir können eine zivile Streife vor eurer Wohnung postieren.«

»Hab ich schon veranlasst«, meinte Chris.

»Das scheint dich aber nicht sonderlich zu beruhigen.«

»Wenn er es wirklich auf sie abgesehen hat, dürfte ihn das kaum aufhalten. Der Kerl ist einfach zu gerissen. Ich werde erst wieder ruhig schlafen können, wenn wir ihn gefasst haben.«

»Die Kollegen der Soko hängen sich voll rein. Wir überprüfen wirklich jede mögliche Spur oder Verbindung. Auch Hartfels schläft kaum noch.«

»Wo steckt sie eigentlich?«

»Sie wollte etwas im Zusammenhang mit ihrem Bruder überprüfen. Sie hat die letzten zwei Tage damit verbracht, seine Vergangenheit zu durchforsten.«

»Dann sollte sie uns verdammt nochmal darüber unterrichten!«, fauchte Chris. »Sie muss endlich lernen, dass wir hier im Team arbeiten!«

»Vielleicht ist sie ja auf etwas gestoßen, das uns weiterhilft.«

»Das hoffe ich«, sagte Chris. »Sonst wird man uns schon bald die Hölle heißmachen.«

In diesem Moment erreichte ihn der Anruf aus Neuwied.

KAPITEL 29

Das Gelände in dem Industriegebiet war weiträumig abgeriegelt worden, und sie mussten mehr als einmal ihre Ausweise vorzeigen, bis sie an der Garage mit der Nummer 8 ankamen und vor dem Absperrband stehen blieben.

»Hältst du die Nummer für einen Zufall?«, fragte Rokko und legte den Kopf schief, sodass die 8 zum Zeichen für

Unendlichkeit wurde

»Keine Ahnung«, erwiderte Chris halbherzig, während er versuchte, einen Blick in das Innere der Garage zu werfen. Die rechte Hälfte des Zugangs war mit einem Sichtschutz verhangen worden. Dennoch konnte er mehrere Techniker in Schutzanzügen ausmachen, die sich um einige blaue Fässer tummelten. Chris bemerkte die Anspannung der Leute. Offensichtlich war hier jeder bis auf Äußerste darum bemüht, keinen Fehler zu machen und nichts zu übersehen. Nachdem, was Chris am Telefon über den Fundort erfahren hatte, war das nur zu verständlich.

Ein Mann in Zivilkleidung löste sich aus einer Gruppe uniformierter Polizisten und trat auf sie zu. Er war schätzungsweise Anfang fünfzig, hatte lichtes, grau meliertes Haar und trug Jeans und eine olivgrüne Feldjacke.

»Dietmar Kohlhaas«, stellte er sich vor und betrachtete die beiden. »Sie müssen die Kollegen aus Koblenz sein.«

Chris nickte. »Bertram, wir haben telefoniert. Das ist mein Kollege Kommissar Roland Koch.«

Kohlhaas reichte jedem die Hand.

»Wie weit sind Sie mit Ihren Ermittlungen?«, kam Chris abrupt auf den Punkt.

»Wie Sie sehen können, haben wir alle Hände voll zu tun, um die Spurenlage zu sichern«, erwiderte Kohlhaas. »Die Platzverhältnisse dort drin sind sehr begrenzt.«

Chris ließ seinen Blick über die Regale gleiten, registrierte die Gipsreste und Modellierwerkzeuge. *Hier hast du die Masken gefertigt*, ging es ihm durch den Kopf, *und die Insekten gehalten. Hier hat dein Plan Gestalt angenommen.*

»Wer hat die Garage gemietet?«, fragte er.

»Ein gewisser Rolf Meinhard, zweiundsechzig Jahre.«

»Ich nehme an, Sie fahnden bereits nach ihm.«

»Das ist nicht mehr nötig«, meinte Kohlhaas. »Er ist vorgestern beerdigt worden. Schlaganfall.«

»Tja, das nenn ich mal ein felsenfestes Alibi«, meinte Rokko zynisch. »Zumal er schon seit mindestens einer Woche tot sein muss.«

»Also in etwa zu dem Zeitpunkt, als das Morden begonnen hat«, fügte Chris hinzu. »Könnte es sein, dass Meinhard von alldem nichts gewusst und der wahre Täter das alles erst vor Kurzem hier deponiert hat?«

»Das ist nahezu auszuschließen«, erwiderte Kohlhaas. »Wir haben im hinteren Teil blutverkrustetes Werkzeug in den Regalen und am Boden gefunden, das den Staubspuren nach schon länger dort liegen muss. Auch die Fässer sind laut unseren Technikern schon einige Zeit nicht mehr bewegt worden. Über den Betreiber sind wir an die Telefonnummern der übrigen Mieter gelangt. Zwei von ihnen haben bestätigt, dass sie Meinhards Transporter noch vor knapp drei Wochen hier gesehen haben. Ein anderer Mieter versicherte uns, dass er die blauen Fässer in Meinhards Garage schon vor über einem Jahr dort gesehen haben will.«

»Irgendwelche Einbruchsspuren?«

»Nein. Es muss sich aber definitiv noch jemand nach Meinhards Tod hier drin aufgehalten haben.«

»Und wie kommen Sie darauf?«

Kohlhaas rief einen Namen. Daraufhin sah einer der Techniker in der Garage in ihre Richtung. »Können wir in den verdeckten Bereich hinein?«

Der Techniker zog sich den Mundschutz herunter. »Ja. Der Bereich ist vollständig dokumentiert. Aber fasst trotzdem nichts an oder bewegt etwas.«

Kohlhaas nickte und hob das Flatterband an, das entlang des offenen Tores gespannt war. Sie schlüpften darunter durch. Der faulige Geruch wurde intensiver, je weiter sie in die Garage vordrangen. Überall auf dem Boden lagen tote Fliegen herum, deren Körper unter ihren Schuhsohlen knisterten. Kohlhaas schob den Sichtschutz beiseite. »Das da ist der Grund, weshalb wir Sie sofort kontaktiert haben.«

Sie traten an der Plane vorbei in den hinteren Bereich. Was sich ihnen dort offenbarte, verschlug Chris den Atem.

Auf einem Stuhl saß die Leiche eines Mannes mit rötlichen Haaren. Er trug eine Art Uniform. Chris konnte den Schriftzug eines Hotels erkennen, der auf Brusthöhe in die dunkle Weste eingenäht war, die der Tote über einem weißen Hemd mit Fliege trug. Unmittelbar vor dem Toten stand eines der blauen Fässer, der Deckel war entfernt worden. In der Flüssigkeit darin trieben Leichenteile. Chris sah einen abgetrennten Arm an der Oberfläche, dessen graue Haut sich vom Knochen abzulösen begann. Dennoch war das Tattoo darauf zu erkennen. Angewidert schwenkte sein Blick wieder zu dem Toten auf dem Stuhl. Sein Hemd wies feuchte Flecke auf, überall an der Kleidung und am Körper wanden sich Maden. Vor allem unter der weißen Gipsmaske, die das Gesicht bedeckte, krochen sie vermehrt hervor. Die Augenpartien der Maske waren zusammengezogen, die Nase gerümpft, der Mund ein schmaler Strich.

Ekel, kam es Chris unweigerlich in den Sinn, nicht zuletzt, weil es genau das war, was er bei dem Anblick empfand. Der Brechreiz, der ihn überkam, war so heftig, dass er würgen musste.

»So erging es uns auch, als wir hier angekommen sind«, kommentierte Kohlhaas die Reaktion.

»Ich nehme an, bei dem Toten handelt es sich um Frank

Kilb«, keuchte Chris, als er sich wieder im Griff hatte.

»Zumindest laut den Ausweispapieren, die wir bei ihm gefunden haben. Wie ich dem Fahndungsprotokoll entnehmen konnte, wird er erst seit fünf Tagen vermisst. Der Täter hat einen elektrischen Heizofen verwendet, um den Verwesungsprozess zu beschleunigen. Es muss hier drin um die dreißig Grad warm gewesen sein. Die Insekten haben den Rest erledigt.«

Chris hielt sich die Hand vor Mund und Nase und inspizierte den Boden um den Bereich der Leiche herum. Dort war an mehreren Stellen eine getrocknete Substanz zu sehen. »Was sind das für Flecke?«

»Erbrochenes«, klärte Kohlhaas ihn auf. »Wie es aussieht, hat der Täter das Opfer vor seinem Tod gezwungen, einige der Leichenteile zu essen.«

Chris' Augen weiteten sich bei dem Gedanken, und sein Magen fing erneut an zu rebellieren.

»Wie viele Schlüssel existieren für diese Garage?«, fragte Rokko, der diese Information besser zu verkraften schien.

»Laut Vermieter zwei. Nach einem suchen wir noch. Den anderen hat die Tochter am Schlüsselbund ihres Vaters entdeckt. Sie ist auf das alles hier gestoßen, nachdem sie den Mietvertrag in seinen Unterlagen gefunden hatte und hier ausmisten wollte. Daraufhin hat Sie einen Nervenzusammenbruch erlitten. Wir mussten sie in ein Krankenhaus bringen lassen.«

Chris wollte sich nicht einmal vorstellen, wie ihr zumute sein musste. Ihr eigener Vater, ein Mensch, der ihr am meisten vertraut gewesen war und den sie geglaubt hatte zu kennen, hatte sich plötzlich in ein gewissenloses Monster verwandelt. All die Jahre der Fürsorge und der Zuneigung. Sie würde sich den Rest ihres Lebens fragen, ob das alles nur gespielt gewesen war, um sein wahres Wesen zu verbergen.

Auf dem Weg zurück ließ Chris seinen Blick über die übrigen fünf Fässer gleiten. »Von wie vielen Toten reden wir?«, wollte er wissen, nachdem er wieder frische Luft atmete.

»Das ist noch nicht abzusehen. Die Fässer sind voller Leichenteile, die meisten davon bereits im fortgeschrittenen Verwesungsstadium. Unmöglich zu sagen, zu wie vielen Opfern diese gehören. Das volle Ausmaß muss die Rechtsmedizin klären. Wir warten noch auf den Transporter, der die Fässer dorthin bringen soll.«

»Dann haben wir es hier doch mit zwei Tätern zu tun?«, warf Rokko in die Runde.

»Ich weiß es nicht«, erwiderte Chris, dem noch immer das Entsetzen ins Gesicht geschrieben stand. »Das hier übersteigt auch mein Vorstellungsvermögen. Aber zumindest müssen sich Meinhard und unser Täter gekannt haben.«

Chris blickte zu den Beamten, die in Gruppen vor der Garage standen und in deren Gesichtern das Grauen abzulesen war, dem sie hier begegneten. Hinter der ersten Absperrung hatten sich mittlerweile ein halbes Dutzend Reporter eingefunden, die ihre Mikrofone einem Mann in zivil entgegenstreckten. Vermutlich handelte es sich um den Pressesprecher der zuständigen Behörde. Unter den Journalisten konnte Chris auch Daniel Fischer ausmachen. Als der ihn erkannte, hob er zum Gruß die Hand und grinste hämisch.

»So sieht man sich wieder, Herr Oberkommissar«, rief Fischer ihm zu. »Was halten Sie jetzt von Ihrer Aussage, dass es sich ausschließlich um weibliche Opfer handelt?«

Chris streckte ihm den Mittelfinger entgegen.

»Ein Freund von Ihnen?«, fragte Kohlhaas.

»Eher ein lästiges Anhängsel«, erwiderte Chris mit der nötigen Verachtung.

»Ich nehme an, die Presse hängt Ihnen in der Sache gehörig im Nacken.«

»Ja. Und diese Entdeckung hier dürfte für zusätzlichen Zündstoff sorgen.«

»Kann ich verstehen«, meinte Kohlhaas. »Ich denke, ich spreche für alle Kollegen hier, wenn ich behaupte, dass keinem von uns bislang ein solches Ausmaß an kaltblütiger Grausamkeit untergekommen ist«, sagte er. »Und einige von uns haben bereits dreißig Dienstjahre hinter sich. Es dürfte Wochen, wenn nicht sogar Monate dauern, bis alle Leichen identifiziert und zugeordnet sind, sofern das überhaupt möglich ist.« Er blickte Chris und Rokko mit geröteten Augen an. »Wem auch immer Sie da auf den Fersen sind, Sie sollten dieses Monster schnellstens aus dem Verkehr ziehen.«

Chris erwiderte nichts. Er konnte nur hoffen, dass Hartfels bei ihren Ermittlungen endlich auf etwas gestoßen war.

KAPITEL 30

»Sind Sie Ralf Breuer?«, fragte Hartfels den Mann, der gerade die Tür der Erdgeschosswohnung geöffnet hatte. Er war Ende dreißig, hatte dunkle Haare, die er in einer gepflegten Kurzhaarfrisur trug und sein schmal zulaufendes Gesicht war glattrasiert.

»Das steht zumindest auf meiner Klingel«, antwortete er mit einem sympathischen Lächeln.

»Mein Name ist Corinna Hartfels, BKA.« Sie hielt ihm ihren Ausweis entgegen.

»Die Kommissarin, die mich angerufen hat«, sagte Breuer, während er flüchtig auf das eingeschweißte Dokument sah.

»Hauptkommissarin«, verbesserte Hartfels.

»Dann kommen Sie mal herein, Frau Hauptkommissarin.«

Sie gingen durch einen schmalen Flur in den Wohnbereich. Die Wohnung war nicht groß aber geschmackvoll eingerichtet. Braun und weiß gestaltete Wände, farblich abgestimmte Möbel. Breuer deutete auf eine Sitzgruppe und sie setzten sich.

»Sie sind also die Schwester von Alexander.« Als er den Namen aussprach, erklang ein Hauch von Wehmut in seine Stimme. »Er hat damals viel von Ihnen gesprochen.«

»Das ist der Grund, weshalb ich Sie aufsuche«, erwiderte Hartfels.

»Rollen Sie seinen Fall wieder auf?«

»Könnte man sagen«, meinte Hartfels tonlos. »Sie sind damals zu seinem Verschwinden befragt worden und werden in den Akten zu seinem festen Bekanntenkreis gezählt.«

»Na ja«, meinte Breuer, »zum Schluss hatten wir eigentlich nicht mehr so viel Kontakt.« Erneut dieser schwermütige Unterton. »Aber das ging mehr von seiner Seite aus.«

»Gab es einen Grund dafür?«

Breuer schwieg und sah auf seine Hände.

»Sie und mein Bruder standen sich näher, hab ich recht?«

184

Er sah sie überrascht an, schwieg aber weiterhin.

»Ich wusste von seiner Homosexualität«, klärte Hartfels ihn auf.

Breuer nickte. »Dann sind Sie einer der wenigen Auserwählten, denen er sich diesbezüglich anvertraut hat.«

»Wie lange dauerte Ihre Beziehung zu ihm?«

»Ich weiß nicht mal, ob man es so bezeichnen könnte. Anfangs waren wir lange Zeit nur Freunde, haben mit anderen abgehangen, uns in Cafés und Bars getroffen, sind zusammen ins Kino gegangen. Alles, was Freunde halt so machen. Von den anderen wusste ich, dass sie nicht homosexuell waren. Bei Alex war mir das ziemlich schnell klar. Im Gegensatz zu den anderen hat er nie einer Frau auf den Hintern gestarrt.« Er lächelte kurz, dann atmete er durch. »Außerdem hat mir seine extrem einfühlsame Art sehr gefallen. Na ja, irgendwann kam eines zum anderen.«

»Aber es hat nicht funktioniert.«

Er schüttelte resigniert den Kopf. »Erst habe ich gedacht, es liegt an mir, habe mir eingeredet, ich wolle zu viel von ihm. Aber letztendlich war es seine tiefsitzende Angst davor, es könnte jemand herausfinden. Er sträubte sich regelrecht davor, Zärtlichkeiten in der Öffentlichkeit auszutauschen. So etwas durfte nur hinter verschlossenen Türen stattfinden. Dann zog er seine Tarnkappe ab und war ein völlig anderer Mensch. Immer wieder habe ich versucht, mit ihm darüber zu reden, wollte wissen, weshalb er sich so dagegen wehrt, sich zu outen. Immerhin leben wir im 21. Jahrhundert, wo man als Schwuler sogar in der Politik Karriere machen kann. Aber er wollte nicht darüber sprechen, machte immer nur Andeutungen bezüglich seiner Arbeit als Grundschullehrer. Er wollte nicht als Perverser dastehen, der kleine Kinder unterrichtet.«

»War das der Grund, weshalb Sie damals diese Beziehung gegenüber den Ermittlern nicht erwähnt haben?«

»Ja«, gab er beschämt zu. »Niemand wusste, was mit ihm passiert war, und ich wollte ihn nicht ...«

»Sie wollten was nicht?«, hakte Hartfels in ihrer abgeklärten Art nach, die beinahe herzlos wirkte.

Breuer betrachtete sie skeptisch, als versuche er, ihre Gedanken zu hinterfragen, die das Offensichtliche nicht erkannten. »Ich wollte ihn nicht gegen seinen Willen bloßstellen«, betonte er mit Bedacht, um nicht den Eindruck zu erwecken, er halte sie für begriffsstutzig. »Ich denke, es hätte ihm noch weniger geholfen, wenn herausgekommen wäre, dass er seine Homosexualität verheimlicht hatte«, fügte er erklärend hinzu. »Bekomme ich deswegen Ärger?«

»Nein«, lautete die knappe Antwort.

Sein Blick ruhte noch immer auf ihr und versuchte vergeblich, in ihrer steifen Mimik zu lesen. »Alexander hat mir gesagt, sie wären anders. Jetzt weiß ich, was er damit meinte. Auf eine gewisse Weise sind sie sich ähnlich. Auch er war nicht gerade umgänglich. Über die Hintergründe wollte er jedoch nicht sprechen.«

Hartfels erwiderte seinen Blick ausdruckslos. Auf ihre Art fand sie es erfrischend, jemandem zu begegnen, der die gleiche ungezwungene Offenheit wie sie an den Tag legte. Doch offenbar hatte ihr Bruder es versäumt, Breuer zu erklären, dass die Gründe für ihr Anderssein denselben Ursprung hatten wie Alexanders Angst vor einem Coming-out. Ihr Vater hätte es nie akzeptiert, einen schwulen Sohn großgezogen zu haben. Wie es schien, hatte ihr Bruder es ebenso wie sie selbst vorgezogen, über das Martyrium ihrer Kindheit und Jugend den Mantel des Schweigens zu legen. Und dabei wollte sie es in dem Fall auch belassen.

»Es ist nicht Zweck meines Besuchs, unsere Familien-
verhältnisse offenzulegen«, sagte sie. »Wir sollten uns mehr
auf Ihre Beziehung zu meinem Bruder konzentrieren.«

Er nickte verständnisvoll.

»Den Berichten von damals zufolge hatten Sie kein
Problem damit, Ihre sexuelle Orientierung der Polizei mit-
zuteilen«, führte Hartfels die Befragung gewissenhaft fort.

»Ich tue das bereits seit meinem 19. Lebensjahr. Es hätte
also wenig Sinn gemacht, es zu verheimlichen. Und offenbar ist genau das der Grund, weshalb Sie ausgerechnet
mich nach so langer Zeit aufsuchen, nicht wahr?«

»Das ist richtig«, bestätigte Hartfels ohne Umschweife.
»Ich hatte den Verdacht, dass Sie und mein Bruder ein
engeres Verhältnis hatten und er Ihnen gegenüber offener
war.«

»Offener inwiefern?«

»Hat er Ihnen Details aus seinem Leben anvertraut, die
er anderen gegenüber verschwiegen hat?«

»Wenn Sie auf sein Verschwinden anspielen ... Zu dieser
Zeit waren wir schon einige Monate nicht mehr zusammen.«

»Dann wissen Sie nichts über eine Beziehung zu jemandem, den er nach Ihnen kennengelernt hat?«

»Nein.« Er lehnte sich zurück und verschränkte die
Hände. »Alex war immer sehr verschlossen, wenn es um
sein Gefühlsleben ging. Er hat keinen zu nah an sich
herangelassen. Sicher auch einer der Gründe, weshalb er
lieber alleine lebte.«

Der Fluch der Misshandelten, dachte Hartfels.

»Nach unserer Trennung habe ich ihn nur noch einmal
wiedergesehen. Er rief mich aus heiterem Himmel an und
wollte sich mit mir treffen.«

»Worum ging es dabei?«, fragte Hartfels.

Breuer zögerte. »Er sagte, er müsse jemandem einen Gefallen tun und brauche meine Hilfe. Das war typisch für Alex. Was das Wohlbefinden anderer anging, legte er ein unglaubliches Engagement an den Tag. Das habe ich immer an ihm bewundert. Er besaß ein äußerst feines Gespür dafür, wenn mit jemandem etwas nicht stimmte, nahm kleinste Anzeichen von körperlicher oder psychischer Misshandlung wahr, als besäße er eine Art Radar dafür. Das Thema lag ihm extrem am Herzen, nicht nur in Bezug auf Kinder. Das hat mir sehr imponiert. Auch war er ehrenamtlich bei der Caritas tätig und spendete regelmäßig Blut.«

Hartfels zuckte innerlich zusammen. »Sie sagen, er hat Blut gespendet?«

»Ja. Ich arbeite beim Finanzamt. Unsere Abteilung geht einmal im Jahr geschlossen zur Blutspende. Bei der Gelegenheit habe ich Ihren Bruder kennen gelernt.«

»Haben Sie das auch damals den Ermittlern gesagt?«

»Ja. Aber die hielten das nicht für wichtig. Denen ging es mehr um seine Bekanntschaften und ob er Feinde hatte.«

»Hatte er denn welche?«

»Nicht, dass ich wüsste. Jedenfalls nicht zu der Zeit, als ich enger mit ihm in Kontakt stand.«

Hartfels dachte eine Weile nach. Dann stand sie ruckartig auf und hielt Breuer mechanisch die Hand hin. »Danke für Ihre Auskunft. Sie haben mir sehr geholfen.«

Ein wenig verwundert starrte Breuer ihr hinterher, wie sie unmittelbar darauf aus der Wohnung eilte.

KAPITEL 31

Es war bereits nach zwanzig Uhr, als Chris und Rokko wieder im Präsidium eintrafen. In ihren Gesichtern spiegelten sich die Ereignisse der letzten Stunden wider. Sie hatten die Kollegen aus Neuwied vor Ort unterstützt und später die ersten Untersuchungsergebnisse gesichtet und an die Soko weitergeleitet. In dem Besprechungsraum, der für die Mitarbeiter der Sonderkommission eingerichtet worden war, herrschte demnach noch Betriebsamkeit. Knapp die Hälfte der zugeteilten Kollegen saß hinter ihren Rechnern. Es wurden Daten gesichtet, Hinweise und Berichte protokolliert und ausgewertet. Die Ergebnisse waren erschreckend. Vorläufig ging man von mindestens zwölf Leichen in den Fässern aus, wobei es sich größtenteils nur um Gliedmaßen oder Organe der Körper handelte. Bis auf eine Ausnahme fehlten Kopf und Torso, weshalb bereits Maßnahmen eingeleitet wurden, das Grundstück von Rolf Meinhard mit einem speziellen Leichensuchgerät, das auf Ultraschallbasis arbeitete, abzusuchen, um Aufschluss darüber zu erlangen, ob die fehlenden Körperteile dort womöglich vergraben worden waren. Auch das LKA war mittlerweile eingeschaltet. Die Forensiker dort sollten bei der Identifizierung der Leichen helfen. Durch die zum Teil über Jahre zurückliegenden Morde gestaltete sich die Zuordnung zu eventuell vorliegenden Vermisstenmeldungen dementsprechend schwer. Nur eine gesicherte Identifizierung lag ihnen bereits vor. Dabei handelte es sich um die einzige vollständige Leiche in dem Fass, das vor dem Toten mit der Maske platziert worden war. Doch diese Gewissheit warf mehr Fragen auf, als sie Antworten lieferte.

»Hat jemand von euch Hartfels gesehen?«, fragte Rokko.

Gerlach erhob sich und kam auf sie zu. »Sie sitzt seit Stunden in deinem Büro und will nicht gestört werden«, sagte er. »Wir machen jetzt Schluss. Es ist ohnehin zu spät, um von offizieller Seite noch jemanden zu erreichen.«

Chris nickte ihm zu. Nach diesem Tag konnte auch er es kaum erwarten, endlich nach Hause zu kommen. Er hatte Rebecca alle zwei Stunden telefonisch kontaktiert, um sich zu vergewissern, ob mit ihr und Patrick alles in Ordnung war, wodurch er ihre Nerven ziemlich beansprucht hatte. Mehr als einmal hatte er sich anhören müssen, dass sie kein kleines Kind mehr sei. Aber die Gewissheit um ihre Sicherheit war ihm dieser geringfügige Disput wert gewesen. Und nun konnte er es kaum erwarten, zu seiner Familie zu stoßen. Es war das Einzige, wonach er sich nach einem solchen Tag sehnte.

Chris bedankte sich bei den Kollegen und wünschte ihnen einen erholsamen Feierabend. Er selbst war zu erschöpft, um noch einen klaren Gedanken fassen zu können. Dennoch sah er sich gezwungen, noch eine gewisse Sache zu erledigen. Er wollte sie nicht unnötig vor sich herschieben.

»Soll ich mitkommen?«, fragte Rokko.

»Nein, schon gut. Fahr du nach Hause. Ich erledige das.«

Er nickte, steckte sich einen Streifen Kaugummi in den Mund und ging.

Hartfels saß am Schreibtisch in seinem Büro und brütete über einem aufgeschlagenen Aktenordner. Sie nahm Chris kaum wahr, als er das Büro betrat. Es erschien ihm beinahe übermenschlich, sie noch immer so konzentriert zu sehen, obwohl auch in ihrem Gesicht Anzeichen von Erschöpfung zu erkennen waren.

»Woran arbeiten Sie so spät noch?«, fragte Chris kraftlos.

»Ich sehe die persönlichen Unterlagen meines Bruders durch«, antwortete sie, ohne den Blick von den Akten zu nehmen.

»Die wurden doch schon gesichtet.«

»Ich will nur sichergehen.«

»Dann legen Sie eine Pause ein. Ich muss mit Ihnen reden.« Er setzte sich ihr gegenüber. Seine Jacke behielt er an. Es war ihm zu mühselig, sich ihrer zu entledigen.

Hartfels sah ihn fordernd an. »Geht es um die Leichenfunde in dieser Garage?«

»Sie wissen bereits davon?«

»Die Kollegen haben es mir gesagt.«

Chris atmete durch. »Ich hoffe, man hat Ihnen die grausigen Details erspart.«

Sie betrachtete ihn mit einem Ausdruck, der zu sagen schien: »Und? Wie geht es weiter?«

»Eine der Leichen konnte bereits aufgrund ihrer Vollständigkeit identifiziert werden«, rückte er heraus. »Es ... es handelt sich dabei zweifelsfrei um Ihren Bruder.«

Für einen kurzen Moment glaubte er, ein Zucken ihrer Augenlider zu erkennen. Ansonsten änderte sich nichts an ihrem Ausdruck. Nach einigen Sekunden nickte sie zur Bestätigung. »Danke, dass Sie es mir gesagt haben.« Dann sah sie wieder auf die Unterlagen.

»Was denn?«, meinte Chris verstört. »Das ist alles, was Sie dazu zu sagen haben?«

»Ich sagte Ihnen doch bereits, dass mein Bruder tot ist.«

»Geht es Ihnen in diesem Moment tatsächlich nur darum, recht zu behalten?«

Sie ließ sich in den Stuhl zurückfallen. »Ich habe mich bereits seit zwei Jahren mit dem Tod meines Bruders abgefunden. Wie soll ich denn Ihrer Meinung nach darauf reagieren?«

»Ich weiß nicht«, meinte Chris und zuckte ratlos mit den Schultern. »Mit Bestürzung, Anteilnahme, Trauer ... Schlucken Sie eine Ihrer Pillen oder lassen Sie meinetwegen einen fahren, aber zeigen Sie irgendeine Art von Reaktion.«

Hartfels starrte ihn an. »Sie wissen, dass ich das nicht kann.«

Chris fuhr sich erschöpft über das Gesicht. »Ja, aber dennoch wirkt es immer wieder befremdlich auf mich.«

»So wirke ich auf die meisten Menschen.«

»Und wollten Sie daran nie etwas ändern? Ich meine, können Sie nicht wenigstens so tun, als ginge Ihnen irgendetwas nahe?«

Sie überlegte einen Moment. »Können Sie so tun, als würden Sie nichts empfinden?«

Er seufzte. »Vermutlich haben Sie recht. Wir können wohl alle nicht aus unserer Haut heraus.«

Sie senkte ihre Augenbrauen, als müsse sie über diese Äußerung nachdenken. Schließlich deutete sie auf das gerahmte Foto auf seinem Schreibtisch. »Sind das Ihre Frau und Ihr Sohn?«

Chris betrachtete das Bild, auf dem Rebecca, er selbst und Patrick, den er stolz im Arm hielt, zu sehen waren. »Ja«, meinte er und lächelte. »Die Aufnahme hat mein Vater im Krankenhaus gemacht, einen Tag nach Patricks Geburt.«

»Darauf wirken Sie glücklicher als bei der Arbeit.«

»Nun ja«, meinte er. »Ich war gerade Vater geworden.

Solch ein Ereignis beschert einem in der Regel deutlich mehr Glücksgefühle, als geisteskranke Killer zu jagen.«

Sie betrachtete ihn irritiert.

»Damit meine ich«, fügte er an, »dass die Dinge, mit denen wir uns jeden Tag beruflich beschäftigen müssen, nicht gerade ein positives Bild dieser Welt wiedergeben.«

»Ich verstehe«, erwiderte sie.

Chris musterte sie lange. »Machen Sie sich eigentlich nie Gedanken um diese Welt?«, fragte er. »Darüber, dass sie im Begriff ist, vor die Hunde zu gehen? Dass die Menschen langsam aber sicher ihre Menschlichkeit verlieren?«

»Solche Gedanken sind mir fremd«, antwortete sie. »Sie führen ohnehin zu nichts.«

Diese simple Erkenntnis erzeugte bei Chris ein Gefühl der Ernüchterung. Sie hatte recht. Das Einzige, was ihm solche Gedanken einbrachten, war, dass er sich schlecht fühlte und mehr und mehr am Leben verzagte. Und irgendwann würde er vermutlich selbst zu einem dieser Miesepeter werden, die in allem nur das Schlechte sahen und die daraus resultierende Niedergeschlagenheit den Ungerechtigkeiten dieser Welt zuschrieben. Vielleicht lag das eigentliche Glück darin, nichts empfinden zu können.

»Na schön«, meinte Chris. »Lassen wir es dabei beruhen. Ich wollte Sie nur über Ihren Bruder informieren.«

»Wie ist er gestorben?«, fragte sie.

»Die Körperteile ... Sein Körper«, verbesserte er sich, »wies keinerlei Anzeichen von Folter auf, falls Sie das meinen. Lediglich ein Einstich in der Brust, vermutlich mit einem Messer. Es dürfte schnell gegangen sein. Wie es aussieht, hatten die anderen Opfer nicht so viel Glück.«

Sie nickte.

»Wollen Sie es Ihrer Mutter mitteilen oder soll ich das tun?«

Hartfels schwieg.

»Ich gebe Ihnen einen gutgemeinten Rat«, sagte Chris. »Sie sollten sich mit Ihrer Mutter aussprechen, solange sie noch die Gelegenheit dazu haben. Begraben Sie die Vergangenheit, denn die Gegenwart ist meist schon schwer genug zu ertragen.«

Dasselbe hatte ihr Bruder auch immer gesagt, wenn sie sich per Videotelefonie unterhalten hatten. Ihm war es offenbar vor seinem Tod gelungen, mit alldem abzuschließen. Ein paarmal war sie selbst kurz davor gewesen, die Nummer ihrer Mutter zu wählen, hatte es aber letztendlich nicht fertiggebracht. Es waren in der Summe einfach zu viele Unstimmigkeiten, die sie diesen Gedanken schließlich hatte verwerfen lassen.

Die Vergangenheit begraben.

Die Grube, die dafür nötig gewesen wäre, musste erst noch ausgehoben werden. Aber vielleicht war nun der Zeitpunkt gekommen, den ersten Spatenstich zu machen.

Chris erhob sich. »Ich habe die Zentrale soeben informiert und die Fahndung nach Ihrem Bruder eingestellt. Es tut mir leid«, meinte er, »ich hätte Ihrer Einschätzung vertrauen sollen. Aber die Beweislage war einfach zu eindeutig.« Er drehte sich um und wollte gehen.

»Wollen Sie nicht erfahren, wie der Täter es angestellt hat, Sie dermaßen in die Irre zu führen?«

Er blieb an der Tür stehen. »Natürlich«, meinte er. »Aber heute werden wir das sicher nicht mehr herausfinden.«

»Das habe ich bereits«, erwiderte sie. »Ich weiß jetzt, wie er es gemacht hat.«

KAPITEL 32

Er saß am Tisch in seiner Küche und studierte am Laptop die Berichte, die seit einigen Stunden im Internet kursierten. Wie erwartet war man auf sein Versteck gestoßen. Genau genommen war es eigentlich Meinhards Versteck gewesen. Die meisten Hinterlassenschaften dort stammten von ihm. Er selbst war erst viel später dazugestoßen. Vor etwas über drei Jahren, um genau zu sein.

Er hatte sich gerade von seiner Behandlung erholt und beschlossen, seinem Leben einen neuen Sinn zu verleihen, der darin bestehen sollte, sich nicht länger verstecken zu müssen, seine Fantasien auszuleben, solange es ihm noch möglich war. Und es war ein erstaunlicher Zufall gewesen, dass genau zu dieser Zeit nach einem Rohrbruch in seiner Wohnung ausgerechnet Meinhard vom Vermieter damit beauftragt worden war, die entstandenen Schäden zu beheben. Obwohl er diesen Umstand im Nachhinein eher als Schicksal betrachtete. Denn er hatte nicht lange gebraucht, um in Meinhard einen Gleichgesinnten zu erkennen. Es waren Kleinigkeiten gewesen, die ihn entlarvt hatten. Details, die normale Menschen vermutlich nie auf diese Weise interpretiert hätten. Die übertriebene Höflichkeit. Seine ruhige Art, die er selbst dann nicht abzulegen vermochte, wenn man ihn ungebührend behandelte. Die unverhältnismäßige Fürsorge, die er an den Tag legte. Verhaltensweisen, die er von sich selbst kannte und die er anderen gegenüber anwendete, um nicht aufzufallen in einer Welt, die voller Emotionen war. Antrainierte Praktiken, mit denen man Menschen beeinflussen konnte, die auf Gefühlsebene reagierten. Doch dann war da noch der kalte, entrückte

Ausdruck in Meinhards Augen, wenn er sich unbeobachtet glaubte und die Maske der Täuschung ablegte. Das war der entscheidende Hinweis gewesen, der ihn dazu bewogen hatte, der Sache nachzugehen. Er beobachtete Meinhard, nachdem er seine Arbeit beendet hatte, folgte ihm bis zu seinem Haus, registrierte jeden seiner Schritte. Doch es sollte fast zwei Wochen dauern, bis sich seine Hartnäckigkeit endlich auszahlte.

An diesem Abend im Spätsommer fuhr Meinhard mit seinem Transporter nicht wie üblich nach der Arbeit nach Hause. Dieses Mal war sein Ziel die Garage im Neuwieder Industriegebiet. Nachdem Meinhard eine Zeitlang darin verschwunden war, verschaffte er sich durch die unverriegelte Nebentür unbemerkt Zutritt. Er überraschte Meinhard, der über eines der offenen Fässer gebeugt stand und einen abgetrennten Fuß in seinen Händen hielt, als wäre er ein heiliges Relikt. Eine Trophäe, die den Drang zu Töten in ihm milderte, da sie ihm die Jagd danach noch einmal verbildlichte.

Meinhard wollte sofort auf ihn losgehen, doch er versicherte ihm, dass er nicht vorhabe, ihn zu verraten. Er wollte von ihm lernen, wollte seine eigenen Trophäen sammeln. Es dauerte eine Weile, bis er Meinhard davon überzeugen konnte, denn er hatte keinerlei Referenzen auf diesem Gebiet vorzuweisen, hatte bis dato noch nicht getötet, sich auf eine Stufe mit ihm gestellt. Aber er war dem Tod schon früh begegnet. Und das hatte nachhaltig seine Spuren in ihm hinterlassen. Er erzählte Meinhard seine Geschichte, was ihn schließlich dazu veranlasste, ihm zu glauben. Er ginge nicht oft auf die Jagd, um nicht aufzufallen, sagte er ihm, aber er verspreche, ihn das nächste Mal mitzunehmen.

Bereits eine Woche später war es so weit, was für Meinhard unverhältnismäßig zügig war. Doch die Absicht dahinter war verständlich. Er wollte so schnell wie möglich aus dieser Zwickmühle heraus, konnte sich nicht sicher sein, ob dieser Unbekannte ihn oder sein Versteck verraten würde oder irgendwo etwas von diesem Wissen hinterlegt war. Erst wenn er selbst töten würde, wäre die Sache vom Tisch. Dann würde er vom Mitwisser zum Mittäter, was Meinhard größtmögliche Sicherheit versprach.

Seine Opfer suchte Meinhard sich auf dem Drogenstrich, da aus diesem Milieu in der Regel niemand als vermisst gemeldet wurde. Und es waren ausschließlich Frauen. Aussehen und Alter waren ihm egal, sie durften nur nicht aus dieser Gegend stammen. Er fuhr in größere Städte, meist nach Frankfurt oder Düsseldorf, wenn ihn die Jagdlust übermannte. Er betäubte die Frauen mit Chloroform, welches er sich aus handelsüblichen Chemikalien selbst herstellte, und fesselte und knebelte sie anschließend.

Die Frau, die er in dieser Nacht von dort mitbrachte, war Mitte dreißig. Sie hatte dunkles, fast schwarzes Haar, und man sah ihr deutlich die Spuren ihres kaputten Lebens an. Sie wirkte unterernährt, ihre Arme waren zerstochen, ihre Haut schlaff und blass. Sie brachten sie nicht in die Garage, sondern in den alten Schuppen auf Meinhards Grundstück, das etwas abgelegen in der ländlichen Ortschaft war. Nur hier wären sie sicher davor, dass sie jemand hören könnte. In den nachfolgenden Stunden wurde ihm bewusst, worauf Meinhard mit dieser Äußerung anspielte. Denn sein Kick bestand darin, die Frau stundenlang körperlich zu quälen und zu foltern. Unter anderem schnitt er ihr eine Brust ab und verstümmelte ihre Vagina. Trotz des Knebels schmerzten ihre Schreie in den Ohren.

Mit dieser Art von Gewalt konnte sein Mitwisser nichts anfangen. Er verfolgte all das ungerührt, doch es löste nichts in ihm aus. Das Geschrei und das Flehen der Frau betrachtete er eher als Hindernis, zumal diese Art des Vorgehens Abgeschiedenheit erforderte, die er nicht bieten konnte. Ihn faszinierten mehr die Emotionen des Opfers: ihre Furcht, die Tränen, ihre Verzweiflung, die sinnlose Hoffnung. Am liebsten hätte er all diese Ausdrücke in ihrem Gesicht für immer festgehalten, denn sie zeigten ihm auf, wozu er seit seiner Kindheit nicht mehr fähig war. Es verdeutlichte ihm, dass er es nicht als Verlust empfinden musste.

Und dann war da noch die Gewissheit in den Augen der Frau, dass sie sterben würde. Irgendwie erinnerte ihn das an sein eigenes Schicksal. Aber im Gegensatz zu ihr verzweifelte er nicht daran. Er wollte diesen Umstand eher dazu nutzen, einen bleibenden Eindruck zu hinterlassen. Und so wartete er geduldig, bis Meinhard endlich von der Frau abließ. Zu diesem Zeitpunkt war sie bereits halbtot und kaum noch ansprechbar. Ein geschundener Körper, dessen gequälter Geist zu keiner erkennbaren Emotion mehr fähig war und nur noch dieses Gejammer von sich gab. Meinhard drückte ihm das blutverschmierte Messer in die Hand und er stieß es der Frau in die Brust. Es sollte schnell gehen. Nicht, weil er sie von ihren Qualen erlösen wollte, sondern um dieses nervtötende Gewimmer abzustellen. Erst als sie tot und somit still war, fing er an, sich für ihren Körper zu interessieren. Dabei spielten sexuelle Motive für ihn keine Rolle. Seine Motivation war eine andere, und mit ihr begann nun erst seine eigentliche Tat, wobei er sich zunächst auf ihr Gesicht konzentrierte. Am liebsten hätte er darin all ihre Emotionen festgehalten, wollte sie für immer konservieren, sie ihr entreißen. Es war wie eine innere Stimme, die ihn dazu antrieb, ihr die Gesichtshaut zu entfernen. Zunächst stellte er sich ziemlich ungeschickt dabei an. Die Schnitte waren unsauber und kantig. Er wechselte zu einem Cuttermesser, womit er exakter arbeiten konnte. Auch ließ sich das Gewebe damit leichter durchtrennen. Nachdem er mit dem Schneiden fertig war, erstaunte ihn die Leichtigkeit, mit der die Haut sich vom Schädelknochen löste. Anschließend widmete er sich dem Rest von ihr. Er studierte ihre Anatomie, die Lage der inneren Organe und wie man sie am einfachsten erreichte, ohne zu viel Schaden anzurichten. Denn er würde die Körper für seine Absichten relativ unversehrt benötigen. Dabei interessierte ihn am meisten das menschliche Herz. Es galt als Sitz der Seele und somit auch der Emotionen. Aber vermutlich war das nur esoterisches Gewäsch. Er sah darin nur einen blutigen Klumpen Fleisch, was ihn ein wenig enttäuschte. Aber immerhin könnte er diese Symbolkraft für seine Zwecke nutzen.

Es war bereits hell, als er fertig war. Die Reste der Leiche stopften sie in Plastiksäcke und vergruben sie im angrenzenden Wald. Die abgetrennte Brust lagerte Meinhard in einem der Fässer in seiner Garage ein.

Von diesem Tag an waren sie Verbündete gewesen. In dem darauffolgenden Jahr verschleppten sie gemeinsam drei weitere Frauen und töteten sie auf grausame Weise. Meinhards Trophäen bestanden immer aus einem anderen Körperteil. Mal war es ein ganzer Arm oder ein Oberschenkel. Dann wiederum nur ein Ohr. Vermutlich half ihm das, die Opfer auseinanderzuhalten und richtig zuzuordnen, um sich ihr Leid immer wieder vor Augen führen zu können.

Er selbst hatte es einfacher. Ein Gesicht war unverkennbar. Über das Internet besorgte er sich das Wissen, wie man Haut konservierte. Er experimentierte damit, bis es ihm gelang, gewisse Emotionen darin darzustellen und festzuhalten. Auch die Köpfe der Toten behielt er eine Zeitlang. Er lagerte sie ein und studierte die unterschiedlichen Stadien der Verwesung, bevor er sie entsorgte. Ihm war nicht klar, weshalb er das tat. Es war wie ein innerer Drang, dem er folgen musste und der ihn an etwas zu erinnern schien, das er verdrängt hatte. Aber so sehr er sich auch anstrengte, er konnte diese Erinnerung nicht abrufen. Doch dafür reifte sein Plan immer weiter heran – und nahm schließlich eine weitere Wendung, deren Ende er sicherlich als tragisch empfunden hätte, wäre er zu solch einer Empfindung in der Lage gewesen. Doch die Umstände ließen es nicht anders zu, und so war der Tod von Alexander Hartfels nur eine logische Konsequenz, mit der das Schicksal ihm eine weitere Option eröffnete. Immerhin hatte er dafür gesorgt, dass Meinhard ihn nicht lebend in die Finger bekam. Dies hätte deutlich schmerzvoller für ihn geendet. Dennoch stimmte der zu, die zerteilte Leiche in seiner Garage einzulagern. Vermutlich diente ihm das als weitere Absicherung. Ihr Bündnis dauerte an und sie mordeten weiter. Doch auf Dauer waren ihre Differenzen einfach zu groß, ihre Vorstellungen zu unterschiedlich. Und schließlich wurde ihm klar, dass Meinhard nur ein weiterer Baustein seiner Bestimmung war, der ihn zwar auf den richtigen Weg geführt, nun aber ausgedient hatte. Und so kam es, dass Meinhard unverhofft aus dem Leben geschieden war. Wobei sein Ableben für ihn nicht so unverhofft wie für Meinhards persönliches Umfeld gekommen war. Denn bei seinen Recherchen im Internet war er schon vor einiger Zeit auf eine Substanz gestoßen, die in entsprechender Menge das menschliche Blut verdickte, aber nur schwer darin nachzuweisen war. Und diese Substanz hatte sich bereits erfolgreich bewährt. Und so hatte er Meinhard das Mittel über Wochen in sein Bier gemischt, das er täglich literweise zu sich genommen hatte. Eigentlich sollte es einen Herzinfarkt bei ihm auslösen, aber ein tödlicher Schlaganfall war für einen Raucher und Trinker ein ebenso unverdächtiger Abgang gewesen. Somit hatte er sich zumindest erspart, seinen dicklichen Körper zerlegen und entsorgen zu müssen. Gleichzeitig konnte er sich sicher sein, dass auf diesem Weg auch Meinhards *Nachlass* gefunden wurde, was letztendlich ein Teil seines Plans war, den er schon so lange vorbereitet hatte. Meinhards Tod war der Startschuss dafür gewesen. Und alles nahm seinen Lauf, wie er den Artikeln im Internet entnehmen konnte. Eigentlich hatte er schon früher mit der Entdeckung der Garage gerechnet. Diese Verzögerung hatte ihm etwas Zeit verschafft. Doch von nun an würde er sich beeilen müssen. Denn sein kleiner aber effektiver Bluff war nun aufgeflogen, und es dürfte nicht mehr lange dauern, bis sie auf seine Spur kamen. Mit seinem nächsten Opfer durfte er nicht mehr lange warten, wenn er wollte, dass sein Plan am Ende aufging. Es war an der Zeit, sich seiner Vergangenheit zu stellen und die losen Enden ihrer Bestimmung zuzuordnen. Er durfte nichts unerledigt zurücklassen, dann stand seiner Wiedergeburt nichts im Weg.

Schicksal, kam es ihm in den Sinn, als er den Bildschirm seines Laptops schloss. Von nun an würde ihn nichts mehr aufhalten können. Nicht einmal seine eigene Vergänglichkeit.

KAPITEL 33

Die Erschöpfung, die Chris soeben noch verspürt hatte, war einer elektrisierenden Energie gewichen, die ein leichtes Kribbeln in seinem Nacken verursachte. Er hatte wieder auf dem Stuhl Platz genommen. Doch dieses Mal hatte er seine Jacke ausgezogen. Und je länger er Hartfels' Ausführungen folgte, desto stärker wurde das Kribbeln.

»Blutspender«, wiederholte er. »Warum ist das nirgendwo vermerkt?«

»Weil es damals nicht im Zusammenhang mit seinem Verschwinden stand.«

»Für seine angebliche Wiederauferstehung ist es jedoch von größter Bedeutung.«

Hartfels nickte.

»Aber soviel ich weiß«, führte Chris an, »wird aus solchen Spenden Blutplasma hergestellt. Die Untersuchungen haben aber ergeben, dass die Blutspuren an der Wand nicht von einer Konserve stammen.«

»Das haben sie auch nicht. Das Blut stammte vom Täter.«

Chris betrachtete sie irritiert.

»Im Koblenzer Raum führt das DRK in regelmäßigen Abständen Blutspendemaßnahmen durch«, führte sie ihre Erläuterungen weiter aus. »Dort sagte man mir, Alexander wäre auch als Stammzellenspender registriert gewesen. Daraufhin habe ich ein wenig recherchiert und die Kollegen in Wiesbaden kontaktiert. Die vermittelten mich an einen DNA-Spezialisten der Kölner Uni, der mir sehr erhellende Einblicke gegeben hat, nachdem ich ihm von unserem Fall erzählt habe.« Sie schob ihm einen Stapel

Ausdrucke entgegen. »Das sind seine Ausführungen, die er mir per Mail an Ihre Adresse geschickt hat, und in denen er auch einen konkreten Fall aus jüngerer Vergangenheit benennt. Es handelt sich dabei um einen Vortrag, den er regelmäßig vor seinen Studenten hält. In dem Fall geht es um die Selbsttötung eines Mannes, der sich vor einen Zug geworfen hatte. Um das stark verstümmelte Opfer identifizieren zu können, wurden Blut- und Gewebeproben des Toten untersucht, wobei sich herausstellte, dass sein Blut weibliche DNA enthielt. Zunächst hielt man es für einen Laborfehler, aber auch die Bestätigungsanalyse kam zu demselben Ergebnis. Der Mann besaß zwei völlig unterschiedliche genetische Identitäten. In Fachkreisen bezeichnet man so jemanden auch als einen genetischen Zwitter oder eine genetische Chimäre. Und dafür kann es nur eine medizinische Erklärung geben: An dem Mann wurde erfolgreich eine Stammzellen- oder Knochenmarktransplantation durchgeführt.«

»Ja«, murmelte Chris in Gedanken versunken vor sich hin. »Ich erinnere mich daran, vor einiger Zeit mal etwas darüber gelesen zu haben.«

»Nach einem solchen Eingriff übernimmt der Körper die genetischen Merkmale der blutbildenden Organe und des Blutes vom Spender«, fuhr Hartfels mit ihren Erläuterungen fort. »Nur in den Körperzellen – also in Speichel, Zähnen, Spermien, Haaren, Hautschuppen – bleibt das ursprüngliche Muster erhalten. Der Fall gilt als ein Paradebeispiel für eine gravierende Fehlerquelle in der DNA-Analyse, auch wenn die Wahrscheinlichkeit dafür sehr gering ist. Da man bei Verdächtigen in der Regel Speichelproben entnimmt, könnte man die betreffende Person in solch einem Fall mit einer Blutspur am Tatort nicht in

Verbindung bringen.«

»Und wir haben nur Blut am Tatort vorgefunden.«

Hartfels nickte.

»Demnach wurden dem Täter die Stammzellen Ihres Bruders implantiert«, schlussfolgerte Chris. »Er muss also krank gewesen sein.«

»Eine solche Therapie wird bei Leukämiepatienten angewendet. Die Spenderdatenbank wird über die DKMS verwaltet, eine Organisation, die Spender und Empfänger im Fall einer Übereinstimmung zusammenführt. Laut deren Internetseiten findet in den ersten zwei Jahren nach erfolgter Therapie jedoch kein persönlicher Kontakt zwischen beiden Parteien statt. Auf Wunsch wird in diesem Zeitraum nur ein anonymer Briefkontakt über die DKMS erlaubt. Sollte die Therapie erfolgreich verlaufen sein, können mit Zustimmung beider Parteien persönliche Kontaktdaten preisgegeben werden.«

»Zwei Jahre«, murmelte Chris. Er deutete auf die Unterlagen, in denen Hartfels gelesen hatte. »Der Zeitraum deckt sich mit dem der verschwundenen Akten Ihres Bruders.«

»Korrekt. Ich gehe davon aus, dass mein Bruder die Unterlagen zu dem Spendenfall aufbewahrt hat, inklusive der Briefkontakte. Der Täter hat sie mitgenommen, um nicht in den Fokus der Ermittler zu gelangen. Vermutlich hat er damals schon seinen Plan ausgeheckt, mit Alexanders DNA auf Beutefang zu gehen.«

»Dann hat der Täter also Kontakt zu Ihrem Bruder aufgenommen. Daher kannten sie sich. Und auf diesem Weg ist er auch an die persönlichen Daten aus Ihrem Leben gekommen. Ihr Bruder muss es ihm erzählt haben.«

»Möglich, aber eher unwahrscheinlich. Alexander war,

was diese Dinge betrifft, sehr verschlossen, auch gegenüber Menschen aus seinem persönlichen Umfeld.«

»Nur Ihnen gegenüber nicht, da sie beide in Ihrer Kindheit dasselbe durchlebt haben.«

Hartfels bestätigte seine Schlussfolgerung durch ein Nicken. »Wie bereits erwähnt, standen mein Bruder und ich in regelmäßigen Abständen per Videotelefonie in Kontakt. Dabei war auch oft unsere Vergangenheit ein Gesprächsthema. Ich erinnere mich, wie er in einem unserer letzten Gespräche aus einem Scherz heraus erwähnt hat, dass er trotz der Entfernung noch immer wie ein Adler über mir schwebe.« Sie rief eine Internetseite auf, auf der kostenlose Downloads angepriesen wurden. »Mein Bruder muss diese Unterhaltungen auf seinem Computer aufgezeichnet haben. Im Internet werden zuhauf Programme angeboten, mit denen das möglich ist.« Sie deutete auf einige Links auf der Seite. »Da der Täter auch den Computer meines Bruders entwendet hat, muss er darauf gestoßen sein.«

»Und hat sich dadurch auf Sie fixiert, weil er in Ihnen einen gleichwertigen Gegner erkannt hat.«

Sie nickte. »Er sieht mich als Herausforderung an. Und somit wurde ich Bestandteil seines Plans.«

»Dann muss er aber einkalkuliert haben, dass Sie ihm auf die Spur kommen. Er hat uns die Leiche Ihres Bruders quasi auf dem Tablett serviert. Und das nach all der Mühe, die er sich mit seinem Verwirrspiel gemacht hat. Ihm muss bewusst gewesen sein, dass wir ihn früher oder später anhand seiner Behandlung aufspüren würden.«

»Sie haben in der Besprechung mit Doktor Hoffmann einen bestimmten Film erwähnt, an dessen Handlung sich der Täter offenbar orientiert«, sagte Hartfels. »Ich kannte diesen Film nicht, deswegen habe ich ihn mir online über mein Tablet angesehen. Sollte ihm dieser Film tatsächlich als Vorbild dienen, dann ist davon auszugehen, dass er geschnappt werden *will*. Aber erst, nachdem er seinen Plan verwirklicht hat. Ähnlich wie der Mörder in dem Film.«

Unweigerlich musste Chris an das Ende des Films denken, was seinen Magen rumoren ließ.

»Dann sollten wir schnellstens verhindern, dass es dazu kommt. Wir müssen diese Organisation kontaktieren, um an die Daten des Empfängers zu gelangen. Dann haben wir unseren Täter.«

»Dafür brauchen wir eine richterliche Verfügung. Und selbst wenn es Ihnen irgendwie gelingen sollte, diese in den nächsten Stunden zu besorgen, werden wir bei der DKMS heute sicher keinen Verantwortlichen mehr erreichen. Aber ich bin beim Durchsehen der Papiere meines Bruders auf etwas gestoßen, das die Kollegen übersehen haben.« Sie schlug einen der Ordner auf, deren gesammelte Unterlagen laut dem Bericht der Kollegen aus Verdienstnachweisen, Versicherungsbelegen, Mietverträgen und behördlicher Konferenz bestanden – eben die Art von Papieren, die bei den meisten Menschen im Laufe eines Lebens für volle Aktenschränke sorgen. Obenauf lag ein loses Dokument. Wie Chris dem Briefkopf und dem Betreff entnehmen konnte, handelte es sich dabei um den jährlichen Bescheid von Alexander Hartfels' Rentenversicherung. Hartfels tippte auf das Datum unter dem Briefkopf.

»Das war knapp zwei Wochen vor seinem Verschwinden«, sagte Chris, nachdem er kurz nachgerechnet hatte.

»Korrekt. Vermutlich hat mein Bruder es aus irgendeinem Grund falsch abgeheftet, denn die Unterlagen aus dieser Zeit sind ja verschwunden. Vielleicht war er abgelenkt oder ihn hat zu dieser Zeit etwas beschäftigt. Denn offenbar hat er dieses Dokument als Unterlage für eine Notiz benutzt.« Sie deutete auf eine freie Stelle des Papiers, auf dem schwach der Durchdruck eines Kugelschreibers zu erkennen war. Hartfels hatte die Stelle bereits mit Hilfe eines Bleistiftes geschwärzt, wodurch die durchgedrückte Schrift sichtbar wurde. Trotz hochmoderner Analyseverfahren waren es manchmal die altgedienten analogen Methoden, die einen schnell und zuverlässig ans Ziel brachten. »Mir wäre es vermutlich auch nicht aufgefallen, wenn mir nicht zufällig etwas Tee auf die Stelle getropft wäre.«

»Eine Telefonnummer«, leitete Chris daraus ab.

»Ja, Festnetz, mit der Vorwahl von Koblenz.«

»Die Notiz könnte auch von den Kollegen stammen, die den Fall damals bearbeitete haben. Möglicherweise handelt es sich um einen Zeugen, der zu dem Verschwinden befragt worden ist.«

»Ich habe den Anschluss bereits mehrfach angerufen. Es meldete sich jedes Mal der Anrufbeantworter einer Frau. Leider nennt sie auf der Ansage ihren Namen nicht.«

»Ungewöhnlich«, bemerkte Chris.

»Der Stimme nach zu urteilen ist sie jünger, zwischen zwanzig und dreißig würde ich schätzen. Ich habe die Nummer überprüft. Es existiert kein Telefonbucheintrag. Fast hat es den Anschein, als will die Frau nicht gefunden werden.«

Chris rieb sich die Augen. »Es könnte sich dabei um sonst wen handeln. Diese Frau muss nicht zwingend etwas mit dem Fall zu tun haben. Konzentrieren wir uns erst einmal darauf, an die Daten des Empfängers zu kommen. Ich werde gleich morgen früh als Erstes die Staatsanwaltschaft informieren. Wenn alles gut läuft, klicken gegen Mittag schon die Handschellen. Bis dahin sollten wir uns alle etwas ausruhen.«

Für einen Augenblick betrachtete sie ihn mit ihrem steinernen Blick. Dann nickte sie widerwillig.

»Das war verdammt gute Arbeit.«

Sie reagierte nicht auf seine Bemerkung, was Chris nicht weiter verwunderte. Mit Lob konnte Corinna Hartfels nicht viel anfangen, denn nach ihrer Auffassung leistete sie immer gute Arbeit.

Chris stand auf und griff nach seiner Jacke, die über der Stuhllehne hing. Er freute sich darauf, endlich nach Hause zu kommen.

Zu diesem Zeitpunkt ahnte er nicht, dass es eine kurze Nachtruhe werden sollte.

KAPITEL 34

Er stand an einen der Bäume gelehnt, die auf dieser Seite der Straße in regelmäßigen Abständen in den breiten Gehweg eingelassen waren und von den Straßenlampen nicht erfasst wurden. Von hier aus konnte er fast die ganze Straße einsehen, ohne dabei aufzufallen. Alles wirkte ruhig, fast wie ausgestorben. Nur vereinzelt schimmerte Licht hinter den Fenstern der Miethäuser, die sich auf beiden Seiten aneinanderreihten. Das Schicksal meinte es wieder gut mit ihm, führte ihn zielgerecht durch seine Mission. Viele der Anwohner hatte es an diesem Abend offenbar in die Innenstadt gezogen, wo eine umstrittene politische Kundgebung stattfand, auf der alle mal wieder medienwirksam ihre Meinung verkündeten: Rechte, Linke, Radikale ... Er selbst konnte mit derlei Ideologien nichts anfangen. Die einzige Fahne, die er hochhielt, war seine eigene. Aber immerhin sorgte die Veranstaltung für die nötige Ablenkung, die es ihm ermöglichte, ungestört seinem nächsten Opfer aufzulauern.

Er hatte sie monatelang beobachtet. Trotz ihrer Talente und guten Noten schien sie es nicht für nötig zu halten, aus ihrem Leben etwas zu machen. Sie schlug sich mit Gelegenheitsjobs durch. Im Moment arbeitete sie als Aushilfe in einem Supermarkt und kam erst spät nach Hause. Das würde ihm immerhin ersparen, in ihre Wohnung einzudringen und sie von dort wegzuschaffen. Denn er hatte einen anderen Ort für sie vorgesehen, an dem sie sterben sollte.

Er musste fast eine Stunde warten, bis er sie am unteren Ende der Straße entdeckte. Sie war etwas älter als er, trug eine hellblaue Winterjacke mit Kapuze, Bluejeans, die an den Oberschenkeln leicht eingerissen waren und modische Boots. Sie hatte weiße Stöpsel in den Ohren, die mit ihrem Handy verbunden waren, auf das sie, ohne auf ihre Umgebung zu achten, unablässig herabsah. Eine typische Vertreterin Ihrer Generation. Und zugleich das perfekte Opfer.

Sie hat sich kaum verändert, kam es ihm bei ihrem Anblick in den Sinn.

Es lag schon einige Jahre zurück, dass er ihr so nahe gewesen war. Damals war das auf einem Polizeirevier gewesen, und sie hatte ihn beschuldigt, seine Pflegeeltern umgebracht zu haben. Danach war sie verschwunden, und es hatte einige Zeit gedauert, bis er sie aufgestöbert hatte. Dabei waren ihm die Dienste von Alexander Hartfels sehr hilfreich gewesen. Allerdings waren sie auch der Grund dafür gewesen, weshalb er ihn hatte beseitigen müssen.

Er kontrollierte noch einmal den Sitz der Kamera, die er mit einem eigens dafür angefertigten Trägergurt vor seiner Brust verankert trug, und schaltete sie ein. Dann tränkte er den Lappen in seiner Hand mit Chloroform, wobei er aufpassen musste, dass ihn die Dämpfe nicht selbst benebelten. Als die Frau kurz darauf in seiner Höhe auftauchte, sprang er hinter dem Baum hervor und versperrte ihr den Weg.

Zunächst blickte die Frau erschrocken von ihrem Handy auf und trat einen Schritt zurück. Dann legte sich der Ausdruck von Überraschung über ihr Gesicht, als sie den Mann vor sich erkannte.

In dem Moment betätigte er den Fernauslöser der Kamera. Ein Blitz zuckte durch die Dunkelheit und hielt für den Bruchteil einer Sekunde die Zeit an. Geblendet kniff die junge Frau die Augen zusammen. Er nutzte diesen Moment aus und sprang nach vorn, packte sie und presste ihr den Lappen auf Mund und Nase.

»Hallo Viktoria«, hörte sie die bekannte Stimme, während ihre Sinne blitzartig schwanden. »Schön, dich wiederzusehen.«

KAPITEL 35

Armin Pelzer saß auf der Beifahrerseite des Streifenwagens, den sein Kollege Dietmar Grosse durch die dunklen Straßen der Koblenzer Innenstadt lenkte. Den Großteil des Abends hatten sie und etliche ihrer Kollegen auf der Kundgebung einiger türkischer Mitbürger verbracht, die lautstark dagegen protestiert hatten, dass mehrere Wahlkampf-auftritte türkischer AKP-Politiker auf deutschem Boden abgesagt worden waren. Obwohl es Proteste aus der rechten Szene und eine Gegendemonstration gegeben hatte, war es zum Glück nur vereinzelt zu kleineren Zwischen-fällen gekommen. Auf dem Rückweg zur Dienststelle hatten sie Halt an einem türkischen Imbiss gemacht. Es war längst dunkel geworden, als sie nun durch die Straßen fuhren, in denen ihnen noch immer Demonstranten mit ihren Plakaten und Spruchbändern begegneten, die sie mittlerweile nur noch gesenkt neben sich hertrugen.

»Kaum zu fassen«, meinte Pelzer, nachdem er einen Bissen von seinem Dönerbrötchen heruntergeschluckt hatte. »Demonstrieren auf unserem Boden für Meinungsfreiheit, während in ihrem eigenen Land Journalisten weggesperrt werden. Kriegen die eigentlich nicht mit, was in ihrer Heimat abgeht?«

»Und wir dürfen uns mal wieder als Nazis beschimpfen lassen«, stimmte sein Kollege zu. »Nicht zuletzt, weil es für die rechte Szene ein gefundenes Fressen ist.«

»Ja«, brummte Pelzer. »Wir sollten hier endlich mal damit aufhören, so scheißliberal zu sein.«

Sie fuhren eine Zeitlang, bis sie in eine Gegend kamen, wo die Straßen sich um diese Uhrzeit zunehmend leerten. Nur vereinzelt war in den Mietwohnungen der Reihenhäuser noch Licht zu sehen. Sie hatten eine Kreuzung erreicht, als plötzlich das Quietschen von Reifen zu hören war, das kurz darauf vom Aufheulen eines Motors übertönt wurde.

»Da hat es aber jemand eilig«, meinte Pelzer mit vollem Mund. »Fahr mal da rein.«

Grosse befolgte seine Anweisung, und Sie bogen in eine Nebenstraße ab, aus der die Geräusche gekommen waren.

Kurz darauf verlangsamte er die Fahrt und brachte den Wagen schließlich zum Stehen.

»Nun sieh dir den an«, sagte Grosse.

Pelzer folgte dem Blick seines Kollegen und entdeckte einen jungen Mann mit dunkelblauer Baumwollmütze, unter deren Rändern sein kahlrasierter Schädel zu sehen war. Er konnte nicht älter als siebzehn sein und saß ein Stück weit vor ihnen unter einer Straßenlaterne auf dem Gehweg. Seine dunkle Bomberjacke war verdreckt, ebenso wie seine Jeanshose, die dazu noch an einem Knie eingerissen war. In seiner Hand hielt er einen kleinen Klarsichtbeutel, dessen Inhalt er sich in ein Zigarettenblättchen streute.

»Du meinst die Evolutionsbremse da vorn, die sich vor unseren Augen einen Joint dreht?«, fragte Pelzer.

»Was meinst du, sollen wir den Kerl aufmischen?«

Pelzer verzog die Mundwinkel. »Ich weiß nicht«, meinte er. »Ehrlich gesagt steht mir nicht der Sinn danach, mich noch länger mit diesem rechten Pöbel herumzuärgern. Ich will nur noch auf die Dienststelle und mich austragen.«

»Möglicherweise ist dir das Fahrrad entgangen, das neben dem Kerl auf dem Gehweg liegt. Keine gute Idee, ihn bekifft dem Straßenverkehr zu überlassen.«

»Wer weiß«, meinte Pelzer. »Möglicherweise erledigt sich das Problem auf diese Weise von selbst.«

»Nicht dein Ernst, oder?«

Pelzer seufzte. »Nein, natürlich nicht.« Er wickelte die Reste des Döners in Alufolie ein und warf sie auf die Ablage. »Na schön«, meinte er und griff nach seiner Dienstmütze. »Vermutlich werde ich es bereuen, aber treten wir dem Penner in den Arsch.«

»Guten Abend«, sagte Pelzer, als sie den Mann erreicht

hatten. Der saß noch immer am Boden und tippte fluchend auf sein Handy ein, als er die beiden Beamten registrierte. Erschrocken zuckte er zusammen und verbrannte sich den Finger bei dem ungelenken Versuch, den Joint neben sich auszudrücken. Erst jetzt bemerkte Pelzer, dass der Mann völlig aufgedreht war und am ganzen Leib zitterte. »Können Sie uns verraten, was genau das hier werden soll?«

»Na toll«, stöhnte der junge Mann, während er die Brandwunde an seinem Finger mit Spucke zu kühlen versuchte. »Das hat mir gerade noch gefehlt.«

»Es macht mich immer wieder stolz, wenn ich sehe, wie unsere Arbeit von der Öffentlichkeit geschätzt wird«, meinte Grosse sarkastisch. »Können Sie sich ausweisen?«

»Sie sollten sich lieber den Arsch krallen, der mich fast über den Haufen gefahren hat«, schimpfte der junge Mann, während er in seiner Gesäßtasche herumfingerte. Er zog den Ausweis aus seiner Geldbörse und reichte ihn Grosse, ohne dabei aufzustehen. Seine Hand zitterte. »Der Wichser hätte mich beinahe umgebracht.«

»Zügeln Sie bitte Ihre Ausdrucksweise«, sagte Grosse, während er den Ausweis studierte. »Manuel Roßbach«, las er von dem Dokument ab und wandte sich an Pelzer. »Klingt nicht sehr arisch, wenn du mich fragst.«

»Bei dem Vornamen würde ich eher auf spanische Wurzeln tippen«, meinte Pelzer.

Der Mann sah irritiert zu ihnen auf. »Wollen Sie mich verarschen?«

Grosse lachte auf. »Ich lass ihn mal überprüfen.« Er griff nach seinem Funkgerät und ging einige Schritte zur Seite.

»Wen wollten Sie denn anrufen?« Pelzer deutete auf das Handy, dessen Display deutlich erkennbare Risse aufwies.

»Einen meiner Kamerad ... Einen Freund«, verbesserte er sich. »Aber das Ding ist bei dem Sturz kaputtgegangen.«

»Sie behaupten also, jemand wollte Sie mit dem Auto überfahren.«

»Wonach sieht das denn hier für Sie aus?« Roßbach deutete auf das Mountainbike, das neben ihm auf dem Gehweg lag und dessen Vorderrad völlig deformiert war.

»Tja«, erwiderte Pelzer, »in Anbetracht des Marihuanas, das sich in der Tüte in Ihrer Jacke befindet, und des Tatbestandes des öffentlichen Konsums desselbigen, würde ich dieses Dilemma Ihrer Fahruntüchtigkeit zuschreiben.«

»Nein, Mann, so war das nicht«, dementierte Roßbach. »Ich hab vorher nicht geraucht. Ich bin immer noch voll auf Adrenalin und wollte bloß runterkommen.«

»Na schön«, seufzte Pelzer. »Wie genau soll der Unfall denn passiert sein?«

»Das war kein Unfall, Mann! Der Arsch hat mich mit voller Absicht umgenietet. War bestimmt einer von diesem verlausten Migrantenpack.«

»Sie beruhigen sich jetzt besser und überlegen sich gut, was Sie sagen«, herrschte Pelzer ihn an. »Sonst führen wir dieses Gespräch auf der Dienststelle weiter!«

»Hey, wieso prügeln Sie auf mich ein? Ich bin hier das Opfer!«

Ja, was deine Erziehung und deinen Umgang betrifft, ging es Pelzer unweigerlich durch den Kopf. »Dann erzählen Sie mal, wie sich das Ganze zugetragen haben soll.«

»Ich kam von der Demo und war mit dem Bike auf dem Weg nach Hause, als ich oben an der Straße auf diesen Typen gestoßen bin. Er stand am Heck seines Wagens und lud irgendwas in den Kofferraum. Bin einfach nur an ihm vorbeigefahren und hab gar nicht groß auf ihn geachtet.

Als ich etwa die Mitte der Straße erreicht hatte, tauchte das Auto von dem Typen plötzlich ohne Licht neben mir auf. Ehe ich mich versehen konnte, macht der Kerl einen Schlenker und drängt mich von der Straße, sodass ich gegen den Bordstein gefahren bin und mich überschlagen hab. Ich konnte noch erkennen, wie der Wagen zurückgesetzt hat. Doch dann ist er plötzlich davongerast. Kurz darauf sind Sie beide hier aufgetaucht. Ich sage Ihnen, der Bastard wollte mich killen.«

»Wenn dem wirklich so war, sollten Sie lieber froh darüber sein, dass wir zufällig in dieser Gegend unterwegs waren. Womöglich hat das den Fahrer vertrieben. Konnten Sie das Kennzeichen erkennen?«

Er schüttelte den Kopf. »Nein, ging alles viel zu schnell.«

»Was ist mit dem Fahrzeugtyp?«

»Ausländer«, kam es sofort. »Franzose, älteres Modell.«

»Farbe?«

»Dunkelblau oder schwarz.«

Grosse trat wieder zu den beiden und sah Pelzer mit bedauerndem Ausdruck an. »Kein Eintrag. Offenbar ist sein einziges Vergehen, dass er ein Idiot ist.«

»Hey, jetzt passen *Sie* aber auf, was Sie sagen. Das muss ich mir nicht bieten lassen.«

»Was ist mit dem Fahrer des Wagens?«, lenkte Pelzer aufs Thema zurück. »Konnten sie ihn erkennen?«

»Nicht besonders gut, es war ziemlich dunkel an der Stelle. Er wirkte groß aber schmächtig. Und er hatte dunkle Haare. Der Typ kann froh sein, dass ich sein Gesicht nicht gesehen hab, sonst würde ich mich auf die Suche nach ihm machen.«

»Sie sagen, der Mann habe etwas in seinen Kofferraum geladen«, hakte Pelzer nach. »Konnten Sie erkennen, um was es sich dabei handelte?«

Roßbach zögerte einen Moment. »Es war sperrig.«

»Geht es etwas genauer?«

Er zog sich die Baumwollmütze vom Kopf und fuhr sich über den kahlen Schädel. »Ich ... ich bin mir nicht sicher, aber ...«

»Aber was?«, bohrte Pelzer nach.

Der junge Mann seufzte. »Ich ... ich denke, es war ein menschlicher Körper. Ich konnte eine Hand erkennen und etwas, das aussah wie Haare.« Er sah zu den beiden Beamten auf. Die Befangenheit in seinem kantigen Gesicht wirkte dort wie ein Fremdkörper. »Lange, dunkle Haare.«

Pelzer blickte kurz zu seinem Kollegen, bevor er sich wieder Roßbach zuwendete. »Und das fanden Sie nicht merkwürdig?«

Er knetete kurz an seiner Mütze herum, bevor er sie wieder aufsetzte. In seine Miene kehrte wieder der unnachgiebige Ausdruck zurück. »Keine Ahnung«, wiegelte er ab. »Ich konnte kaum was erkennen. Könnte auch sonst was gewesen sein. Was geht's mich an, was so ein Typ in seine Scheißkarre verfrachtet?«

Pelzer entfernte sich nachdenklich ein paar Schritte von dem Mann und deutete seinem Kollegen, ihm zu folgen. »Was meinst du?«, flüsterte er Grosse zu.

»Ich denke, er sagt weitestgehend die Wahrheit. Erinnere dich an die Reifen- und Motorgeräusche.«

Pelzer nickte. »Wenn es stimmt, was er sagt, könnte das mit den Morden der letzten Zeit zusammenhängen.«

»Du meinst den Kerl, der die Frauen abschlachtet?«

Erneutes Nicken. »Funk die Zentrale an, die sollen Verstärkung schicken. Vielleicht hat einer der Anwohner etwas gesehen. Und gib eine Suchmeldung raus, nach einem älteren französischen PKW-Model mit Stufenheck. Dunkelfarben, eventuell mit leichten Beschädigungen an der Beifahrerseite.«

Grosse nickte und griff wieder nach seinem Funkgerät.

»Ich sagte doch, wir werden es bereuen, den Kerl aufzumischen«, fügte Pelzer hinzu. »Unseren Dienstschluss können wir fürs Erste vergessen.«

Sein Kollege zuckte nur mit den Schultern.

Pelzer wandte sich seufzend ab und ging zurück zu Roßbach. »Wir warten noch auf die Kollegen«, erläuterte er, als er wieder vor den jungen Mann getreten war. »Dann muss ich Sie bitten, mit auf die Dienststelle zu kommen. Wir müssen Ihre Aussage aufnehmen.«

»Großartig«, stöhnte Roßbach genervt und erhob sich langsam.

KAPITEL 36

Er riss das Lenkrad herum und bog mit quietschenden Reifen auf die belebtere Hauptstraße ein. Hinter ihm hupte jemand, doch das war ihm egal. Er musste so schnell wie möglich aus der Stadt raus. Vermutlich fahndeten die Bullen bereits nach seinem Auto. Er konnte nur hoffen, dass dieser Penner das Kennzeichen nicht erkannt hatte.

Verdammt!

Nicht jetzt! Noch nicht! Er brauchte noch etwas Zeit! Es war noch nicht vollendet!

Ruckartig wechselte er die Spur. Erneutes Hupen.

Fick dich!

In diesem Moment wünschte er sich, er könnte die Wut seiner Gedanken empfinden. Vermutlich würde ihm das helfen, sich abzureagieren. Dabei hatte alles so reibungslos begonnen, war genau nach seinen Vorstellungen abgelaufen, bis ihm dieser verblödete Idiot auf dem Fahrrad in die Quere gekommen war. Ausgerechnet in dem Moment, als er Viktoria in den Kofferraum geladen hatte. Der Kerl hatte etwas gesehen, soviel war klar, sonst hätte er nicht wie wild in die Pedale getreten, um von dort wegzukommen. Er musste auf Nummer sicher gehen, ihn ausschalten. Er brauchte noch mehr Zeit! Doch er hatte den Kerl auf seinem Fahrrad nicht richtig erwischt. Und dann war auch noch dieser Streifenwagen aufgetaucht.

Schicksal, spukte es ihm durch den Kopf. Doch das konnte nicht sein, denn normalerweise war das Schicksal auf seiner Seite. Es lenkte ihn, hatte ihn bis hierher geführt. Also was sollte das alles?

Es ist einfach nur verdammtes Pech gewesen, sagte er sich. Nach dem ganzen Glück der letzten Zeit war das nur ein gerechter Ausgleich. Er musste sich jetzt einfach auf seine Aufgabe konzentrieren und schnell handeln. Denn durch diesen ärgerlichen Zwischenfall war er nicht dazu gekommen, Viktoria zu fixieren und zu knebeln. Das selbst hergestellte Chloroform hielt in seiner Wirkung nicht lange an. Schon bald würde sie anfangen zu schreien und gegen die Haube zu schlagen, was nur noch mehr Aufmerksamkeit auf ihn ...

Das Handy!

Er hatte es nicht an sich genommen. Es musste also hinten im Kofferraum liegen.

Bei ihr!

Erneut riss er am Steuer und scherte nach rechts aus,

was ein weiteres Hupkonzert nach sich zog. Er bog die nächste Straße ab, durchfuhr eine Unterführung und kurz darauf einen Kreisel. Dort nahm er die erste Ausfahrt und folgte dem Verlauf der Straße, in der kaum Verkehr herrschte und die auf beiden Seiten von parkenden Autos gesäumt wurde. Erst nach einer Weile fand er eine freie Stelle, an der er den Wagen anhalten konnte.

Nachdem der Motor verstummt war, umgab ihn Stille. Sie wirkte friedvoll, denn sie vermittelte ihm, dass alles in Ordnung war. Aufmerksam sah er sich um. Die Straße war menschenleer. Auch an den Fenstern der Häuser, hinter denen vereinzelt Licht zu sehen war, konnte er niemanden ausmachen. Er schloss für einen Moment die Augen und wünschte sich, diesen Frieden in sein Inneres übertragen und den Drang besiegen zu können. Doch er wusste, dass es sinnlos war. Dieser Drang beherrschte ihn, seit er denken konnte. Er wusste nicht, wo er herkam, oder was ihn ausgelöst hatte, aber er hatte eingesehen, dass er ihn nicht besiegen konnte. Nicht einmal seine Krankheit war dazu in der Lage gewesen. Aber mittlerweile hatte er den Grund dieses Drangs begriffen. Er war nichts Schlechtes, das man bekämpfen musste. Er führte ihn nur zielstrebig auf seinem Weg voran. Und diesen Weg musste er nun konsequent bis zum Ende gehen.

Er öffnete die Augen, und dieser kurze Gedankengang war verflogen. Müdigkeit senkte sich auf ihn herab wie eine dunkle Wolkenwand, die ihn einnebeln und schon bald schwächen würde. Dann würden auch die Schmerzen wiederkommen. Das würde seinen Verstand beeinflussen und zu noch mehr Fehlern führen. Er musste dringend seine Medikamente nehmen, sonst würde er diese Nacht nicht durchstehen. Doch zunächst galt es, Schlimmeres zu verhindern und seine bisherigen Fehler auszumerzen. Sollte die Schlampe aufwachen und den Notruf wählen, könnte man das Handy orten und verfolgen. Bei dem, was er mit ihr vorhatte, würde er keinen ungebetenen Besuch gebrauchen können.

Er öffnete das Handschuhfach, holte das dort verstaute Messer hervor und steckte es in den hinteren Bund seiner Hose. Dann deaktivierte er die Innenbeleuchtung, stieg aus und ging zum hinteren Teil des Wagens. Er lauschte angestrengt, doch es war nicht das Geringste aus dem Inneren zu hören. Langsam öffnete er den Kofferraum.

Sie lag noch so da, wie er sie hineingelegt hatte. Ihre Haare bedeckten halb ihr Gesicht, sodass er ihre Augen nicht sehen konnte. Sie atmete ruhig und gleichmäßig.

Soweit so gut, dachte er. Dann hielt er Ausschau nach dem Telefon. Doch außer seiner Kamera, die er samt dem Tragegurt hastig in den Kofferraum geworfen hatte, konnte er nichts entdecken. Vielleicht war das Handy unter ihren Körper gerutscht. Als er sich nach vorn beugte, um sie anzuheben, schoss plötzlich das Knie der Frau nach oben. Sie erwischte ihn mit voller Wucht im Gesicht. Er spürte, wie seine Nase brach, und für einen Moment schwanden ihm die Sinne. Die Kraft wich aus seinen Beinen und er torkelte nach hinten, bevor er zu Boden ging. Verschwommen registrierte er, wie die Frau ungelenk aus dem Kofferraum stieg.

Er brauchte einen Moment, um wieder zu sich zu kommen und zu reagieren, stieß sich mit aller Kraft ab und bekam mit beiden Händen den Fuß der Frau zu greifen. Sie stolperte und schlug hin, begann aber sofort, sich wieder aufzurichten. Verzweifelt zerrte sie an ihrem Fuß, den er noch immer festhielt, bis der Stiefel nachgab und sich vom

Fuß löste. Dann rappelte sie sich auf und lief mit nur einem Stiefel die Straße entlang. Ihre Hilfeschreie hallten durch die dunkle Gasse.

Offenbar hatte sein Glück ihn gänzlich verlassen.

Verdammte Schlampe!

Er musste sie zum Schweigen bringen, sonst ruinierte sie alles.

Sein Kopf dröhnte und seine Beine waren schwer, als hingen Gewichte daran. Dennoch hatte er sie schnell eingeholt. Offenbar war sie noch durch die Betäubung benommen, denn sie torkelte leicht und hatte Probleme, sich zu orientieren, was ihm die Sache erleichterte. Er packte sie an der Schulter, riss sie zu Boden und versuchte, sich rittlings auf sie zu setzen und ihre Arme zu bändigen. Sie wehrte sich mit einer Kraft, die er völlig unterschätzt hatte. Es gelang ihr, sich aus seinen Fängen zu befreien und ihm einen Tritt zu verpassen. Dieses Mal rammte sie ihm den Fuß zwischen die Beine.

Er stöhnte auf und ließ von ihr ab. Das Ziehen in seinen Lenden lähmte ihn nur kurz, denn er war schlimmere Schmerzen gewohnt, hatte über die Jahre gelernt, mit ihnen zu leben, sie zu ignorieren. Aus den Augenwinkeln heraus sah er, wie sie sich seitlich wegrollte und auf die Knie stemmte.

Geistesgegenwärtig griff er nach dem Messer in seinem Hosenbund und hieb damit auf ihre schuhlose Verse ein. Die Klinge glitt mühelos durch den Stoff ihres Strumpfes und der Haut und zerschnitt ihr die Achillessehne. Ein Geräusch, als würde ein Gummizug zerreißen, vermischte sich mit ihrem Schrei, den er dieses Mal mit Genugtuung registrierte.

Das dürfte sie fürs Erste lahmlegen. Jetzt musste er nur

noch dafür sorgen, dass sie endlich die Klappe hielt.

Erneut sprang er auf sie, wollte sie mit einem gezielten Schlag zum Schweigen bringen, als hinter ihm eine männliche Stimme erklang.

»Lass die Frau los, du perverses Schwein!«

Er fuhr herum und sah einen Mann mit Jogginghose und einer leichten Sportjacke. Er stand etwas versetzt zur anderen Straßenseite hin und sah in ihre Richtung. Auf seiner Stirn glänzte Schweiß im Licht der Straßenleuchten. Sein Atem ging schnell und zeichnete sich in Form schwacher Nebelschwaden in der kühlen Luft ab. Er sah, wie der Mann an seinem Arm den Klettverschluss einer kleinen Tragetasche löste, in der sein Handy verstaut war.

»Ich rufe die Polizei!«

Noch ein Idiot, der zur falschen Zeit am falschen Ort auftauchte. Offenbar stellte ihn das Schicksal an diesem Abend auf eine harte Probe. Doch dieses Mal würde er die Sache richtig regeln. Niemand stellte sich mehr zwischen ihn und seine Mission!

Innerhalb von Sekunden schätzte er den Mann ein. Er mochte etwas älter sein als er, war durchtrainiert aber einen Kopf kleiner. Er würde ihn nicht lange aufhalten.

Erneut ließ er von Viktoria ab, sprang auf und ging entschlossen auf den Mann zu, der gerade damit beschäftigt war, eine Nummer in sein Handy zu tippen. Die Beleuchtung des Displays verlieh seinem Gesicht eine geisterhafte Aura, in der sich die Befangenheit des Mannes widerspiegelte. Offenbar war er sich seiner Sache nicht mehr so sicher, denn als er das Messer erblickte, gesellte sich auch noch Furcht hinzu. Er nahm diese Eindrücke in sich auf wie einen süßlichen Duft, während er die letzten Meter zu spurten begann. Der Mann wich zurück, doch er packte ihn am Hals, drückte ihn gegen den Pfeiler einer Straßenlampe und rammte ihm mit einer schwungvollen Bewegung die Klinge des Messers durch den Kopf.

Schlagartig wich die Kraft aus den durchtrainierten Muskeln des Mannes und er sackte zu Boden. Ein leichtes Zucken durchfuhr seinen Körper. Dann war es vorbei.

Einen Augenblick lang stand er über ihm und musterte den toten Körper interessiert. Ihn faszinierte die Vorstellung, diesem Mann mit einem einzigen Stich sämtliche Lebensenergie entrissen und ihn einfach ausgelöscht zu haben. Alles, was ihn als Mensch ausgemacht hatte – alle Emotionen und sämtliche Erfahrung – war auf einen Schlag ausradiert. Schließlich holte ihn die blecherne Stimme einer Frau aus seiner Gedankenwelt:

»Notrufzentrale, was kann ich für Sie tun?«

Die Stimme drang aus dem Handy, das auf dem Boden neben dem Toten lag. Das Display leuchtete in den nächtlichen Himmel.

»Hallo? Können Sie mich ...«

Mit einem knirschenden Geräusch erstarb die Stimme, als das Gehäuse des Telefons unter seiner Schuhsohle zerbarst. Völlig emotionslos umfasse er den Griff des Messers und zog es mit einem kräftigen Ruck aus dem Kopf des Toten. Ein schabendes Geräusch erklang, als die Klinge am Schädelknochen entlangfuhr.

Kein Anschluss mehr unter dieser Nummer!

»Hilfe!«

Ruckartig fuhr sein Kopf herum. Er sah Viktoria, die sich bäuchlings über den Gehweg zog. Er musste sie endlich zum Schweigen bringen. Noch mehr ungebetenen Besuch würde er nicht verkraften können.

Er eilte zur anderen Straßenseite zurück. Viktoria hatte

wieder angefangen zu wimmern und zu kreischen. Das kurze Aufkeimen von Hoffnung war aus ihren Augen gewichen. Normalerweise liebte er diesen Ausdruck bei seinen Opfern, wollte ihn so lange wie möglich auskosten. Doch dafür war jetzt kaum der geeignete Zeitpunkt. Überhaupt würde er sich mit ihr beeilen müssen, was er sehr bedauerte. Denn sie war sein persönlichstes Opfer. Aber wie es aussah auch sein beschwerlichstes.

Um ihren rechten Fuß herum hatte sich eine kleine Blutlache auf dem Asphalt gebildet. Sie schimmerte schwarz und glänzte im schwachen Licht. Verdammte Sauerei! Er kniete sich über sie, drehte sie auf den Rücken und drückte ihre Arme zu Boden, mit denen sie sich zu wehren begann.

»Bitte nicht«, flehte sie und weinte.

»Halt endlich die Klappe, du kratzbürstiges Miststück! Bist du etwa immer noch der Überzeugung, ich hätte deine Eltern umgebracht? Warum hätte ich das tun sollen? Glaubst du, ich war scharf darauf, zwei weitere Jahre im Heim zu verbringen? Manche Dinge passieren einfach, weil es das Schicksal so will. Aber Menschen wie du, die von ihren Emotionen kontrolliert werden, müssen immer einen Schuldigen finden, um sich besser zu fühlen, nicht wahr?«

»Bitte, lass mich gehen. Es tut mir leid und ich vergebe dir.«

»*Du* vergibst *mir*?« Sein Griff festigte sich. »Langsam frage ich mich, wer von uns beiden der Psycho ist.«

Sie fing wieder an, sich zu wehren und schrie um Hilfe.

Ruckartig zog er ihren Oberkörper zu sich heran und versetzte ihr mit dem Griffende des Messers einen Schlag auf den Kopf. Ein dumpfes Krachen war zu hören. Dann sackte sie nach hinten weg, die Augen in den nächtlichen

Himmel gerichtet.

Er zuckte innerlich zusammen. *Nein!*

Sofort prüfte er ihren Puls:

Nichts.

Verdammt, verdammt, verdammt!

Er hatte zu fest zugeschlagen, hatte sich nicht unter Kontrolle gehabt! Was war nur los? Warum ging plötzlich alles schief?

Schicksal.

Fick dich!

Achtlos warf er das Messer neben den Gehweg in ein Gebüsch. Das Blut, das daran klebte, ekelte ihn an. Sollten sie das Ding ruhig finden, samt seiner Fingerabdrücke. Darauf kam es jetzt nicht mehr an. Er musste sich nicht mehr verstecken, denn von nun an wurde mit offenen Karten gespielt.

Er schulterte den leblosen Körper und trug ihn zurück zu seinem Wagen. Immerhin hatte er bekommen, was er von ihr gewollt hatte, auch wenn er sich gerne ausgiebiger mit ihr beschäftigt hätte. Doch nun musste er sich wohl oder übel damit begnügen.

Achtlos warf er den Körper in den Kofferraum, nachdem er ihn abgesucht hatte. Das Handy war nirgends zu finden. Es musste ihr aus der Hand gefallen sein, als er sie überwältigt hatte, und lag vermutlich noch immer auf dem Gehweg vor ihrer Wohnung. Der ganze Aufwand war also auch noch umsonst gewesen.

Eine Prüfung. Es war nur eine Prüfung und du hast sie bestanden.

Er stieg ins Auto und kontrollierte im Rückspiegel sein Gesicht. Er blutete stark aus der Nase, was er gewohnt war, denn das passierte in letzter Zeit wieder häufiger. Schlimmer erschien ihm der unnatürlich schräge Winkel, in dem seine Nase nach links geneigt war. Angewidert wischte er das Blut mit dem Ärmel seiner Jacke weg. Dann packte er das Nasenbein mit Daumen und Zeigefinger und richtete es mit einem lauten Knacken. Der Schmerz trieb ihm die Tränen in die Augen. So fühlte es sich also an, wenn man weinte.

Als er wieder zur anderen Straßenseite blickte und den toten Körper des Joggers betrachtete, fiel ihm ein Schatten an einem der Fenster dahinter auf.

Jemand beobachtete ihn. Und wie es aussah, hielt er ein Telefon an sein Ohr. Diese unnötige Aktion war scheinbar nicht unbemerkt geblieben.

Scheiß drauf, dachte er, startete den Motor und trat das Gaspedal durch. Die Zeit würde nicht mehr ausreichen, um rechtzeitig fertig zu werden. Das Bild würde unvollendet bleiben müssen. Doch es würde seine Wirkung nicht verfehlen. Er würde nur ein wenig umdisponieren, es ein wenig beschleunigen müssen, aber das hatte er einkalkuliert. Unweigerlich rief er sich die Worte seines Therapeuten ins Gedächtnis: *Sie müssen wieder lernen, das Positive im Leben zu sehen.*

Immerhin dürfte das Chaos, das er angerichtet hatte, die Polizei eine Zeitlang beschäftigen. So gesehen konnte er diesen Rat also durchaus beherzigen.

Alles dient einem Zweck.

Nach einer Weile erreichte er wieder die Hauptstraße, die ihn schnurstracks aus der Stadt führte. Und je weiter er deren Lichter hinter sich ließ, desto ruhiger wurde sein Puls.

Der morgige Tag würde der letzte in seinem Leben sein. Und er hatte vor, ihn voll auszukosten.

KAPITEL 37

Der Anruf riss Chris aus dem Tiefschlaf. Völlig benommen tastete er in der Dunkelheit des Schlafzimmers nach seinem Handy auf der Nachtkonsole neben seinem Bett. Rebecca kommentierte diese Ruhestörung mit einem schläfrigen Brummen und drehte sich in die andere Richtung. Als Chris es schaffte, die Augen zu öffnen, erkannte er den Namen Hartfels auf dem Display und betätigte ungelenk die Ruftaste.

»Ja«, brummte er.

»Hab ich Sie geweckt?«, fragte Hartfels in ihrem gewohnten Befehlston.

Chris schielte auf die Anzeige seines Weckers. Es war kurz vor halb fünf in der Nacht. Er räusperte sich und versuchte, seinen trockenen Mund mit Speichel zu benetzen. »Nein«, krächzte er schwach. »Um diese Uhrzeit tue ich gewöhnlich nur so, als würde ich schlafen, um nicht aufzufallen.«

Am anderen Ende verstrichen einige Sekunden, bis Hartfels reagierte. »Das war ein Scherz, oder?«

Trotz seiner Müdigkeit konnte Chris sich ein Grinsen nicht verkneifen. »Schlafen Sie eigentlich nie?«

»Ich hatte noch keine Zeit dafür.«

Offenbar war Zeit der einzige Faktor, der sie davon abhielt. Manchmal hatte er seine Zweifel daran, dass Corinna Hartfels tatsächlich der menschlichen Rasse angehörte. »Schon gut«, meinte er und richtete sich auf. »Was ist los?«

»Ihre Anwesenheit auf der Dienststelle ist dringend erforderlich«, lautete die Antwort. »Es haben sich einige neue Erkenntnisse in dem Fall ergeben.«

Er gab Rebecca neben sich einen sanften Kuss auf den Kopf, ehe er sich vom Bett erhob und die Tür leise hinter sich schloss. »Inwiefern?«, flüsterte er auf dem Weg ins Badezimmer. Er wollte nicht auch noch Patrick aufwecken.

»Es gibt eine weitere Entführung. Und einen Toten.«

»Wann ist das passiert?« Er kniff geblendet die Augen zusammen, nachdem er den Lichtschalter betätigt hatte und das Bad betrat.

»Gestern Abend, kurz nachdem Sie das Präsidium verlassen haben.«

Sein Konterfei im Spiegel sah aufgequollen aus, als hätte es einen Schwergewichtsboxkampf hinter sich. »Und da rufen Sie mich erst jetzt an?«

»Es gab noch einiges zu klären und zu überprüfen. Dazu war Ihre Anwesenheit nicht erforderlich. Aber jetzt sind mir die Hände gebunden.«

Chris ahnte, was sie meinte. Ihre Behörde war für den Fall nicht zuständig, und sie war lediglich von dort freigestellt worden, weshalb sie nüchtern betrachtet nur den Status einer Beraterin einnahm. Sie hatte offiziell keinerlei Kompetenzen.

Er schaltete das Handy in den Freisprechmodus und legte es auf dem Rand des Waschbeckens ab. Dann schaufelte er sich eiskaltes Wasser ins Gesicht, um sich die Müdigkeit wegzuwaschen. Vergeblich. Er tastete nach einem Handtuch. »Und was genau haben Sie herausgefunden?«

»Ich weiß jetzt, wer der Täter ist.«

Wenige Minuten nach dem Ende des Telefonats verließ Chris die Wohnung, verriegelte die Tür und ging zu seinem Wagen. Prüfend sah er sich in der von Dunkelheit verhangenen Straße um. Die zivile Streife, die er zur Beobachtung

angefordert hatte, war nur zu normalen Dienstzeiten einge-
teilt, also dann, wenn er selbst nicht anwesend sein konnte.
Die Kollegen würden demnach erst in etwas mehr als drei
Stunden hier auftauchen. Noch einmal drehte er sich zu
dem Haus um, in dessen Untergeschoss sich ihre Wohnung
befand. Er hatte alle Fenster und Türen überprüft. Dennoch beschlich ihn ein mulmiges Gefühl, als er in das Auto
stieg und losfuhr.

KAPITEL 38

Auf dem menschenleeren Flur zu seinem Büro begegnete
ihm Rokko. In seiner Hand hielt er einen Becher mit Kaffee, den er sich am Automaten geholt hatte. Seinem Gesichtsausdruck konnte Chris entnehmen, dass er den Inhalt
des Bechers dringend benötigte, um den Schlaf aus seinen
Augen zu vertreiben.

»Wie es aussieht, hat sie dich auch aus dem Bett geholt«,
begrüßte ihn Chris.

Er nickte müde. »Ich konnte eh nicht sonderlich gut
schlafen. Hast du eine Ahnung, worum es geht?«

»Nicht im Detail. Aber ich schätze, wir werden gleich
mehr erfahren.«

Sie betraten das Büro. Neben Hartfels waren dort auch
Armin Pelzer und ein weiterer uniformierter Kollege anwesend. Sie waren offensichtlich eingenickt und schreckten
verschlafen von ihren Stühlen hoch, als Chris die Tür öffnete. In den folgenden Minuten erläuterte Pelzer den beiden, was sich im Verlauf des zurückliegenden Abends zuge-

tragen hatte, von der mutmaßlichen Entführung einer Frau, bis zu dem ermordeten Jogger außerhalb des Stadtzentrums.

»Und es ist sicher, dass die beiden Fälle zusammenhängen?«, fragte Rokko und nippte an seinem Kaffee.

»Zwei der Anwohner haben übereinstimmend ausgesagt, sie hätten von den Fenstern ihrer Wohnungen aus einen dunklen Peugot, vermutlich der Modellreihe 405, vom Tatort wegfahren sehen. Der Fahrzeugtyp deckt sich mit der Aussage des ersten Zeugen.«

»Konnten die Anwohner den Fahrer beschreiben?«

»Uns liegt nur eine vage Beschreibung des Mannes vor, der die Frau entführt haben soll. Laut Aussage von Herrn Roßbach war der Mann groß und von schmächtiger Statur.«

»Offenbar erscheint Ihnen der Zeuge nicht sonderlich glaubhaft«, meinte Chris, dem die abfällige Betonung des Namens nicht entgangen war.

Pelzer rieb sich die Augen. »Im Grunde schon«, meinte er und gähnte. »Aber er gehört der rechten Szene an. Macht die ganze Zeit einen auf harten Kerl, aber wenn Sie mich fragen, ist dem der Arsch auf Grundeis gegangen, und er wollte schnellstmöglich nach Hause zu Mutti radeln. Vermutlich war das auch der Grund, weshalb der Entführer ihn überhaupt ins Visier genommen hat. Blöder kann man sich ja nicht anstellen.« Erneutes Gähnen. »Können wir jetzt endlich gehen?«, fragte er an Chris gerichtet. »Wir sind seit gestern Nachmittag im Dienst und könnten eine Pause vertragen. Aber Ihre liebreizende Kollegin hier«, er deutete mit dem Kopf in Richtung Hartfels, »hält uns seit Stunden fest. Hat das BKA überhaupt Befugnisse in dem Fall?«

»Wir benötigen noch Ihren schriftlichen Bericht«, hielt Hartfels dagegen.

Pelzer beugte sich nach vorn. »Sie kritzeln seit Stunden ihr Notizbuch voll. Schreiben Sie ihn doch selbst, ich bin dafür zu müde.«

»Schon gut«, ging Chris dazwischen. »Gehen Sie nach Hause. Den Bericht können Sie morgen nachreichen.«

Pelzer nickte ihm zu. »Früher hätte es so etwas nicht gegeben«, brummte er im Hinausgehen, und gab damit seine Meinung kund, was weibliche Führungskräfte bei der Polizei betraf.

»Immer noch der Alte«, meinte Rokko, nachdem die beiden gegangen waren.

»Na schön«, sagte Chris und konzentrierte sich auf Hartfels. »Erzählen Sie uns Ihre Version der Ereignisse.«

»Erinnern Sie sich an die Telefonnummer, die ich Ihnen gegenüber gestern Abend erwähnt habe?«

Chris überlegte. »Sie meinen die Nummer, die Sie in den Unterlagen Ihres Bruders gefunden haben?«

»Korrekt. Mittlerweile steht fest, dass es sich um den Anschluss einer Frau namens Viktoria Harting handelt.«

»Chris starrte sie mit offenem Mund an, als er begriff. »Moment mal. Ist sie etwa das Entführungsopfer?«

Hartfels nickte. »Der Täter hat sie unmittelbar vor ihrer Wohnung verschleppt. Ihr Handy lag noch auf dem Gehweg. In der Schutzhülle steckte ihr Ausweis.« Sie drehte den Monitor, sodass die beiden Sicht darauf hatten. »Da Sie mir Zugriff auf Ihr System ermöglicht haben, habe ich den Namen dort eingegeben und bin auf eine Akte gestoßen, die fast zehn Jahre zurückliegt.«

Chris blickte auf den Monitor, wo die digitalisierte Akte zu sehen war. Es handelte sich dabei um eine Anzeige wegen fahrlässiger Tötung.

»Damals hat Viktoria Harting Strafanzeige gegen ihren sechzehnjährigen Pflegebruder erstattet. Sie hat ihm vorgeworfen am Tod ihrer Eltern schuldig zu sein, die damals bei einem Brand in ihrem gemeinsamen Haus im Stadtteil Immendorf ums Leben gekommen sind. Sie behauptete, ihr Bruder habe das Feuer mit Absicht gelegt, was aber nicht bewiesen werden konnte. Laut dem Gutachten wurde der Brand durch einen defekten Akku ausgelöst.«

»Und wie kam Viktoria Harting dann zu diesem Verdacht?«

»Offenbar gab es über Jahre hinweg immer wieder Probleme mit dem Jungen und seinem Verhalten. Viktoria sagte aus, er habe tote Kleintiere im Garten angesammelt – Vögel, Mäuse und dergleichen –, um an ihnen zu studieren, wie sie verwesen. Auch habe er die Erkenntnisse dieser Studien in einer Art Tagebuch festgehalten. Daraufhin wurde ein psychologischer Gutachter eingeschaltet, der dem Jungen ein kaltes, berechnendes und völlig emotionsloses Verhalten attestiert hat. Er führte dies auf ein traumatisches Erlebnis in dessen früher Kindheit zurück.«

»Seine leibliche Mutter hat sich umgebracht«, las Chris aus der Akte ab.

»Richtig. Sie war alleinerziehend, tablettensüchtig und litt unter starken Depressionen. Man fand sie in der Küche ihrer Wohnung. Sie hatte einen Strick durch einen Haken in der Decke gezogen und sich erhängt.«

»Mein Gott«, entfuhr es Chris, als er eines der Bilder vom Fundort betrachtete. Darauf war der aufgedunsene Körper der Frau zu sehen, der noch immer von der Decke hing. Ihr Gesicht war voller Maden. An etlichen Stellen hatte sich das Gewebe bereits abgelöst und eine dunkle,

fleischige Fratze hinterlassen, durch die der Schädelknochen schimmerte. Auch ihr Kopf wies kahle Stellen auf, an
denen sich die Haut samt ihrer langen, braunen Haare
abgelöst hatte und zu Boden gefallen war.

»Wie lange hat die Frau dort gehangen?«, fragte Rokko.

»Laut dem Bericht der Rechtsmedizin etwa neun Tage«,
erklärte Hartfels. »Einem der Nachbarn war schließlich der
Gestank aufgefallen, der aus der Wohnung drang. Daraufhin hat er die Polizei informiert. Der Sohn der Frau war zu
diesem Zeitpunkt sechs Jahre alt. Er wurde in der Küche in
einer Ecke kauernd gefunden, völlig katatonisch, unterernährt und dehydriert.«

»Kein Wunder«, meinte Chris. »Er hat über eine Woche
lang dabei zugesehen, wie seine Mutter vor seinen Augen
verfault ist. Der Anblick muss ihn völlig gelähmt haben.«

»Nicht nur das«, fuhr Hartfels fort. »Auf dem Weg ins
Krankenhaus setzte sein Herz aus. Dem Notarzt gelang es
erst nach über zwei Minuten, ihn wiederzubeleben. Erst
nach einer Woche auf der Intensivstation gaben die Ärzte
Entwarnung. Sie meinten, es wäre ein Wunder gewesen,
dass der Junge das Ganze ohne körperliche Folgeschäden
überlebt hat.«

»Welche Mutter tut ihrem sechsjährigen Sohn so etwas
an?«, fauchte Rokko wütend. »Selbst wenn sie noch so viele
Probleme hatte, für so etwas fehlt mir jegliches Verständnis.«

»Starke Depressionen können jegliches Verantwortungs-
bewusstsein ausschalten«, erwiderte Hartfels, wofür sie
fragende Blicke von Chris und Rokko erntete. »Das zumindest sagte mir Doktor Hoffmann am Telefon.«

»Sie haben sie mitten in der Nacht angerufen?«, fragte
Chris.

Hartfels dachte kurz über diese Frage nach. »Das habe ich bei Ihnen beiden doch auch getan.«

»Ja, aber wir sind auch die zuständigen Ermittler in dem Fall. Doktor Hoffmann ist nur eine psychologische Beraterin dieser Abteilung. Ihr Job ist es nicht, rund um die Uhr für uns zur Verfügung zu stehen.«

»Ich halte ihre Meinung in dem Fall aber für wichtig.«

»Ich bin mir sicher, sie verfasst deswegen gerade Lobeshymnen über Sie«, gab Rokko seinen Sarkasmus zum Besten und trank einen großen Schluck Kaffee.

Sie betrachtete ihn etwas verunsichert. »Nein, aber sie sagte«, Hartfels blickte auf ihre Notizen: »Anhaltende Depressionen seien ein nicht enden wollender Strudel aus Schwermut, gegen dessen Sogkraft man sich irgendwann nicht mehr zu wehren vermag. Dann käme es zu solchen Affekthandlungen, die sich fernab des eigenen Verstandes und jeglicher Instinkte abspielen.«

Chris war klar, weshalb sich Doktor Hoffmann so bildlich ausgesprochen hatte. Vermutlich erleichterte es Hartfels, ihre Ausführungen besser zu verstehen. Offenbar konnte Marina Hoffmann ihre Obsession, sich in andere Menschen hineinzudenken, nicht einmal ablegen, wenn man sie in ihrer Nachtruhe störte. Sie war wirklich eine außergewöhnliche Frau.

»Außerdem sagte sie«, fuhr Hartfels fort, »dass solch ein drastisches, frühkindliches Erlebnis schwere Entwicklungsstörungen bei dem Jungen ausgelöst haben muss. Der Anblick seiner toten Mutter hat sich tagelang in seine noch unterentwickelte Wahrnehmung gebrannt und sie vermutlich auf irreversible Art geschädigt. Von aggressivem Verhalten, über Schizophrenie, bis hin zu einer gespaltenen Persönlichkeit wäre in solch einem schweren Fall alles denkbar. Auch würden viele solcher Fälle belegen, dass sich die Betroffenen an das eigentliche Erlebnis entweder gar nicht mehr oder nur bruchstückhaft erinnern können. Der Verstand will den Zugriff darauf verhindern, wodurch es auch zu einer verfälschten Interpretation kommen kann. Das wiederum löst unter Umständen einen unterbewussten Drang aus, der zu Zwangshandlungen führen kann.«

»Daher kommt also die Besessenheit des Täters in Bezug auf alles, was mit Verwesungsprozessen zusammenhängt«, grübelte Chris.

»Ja«, bekräftigte Rokko ihn angewidert. »Vermutlich schneidet er seinen Opfern deshalb das Gesicht weg, weil sein Unterbewusstsein das Bild seiner toten Mutter rekonstruieren will.«

»Offenbar ist sein Verstand nicht das Einzige, was nicht gesund an ihm ist. Steht in der Akte auch etwas über eine Leukämieerkrankung?«

Rokko runzelte die Stirn. »Leukämie?«

»Erklär ich dir später«, meinte Chris, der sich nicht unnötig mit Erläuterungen aufhalten wollte.

Hartfels schüttelte den Kopf. »Die muss erst später aufgetreten sein. Um an diese Auskunft zu gelangen, bräuchten wir eine Verfügung. Aber die wird gar nicht mehr nötig sein.«

»Und weshalb nicht?«

»Die Fingerabdrücke des Jungen wurden aufgrund der damaligen Anzeige registriert. Und sie stimmen zu großen Teilen mit denen an der Tatwaffe überein, mit der der Jogger erstochen wurde.«

»Er hat die Waffe am Tatort zurückgelassen?«, fragte Chris erstaunt. »Das passt nicht zu seiner akribischen Vorgehensweise.«

»Der verarscht uns doch nur wieder«, sagte Rokko.

Chris strich sich übers Kinn. »Oder er will, dass wir ihm auf die Spur kommen.«

»Warum sollte er das wollen?«

Wieder musste Chris an den Film *Sieben* denken. Er schielte zur Uhr. Es war noch zu früh, um Rebecca anzurufen. Vermutlich schlief sie noch, sofern Patrick sie nicht geweckt hatte. »Das werden wir ihn fragen, wenn wir ihn festgenommen haben. Und damit sollten wir uns beeilen, denn wie es aussieht, hat er seine Pflegeschwester als nächstes Opfer auserkoren. Was wissen wir noch über den Kerl?«

»Der Name des Mannes lautet Frank Arnold. Wie ich Ihrem E-Mail-Konto entnehmen konnte, hat Ihnen gestern Abend ein Kollege namens Kohlhaas eine Nachricht geschickt. Darin geht es um die Leichenfunde in dieser Garage.«

»Sie lesen meine E-Mails?«, fragte Chris.

»Nur diese eine Nachricht«, erwiderte Hartfels, als rechtfertige das ihr Vorgehen, »weil in der Betreffzeile der Name Arnold erwähnt wird.«

Chris seufzte resigniert. »Reden Sie weiter.«

»Man ist in den Geschäftsunterlagen von Rolf Meinhard auf Abrechnungen gestoßen, in der dieser Name auftaucht. Offenbar hat Arnold gelegentlich bei ihm als Aushilfe gearbeitet. Es wurden entsprechende Belege gefunden, die sich über einen Zeitraum von drei Jahren erstrecken.«

»Da haben wir unsere Verbindung«, meinte Rokko. »Aber wieso hat Meinhard diese Verbindung so offensichtlich gemacht? Wollte er etwa damit bewirken, dass nach seinem Tod sein Mitwisser zur Verantwortung gezogen wird?«

»Ich denke, es war mehr als Absicherung gedacht, hätte

Arnold ihn in die Pfanne gehauen«, grübelte Chris laut. »Was auch immer der Grund dafür war, Meinhard hat uns einen Gefallen damit getan. Denn auf einer Abrechnung steht auch die Adresse des Empfängers.«

Hartfels öffnete die Kopie eines der Belege, die Kohlhaas als Datei angefügt hatte. Frank Arnold wohnte in Lahnstein, nur wenige Straßen von Meinhards Haus entfernt.

Chris richtete sich an Rokko. »Du trommelst alle verfügbaren Leute zusammen. Ich rufe Deckert an. Wenn die Obrigkeit schnellstmöglich Ergebnisse haben will, dann sollen die hohen Herren auch dafür sorgen, dass wir freie Bahn haben.«

KAPITEL 39

In den folgenden Stunden verdichtete sich die Beweislage gegen Frank Arnold weiter. Nachdem Kriminaldirektor Deckert die Staatsanwaltschaft informiert hatte, wurden umgehend alle bürokratischen Hürden ausgeräumt, sodass sie in dem Fall freie Hand hatten. Aufgrund der Dringlichkeit waren in der kurzen Zeit erstaunlich viele Fakten zusammengekommen, die sich zu großen Teilen mit dem entworfenen Täterprofil von Hartfels deckten. Demnach war Arnold sechsundzwanzig Jahre und ledig. Sein Vater war unbekannt. Nach dem Tod seiner Mutter verbrachte er zwei Jahre in einem Kinderheim bei Limburg, wo er eine intensive psychologische Betreuung erfuhr. Die dortigen Therapeuten bescheinigten ihm bereits zu diesem Zeitpunkt eine ausgeprägte Kreativität und eine überdurchschnittliche Intelligenz, räumten aber auch erhebliche Defizite ein, was seine sozialen Kompetenzen betraf. Er war schwer zugänglich, in sich gekehrt und tat sich schwer damit Freundschaften zu schließen. Auch war der Grad an Empathie sehr gering ausgeprägt. Daraufhin übergab man ihn an eine Pflegefamilie, weil man sich dadurch eine positive Auswirkung auf seine weitere Entwicklung erhoffte. Doch im Laufe der Jahre kam es immer wieder zu Schwierigkeiten: Aufsässigkeit, Probleme in der Schule, merkwürdiges Verhalten. In wiederkehrenden Abständen musste er deshalb in psychologische Behandlung. Einem der Gutachten war zu entnehmen, dass er seine Freizeit fast ausschließlich mit dem Lesen von Büchern verbrachte. Auch entwickelte er eine Obsession für Filme, die er sich meist illegal aus dem Internet herunterlud, da sie keine Jugendfreigabe hatten. Man sprach von »Scheinwelten«, die er sich erschuf und in die er sich flüchtete. Daher hielt man es für riskant, ihn erneut aus seinem Umfeld zu reißen, weshalb die Hartings sich trotz aller Widrigkeiten weiterhin um ihn als Pflegeeltern bemühten. Offenbar war man der Überzeugung, dass er es letztendlich schaffen würde. Bis es zu dem Brand kam.

Wie sie dem polizeilichen Bericht entnehmen konnten, befand sich Viktoria Harting in der Nacht, in der es passierte, auf einer Schulfahrt mit ihrer Abiturklasse. Nur Arnold überlebte das Feuer und wurde mit einer leichten Rauchvergiftung ins Krankenhaus gebracht. Er sagte aus, er habe in seinem Zimmer geschlafen, bis er durch den Rauch geweckt worden wäre. Zu diesem Zeitpunkt hatte der obere Bereich des Hauses bereits lichterloh in Flammen gestanden und er hatte es gerade noch ins Freie geschafft.

Viktoria glaubte ihm kein Wort, hielt ihn für einen »Psycho«, wie sie zu Protokoll gab. Aufgrund dessen erstattete sie über ihre Großeltern Strafanzeige. Doch die Brandgutachter schlugen sich auf Arnolds Seite, indem sie keinerlei Hinweise für eine Brandstiftung oder ein fahrlässiges Verhalten von Seiten des Jungen sahen. Daraufhin verbrachte er weitere zwei Jahre bis zu seiner Volljährigkeit im Heim. Seitdem war er in besagter Wohnung in Lahnstein gemeldet und tauchte in keinem strafrechtlichen Zusammenhang mehr auf.

Auf Drängen der Staatsanwaltschaft und des zuständigen Richters hatte die DKMS noch am Morgen Arnold als Empfänger der Knochenmarkspende ihres Bruders bestätigt. Laut den Unterlagen war die Leukämie bei Arnold vor etwas mehr als vier Jahren festgestellt worden, woraufhin er sofort auf die Empfängerliste gesetzt worden war. Kurz darauf war über die Datenbank die Übereinstimmung mit Alexander Hartfels festgestellt worden. Der entsprechende Eingriff hatte knapp vier Wochen später stattgefunden. Auch bestätigte die Organisation, dass auf Wunsch von Arnold ein Erstkontakt zum Spender hergestellt worden sei. Wie es die Richtlinien verlangten zunächst über einen anonymisierten Briefkontakt, nach Ablauf der Frist auch durch ein persönliches Treffen. Daraufhin wurden umgehend ein Haftbefehl gegen Arnold und ein Durchsuchungsbeschluss für seine Wohnung ausgestellt.

Auf dem Flur und in den Büros der Mordkommission herrschte Hektik. Alle waren im Aufbruch. Auch Chris streifte sich seine Jacke über und wollte Rokko folgen, der bereits aus der Tür getreten war, als er plötzlich innehielt und Hartfels betrachtete, die keinerlei Anstalten machte, sie zu begleiten.

»Was ist?«, fragte Chris. »Wollen Sie nicht mitkommen?«

»Sie wissen, dass ich dazu nicht befugt bin.«

Sie hatte recht. In der ganzen Aufregung hatte er das völlig verdrängt. Dieses Mal handelte es sich nicht um eine simple Tatortbesichtigung, sondern um einen offiziellen Polizeieinsatz dieser Dienststelle, der sie nicht angehörte. Ganz zu schweigen davon, dass sie keine Waffe bei sich trug.

»Ich rede mit Deckert.«

»Meine Arbeit hier ist getan«, erwiderte sie.

»Was soll das heißen?«

»Dass meine Anwesenheit hier nicht länger erforderlich ist.«

Er trat einen Schritt auf sie zu. »Reden Sie keinen Unsinn. Ohne Sie wären wir längst nicht so weit. Wenn es nach mir ginge ...«

»Ich habe nur getan, worum Sie mich gebeten haben.«

»Wollen Sie dem Mörder Ihres Bruders nicht gegenübertreten?«

»Was soll das bringen?«, fragte sie.

Chris zuckte mit den Schultern. »Genugtuung?«

»Dadurch wird er nicht wieder lebendig.«

Chris betrachtete sie ausgiebig. »Es sollte mehr Menschen geben, die so darüber denken.« Ein Ausdruck von Bedauern schlich sich in sein Gesicht. »Was haben Sie jetzt vor? Fahren Sie zurück nach Wiesbaden?«

»Auf meinem Schreibtisch ist eine Menge Arbeit liegengeblieben«, bestätigte sie. »Aber vorher werde ich Ihren Rat befolgen und meine Mutter aufsuchen.«

Er nickte. »Das ist eine gute Idee. Vielleicht sollten Sie damit noch warten, bis wir wiederkommen.«

»Und warum?«

»Ich würde mich dieses Mal gerne von Ihnen verabschieden.«

»Das tun Sie doch gerade.«

Chris schmunzelte. »Ich hätte ja nie geglaubt, dass ich das mal sagen würde, aber ich werde Sie vermissen.«

»Wo bleibt ihr denn?« Es war Rokko, der in der Tür stand. »Wir warten auf euch.«

Chris reichte Hartfels die Hand. »Danke für alles«, sagte er. »Und ich hoffe, es dauert nicht wieder ein Jahr, bis wir uns wiedersehen.«

Ein wenig ungelenk ergriff sie seine Hand. »Wenn der nächste Serienkiller auftaucht, rufen Sie mich an.«

Er lachte. »Ich nehme Sie beim Wort.«

KAPITEL 40

Die Fahrt nach Lahnstein dauerte knapp zehn Minuten. Neben den dortigen Streifenkollegen war auch Meißners Technikerteam mit vor Ort. Die Sonne war bereits hinter einer dichten Wolkendecke aufgegangen, als sich Chris und Rokko mit zwei Streifenkollegen dem mehrstöckigen Einfamilienhaus näherten, in dem Frank Arnold als Untermieter gemeldet war.

Die Einliegerwohnung in der unteren Etage besaß einen separaten Eingang. Als Chris davorstand, bemerkte er, dass die Tür nur angelehnt war. Sofort zog er seine Dienstwaffe aus dem Halfter. Rokko und die uniformierten Kollegen taten es ihm gleich.

»Geben Sie durch, dass die Tür nicht verschlossen ist«, sagte Chris an einen der Streifenbeamten gerichtet, der daraufhin nach seinem Funkgerät griff. »Wir gehen jetzt rein.«

»Sollten wir nicht auf das angeforderte SEK-Team warten?«, gab Rokko zu bedenken.

»Dafür ist keine Zeit.«

Sie betraten den Flur. Ein chemischer Geruch hing in der Luft. Chris definierte ihn als eine Mischung aus Krankenhaus und Leichenhalle. Trotz des Tageslichts war es stockdunkel in der Wohnung. Offenbar waren alle Rollläden geschlossen. Chris betätigte den Lichtschalter neben der Tür.

Nichts.

»Wir brauchen Taschenlampen«, gab er an die Kollegen weiter. Kurze Zeit später erleuchteten die Kegel von vier Stablampen den dunklen Flur.

»Das gefällt mir nicht«, flüsterte Rokko. »Das gefällt mir ganz und gar nicht. Wir sollten auf das SEK warten.«

Chris wusste, dass er recht damit hatte. Die Kollegen waren weitaus besser für solche Situationen geschult. Alles in dieser Wohnung deutete auf eine weitere Inszenierung hin. Möglicherweise tappten sie blindlings in eine Falle. So oder so würden sie vermutlich zu spät kommen. Doch Chris wollte jede noch so geringe Wahrscheinlichkeit, das Leben von Viktoria Harting zu retten, in Betracht ziehen.

»Wir gehen weiter«, entschied er. »Ich übernehme die Verantwortung.«

Sie drangen weiter in die Räume vor, leuchteten jeden Winkel aus. Als sie den Wohnbereich durchquerten, erfassten die Kegel der Lampen übervolle Bücherregale, die sich an beiden Seiten der Wände auftürmten. Chris konnte erkennen, dass es sich bei den Werken weitestgehend um blutige Thriller handelte. Einige davon hatte er vor Jahren selbst gelesen, als ihm noch der Sinn danach gestanden hatte. Mittlerweile hatte ihm die Realität den Spaß daran genommen. Um einen großflächigen Fernseher herum tauchten weitere Regale in den Kegeln der Taschenlampen auf. Sie mussten Hunderte von DVDs beherbergen, die meisten Filme darauf beinhalteten vermutlich ebenfalls ein gehöriges Gewaltpotenzial.

Chris stolperte über etwas und wäre beinahe gestürzt. Alle richteten die Taschenlampen auf den Boden, wo mehrere Koffer mit Fotoausrüstung offen herumstanden. Sie erblickten mehrere Kameras, Objektive und Filteraufsätze darin.

»Der Kerl scheint bestens ausgerüstet zu sein«, meinte Rokko.

»Ja, fragt sich nur wofür?«, erwiderte Chris.

Etwa in der Mitte des Raumes stießen sie links auf einen weiteren Durchgang, der zu einer geschlossenen Tür führte. Durch den schmalen Schlitz am Boden schimmerte Licht.

Er führt uns, ging es Chris durch den Kopf. *Er will, dass wir dort hineingehen.*

Sie teilten sich in Zweiergruppen auf und postierten sich auf beiden Seiten der Tür. Dann gab Chris den anderen ein Zeichen, drückte die Klinke herunter und stieß die Tür auf.

KAPITEL 41

Mit ihren Waffen im Anschlag stürmten Chris und Rokko in den Raum – und blieben kurz darauf wie angewurzelt stehen. Staunend betrachteten sie das, was sich ihnen dort offenbarte.

Der Raum war fensterlos und in seinen Abmessungen nicht größer als eine Abstellkammer – etwa zweieineinhalb mal zwei Meter. In der Mitte war die Leiche von Viktoria Harting platziert. Wie bei den anderen Opfern saß auch sie auf einem Stuhl und war mit Seilen darauf fixiert worden. Die weiße Gipsmaske verlieh ihr einen Ausdruck der Überraschung. Die Augenpartien waren aufgerissen und grotesk überzeichnet, der Mund leicht geöffnet. Durch die Öffnung schimmerten Zähne und rohes Fleisch. So schlimm der Anblick auch anmutete, sie waren ihn mittlerweile gewohnt, was in ihren Köpfen zu einer gewissen Abstumpfung geführt hatte. Wohlwollend formuliert hätte man es als professionelle Distanz bezeichnet. Viel grotesker wirkte die Gestaltung des Raumes, die unweigerlich ihre Aufmerksamkeit einfing. Wände und Decke waren fast lückenlos mit Zeitungsausschnitten und Computerausdrucken tapeziert, die sich wahllos aneinanderreihten. Berichte über den Amoklauf an einer Schule und über einen tödlichen Nachbarschaftsstreit. Ein Artikel handelte von einem Vater, der seine beiden Kinder und anschließend sich selbst erstochen hatte. Andere hatten Themen wie Rassenhass, Vergeltung und Terroranschläge als Inhalt. Chris erhaschte Schlagzeilen wie *Heiliger Krieg, Nahostkonflikt* und *Giftgasangriff*. Einige davon waren mit rotem Marker eingekreist. Das Ganze erschien wie ein Mahnmal für den Verfall der

Welt. Ein Raum voller Qualen und Schmerz, in dem die Leiche fast zur symbolischen Dekoration verkam.

Rokko senkte langsam die Waffe, während sein Blick auf die beiden Regalreihen an der hinteren Wand gerichtet war, die von säulenartigen Holzbalken gesäumt wurden, was dem Ganzen einen fast altarähnlichen Charakter verlieh. Auf den drei parallel zueinander angebrachten Regalböden, die über der Leiche von der Wand ragten, waren insgesamt sieben Gipsbüsten platziert. Vier in der oberen Reihe, zwei in der mittleren und eine auf der unteren, unmittelbar über dem Kopf der Leiche, sodass sie im Gesamten wie ein nach unten zeigender Pfeil angeordnet waren. Auf fünf der Büsten waren die Gesichtshäute der bisherigen Opfer angebracht, alle in der Reihenfolge ihres Todes. Das Antlitz der ersten Büste bestand aus zwei Gesichtern, die sich in der Hälfte zu einem zusammenfügten. Auf der linken Seite das weibliche, auf der rechten das männliche Opfer, sodass eine zwitterhafte Collage entstand. Die Häute wirkten ledern und fest, als wären sie mit Chemikalien behandelt und haltbar gemacht worden. Und sie waren so modelliert, dass sie die Emotionen widerspiegelten, die Arnold ihnen vor ihrem Tod entlockt hatte. Wie zum Beweis waren am Sockel der Büsten Fotos der Opfer angebracht, die sie noch lebend zeigten und auf denen sie eben diese Emotionen wiedergaben.

»Er hat sie fotografiert«, meinte Chris beim Betrachten der Bilder, »und die Fotos als Vorlage benutzt, um die Gesichter zu modellieren.«

»Scheiße«, entfuhr es Rokko, der kaum glauben konnte, was er sah. »Der Typ ist um einiges kranker, als wir angenommen haben.« Er trat vor eine der Büsten. Das Gesicht darauf war das Einzige, das keine Emotion darstellte. Die

Haut wirkte frisch und unbehandelt. Blut war an den Seiten heruntergelaufen und auf den Sockel getropft, auf dem das überraschte Antlitz von Viktoria Harting auf dem Foto zu erkennen war. »Bei seinem letzten Opfer hat er sich weniger Mühe gegeben.«

»Ich schätze, wir sind ihm zu früh auf die Spur gekommen, haben ihn zur Eile gezwungen. Er konnte das hier nicht vollenden.«

Im Hintergrund erklang ein Würgen. Der jüngere der beiden Streifenkollegen kämpfte mit der Hand vor dem Mund gegen seinen Brechreiz an. Offenbar hielt sein Magen solchen Anblicken noch nicht stand.

»Schaffen Sie ihn raus«, sagte Chris, »bevor er hier alles verunreinigt. Und schicken Sie die Spurensicherung rein.«

Der Ältere nickte nur und hatte Mühe, seinen Blick von dem Raum loszureißen. Schließlich packte er seinen Kollegen und zog ihn nach draußen.

»Sieh nur«, sagte Rokko. Er hielt ein schwarz gebundenes Notizbuch in der Hand, das er aus einem halbhohen Regal entnommen hatte. Es stand an der Wand rechts neben der Tür und war vollgestopft mit der gleichen Art von Notizbüchern. »Er scheint Tagebuch geführt zu haben. Es fehlen allerdings die Datumsangaben.«

Chris griff sich eines der Bücher aus der oberen Ablage heraus und schlug es auf. Die Schrift darin war klar und strukturiert, mutete beinahe übermenschlich exakt an, wie von einer Maschine geschrieben. Chris begann zu lesen:

Heute habe ich in einem Eiscafé gesessen und die Menschen auf der Straße beobachtet. Sie wirkten so kleinkariert und belanglos in ihrem Tun. Vermutlich einer der Gründe, weshalb ich nie etwas mit ihnen anfangen konnte. Die meisten von ihnen wirkten gehetzt, als wäre eine Meute tollwütiger Hunde hinter ihnen her. *Andere strahlten Verdrossenheit aus. Manche kamen mir regelrecht verloren vor. Und niemand beachtete den anderen. Sie alle waren in ihren Gedanken und Gefühlen gefangen, die sie lähmen und langsam zugrunde richten. Eine Horde Fliegen, die um einen Scheißhaufen herumkreuchen, jeder Einzelne von ihnen darauf aus, sich das größte Stück davon zu sichern. Da war nicht das geringste Anzeichen einer erhabenen Rasse zu erkennen. Keinerlei Instinkt, nur Chaos. Ein sicheres Indiz dafür, dass diese Spezies Mensch dem Untergang geweiht ist. Wozu sind all diese Gefühle letztendlich gut, wenn die Leute so darum bemüht sind, sie voreinander zu verbergen?*

Er blätterte einige Seiten weiter:

Meinhard hat ein neues »Spielzeug«, wie er es nennt. Wieder eine Frau, Mitte dreißig, aber sie sieht zehn Jahre älter aus. Ein schwaches, von Drogen und Krankheit zerfressenes Wesen, für das der Tod sicher die bessere Alternative war. Er hat sie die halbe Nacht schreien lassen. Ich hasse es, wenn sie schreien. Es ist keine wirkliche Emotion, nur der Ausdruck von körperlichem Schmerz. Mich hätte vielmehr der Auslöser interessiert, der diese Frau dazu veranlasst hat, sich und ihr Leben selbst zu ruinieren. Welches Ereignis, verbunden mit welcher tiefgreifenden Emotion, hat das verursacht? Was kann einen Menschen in eine derartige Verzweiflung treiben? Kaum vorstellbar, welche Macht man über andere hätte, könnte man so etwas gezielt auslösen. Dann müsste man sie nicht einmal töten. Man könnte sie dazu treiben, es selbst zu tun. Leider konnte ich die Frau nicht mehr dazu befragen. Meinhard hat ihr die Gebärmutter herausgeschnitten und sie ist verblutet. Ich weiß nicht, was ihm Derartiges gibt. Es hat keinen Sinn, keine Aussage. Ich dachte, wir wären uns ähnlich, aber ich habe mich getäuscht. Er ist roh und primitiv; intelligente

Gespräche sind mit ihm kaum möglich. Langsam fängt er an, mir auf die Nerven zu gehen, und ich werde mir Gedanken darüber machen müssen, wie ich ihn loswerde.

Chris blickte von dem Text auf, der ihn geradezu auf hypnotische Weise in den Bann zog. Er betrachtete die übrigen Bücher in dem Regal. Es mussten über drei Dutzend sein. Allesamt voll mit den Gedanken eines psychopathischen Serienmörders. Dieser Fall würde Lehrbücher füllen. Und wenn Chris das Gelesene richtig deutete, dann würde noch ein weiteres Opfer auf Arnolds Liste gesetzt werden müssen, denn offenbar war Meinhard keineswegs eines natürlichen Todes gestorben. Er griff sich das letzte Buch in der oberen Reihe und schlug es im hinteren Drittel auf:

Heute habe ich sie wiedergesehen. Wenn ich die Zeit finde, beobachte ich sie so oft ich kann. Ihre täglichen Spaziergänge richten sich nicht nach einem festen zeitlichen Rhythmus. Das macht die Planung etwas schwieriger. Obwohl sie auch nur einer dieser gefühlsgesteuerten Menschen ist, fasziniert sie mich aus einem Grund, den ich noch nicht richtig verstehe. Von all den anderen erinnert sie mich offenbar am meisten an meine Mutter. Zumindest glaube ich das. Ich besitze keine Fotos von meiner Mutter. Und die Vorstellung, die ich von ihr im Kopf habe, hat nicht mehr viel mit einem Menschen zu tun. Diese Frau hingegen ist wunderschön. Vielleicht wünsche ich mir deswegen, sie wäre meine Mutter. Doch sie ist bereits die Mutter eines anderen, wie man dem Kinderwagen entnehmen kann, den sie vor sich herschiebt. Und dann holen mich die Erinnerungen ein und die Schönheit verschwindet. Dann sehe ich nur noch diese faulige Fratze, aus der der Gestank der Verwesung dringt. Ein Sinnbild alles zerfressender Emotionen, die das Leben vergiften.

Chris spürte den Puls an seinen Schläfen hämmern. Sein Atem beschleunigte sich und die Hände begannen zu zittern.

Dann ist da nur noch der Drang, ihr diese Emotionen aus dem Gesicht zu schneiden, sie ein für alle Mal davon zu befreien. Und gleichzeitig ihren Sohn zu erlösen.

»Chris!«

Die Dringlichkeit in Rokkos Stimme riss ihn aus seinen Gedanken. Er zuckte zusammen und das Notizbuch glitt ihm aus den Händen, während er sich umdrehte. Rokko stand neben den Regalen und betrachtete die untere Büste darauf. Es handelte sich dabei um einen der beiden blanken Köpfe, die nur angedeutete Augen- und Nasenpartien hatten, ansonsten aber aus einem glatten, konturlosen Gipskörper bestanden. Bestürzt deutete Rokko auf das Foto am Sockel der Büste.

Wie betäubt trat Chris näher. Er ahnte bereits, wer darauf abgebildet war. Doch als er tatsächlich Rebecca mit dem Kinderwagen darauf erkannte, setzte sein Herz aus.

KAPITEL 42

Hartfels stellte ihren Mini an der steil abfallenden Straße, ein Stück unterhalb ihres Elternhauses, ab. Obwohl sie aus freien Stücken hier war, tat sie sich schwer damit, aus dem Auto zu steigen. Der Druck in ihrem Magen nahm zu, als sie sich dem Haus näherte. Und obwohl sie in der letzten Nacht nicht geschlafen hatte, kam die Müdigkeit nicht gegen das wilde Hämmern ihres Herzens an. Die Wunden, die dieser Ort in ihr hinterlassen hatte, würden nie völlig ausheilen, ganz gleich, mit welchen Absichten sie hier auftauchte. Aber sie war nun mal hier, und womöglich boten sich ihr nicht mehr viele Gelegenheiten, ihre Mutter aufzusuchen und sich mit ihr auszusprechen. Außerdem hatte sie ein Recht darauf zu erfahren, was mit ihrem Sohn passiert war.

Als sie den Gehweg zur Auffahrt erreicht hatte, fiel ihr das offenstehende Gartentor auf. Ein Stück weiter – auf dem Schotterweg, der hinter der abknickenden Straße verlief und in das angrenzende Waldgebiet führte – stand ein roter Clio-Kombi, dessen Heckklappe geöffnet war. Vielleicht ein Bekannter ihrer Mutter, dachte sie.

Hartfels ging am Sichtschutzzaun entlang, bis sie das Tor erreicht hatte, und betrat das Grundstück. Der untere Teil des Gartens war leicht abschüssig, sodass sie von dort nicht alle Bereiche um das Haus herum einsehen konnte. Erst als sie den Apfelbaum erreicht hatte, dessen blanke Äste in den grauen Himmel ragten, begradigte sich die Rasenfläche. An den Stamm des Baumes war eine Leiter angelehnt. Daneben stand ein alter Gartenstuhl, dessen Holz längst vergraut war. Aber es war weit und breit niemand zu sehen.

»Mutter?«, rief sie in Richtung des Hauses, erhielt jedoch keine Antwort. Die Terrassentür stand offen. Vermutlich hatte sie im Garten gearbeitet, obwohl ihr das für diese Jahreszeit eher ungewöhnlich erschien.

Sie schritt die drei Steinstufen zur Terrasse hinauf, die mit einer Bruchsteinmauer eingefasst war und von dem breit gefächerten Kräutergarten ihrer Mutter gesäumt wurde. Augenblicklich erinnerte sie sich daran, wie ihr Vater sie an dieser Stelle einmal geohrfeigt hatte, weil ihr ein Ball in die Kräuter gerollt war und einen Strauch umgeknickt hatte. »Mutter?«, rief sie erneut in das Haus hinein, als sie die offene Tür durchschritt. »Ich bin es, Corinna!«

Stille.

Dann ein dumpfes Dröhnen, als würde jemand im Stockwerk über ihr heftig mit dem Fuß aufstampfen.

»Hallo!« Sie ging durch den Wohnbereich, von wo eine geschwungene Holztreppe in den oberen Bereich führte. Oben angekommen verstummte das Dröhnen. Stattdessen nahm sie ein gedämpftes Wimmern wahr. Es drang durch die geschlossene Tür des Zimmers, vor dem sie angespannt stehen blieb.

Es war die Tür zu ihrem ehemaligen Kinderzimmer.

Langsam drückte sie die Klinke nach unten. Die Tür schwang nach innen auf – und sie blickte in die angsterfüllten Augen ihrer Mutter, die gefesselt auf einem Stuhl saß und in ihren Knebel schrie.

Instinktiv griff sich Hartfels an die Hüfte, wo sich normalerweise das Holster mit ihrer Waffe befand. Doch dieses Mal griff sie ins Leere. Ihre Mutter versuchte noch, sie zu warnen, indem sie wild mit dem Kopf neben die Tür deutete. Doch es war zu spät. Im nächsten Augenblick legte sich ein Arm mit kräftigem Druck um ihren Brustkorb, und sie spürte ein feuchtes Tuch, das ihr über Mund und Nase gepresst wurde. Panisch sog sie Luft ein. Im selben Moment spürte sie ein Kribbeln hinter ihrer Stirn, das sich rasend schnell in ihrem ganzen Körper ausbreitete und ihr die Kraft raubte, bis sie in Dunkelheit versank.

KAPITEL 43

Die Wohnung von Frank Arnold war mittlerweile besiedelt von den Technikern der KTU, die fleißig Spuren aller Art sicherten: Haare, Fasern, Fingerabdrücke, Tatortfotos ... alles wurde verpackt und dokumentiert. Auch Arnolds Fotoausrüstung. Wie die Kollegen mittlerweile herausgefunden hatten, war er als selbstständiger Fotograf tätig, und betrieb ein kleines Studio am Rande der Koblenzer City. Laut seiner Internetseite hatte er sich neben Gewerbefotografie auch auf Kinder- und Porträtaufnahmen spezialisiert und sich damit einen Namen gemacht, da es ihm wie kaum einem anderen gelang, Emotionen in den Gesichtern der Leute einzufangen. Die Fahndung nach Arnold lief bereits auf Hochtouren und dehnte sich mittlerweile auch über die Medien aus, sodass es nur noch eine Frage der Zeit sein würde, bis er ihnen ins Netz ging. Doch das alles minderte in keinster Weise die Nervosität, die sich in Chris' Eingeweiden festgesetzt hatte.

Mindestens ein halbes Dutzend Mal hatte er versucht, Rebecca zu erreichen. Aber am Anschluss der Wohnung meldete sich der Anrufbeantworter und über ihre Mobilfunknummer nur die Mailbox. Schließlich rief er in der Polizeidirektion an und wollte sich mit der Zivilstreife vor ihrer Wohnung verbinden lassen. Doch dort erklärte man ihm, man habe die Männer von dort abgezogen.

»Abgezogen?«, rief Chris empört in sein Telefon.

»Haben Sie eine Ahnung, was hier los ist?«, erwiderte die Stimme von Polizeidirektor Klaus Strobe, der als Leiter der Behörde tätig war. »Sie haben mit Ihrer Fahndung eine Lawine losgetreten. Ich brauche hier jeden Beamten auf der

Straße. Für solche zusätzlichen Maßnahmen fehlen mir die Leute.«

»Sie hätten mich wenigstens darüber informieren können«, brüllte Chris und beendete die Verbindung.

»Vielleicht ist sie nur beim Einkaufen und hört ihr Handy nicht«, sagte Rokko, der die Verzweiflung im Gesicht seines Kollegen bemerkte.

»Ja, durchaus möglich«, erwiderte Chris nicht sehr überzeugt.

Rokko legte ihm die Hand auf die Schulter. »Fahr nach Hause und sieh nach dem Rechten. Ich kümmere mich hier um alles.«

»Ich kann doch jetzt nicht hier weg.«

»Du wärst uns keine große Hilfe, wenn du den Kopf nicht frei hast. Wir können eh nicht mehr tun, als abzuwarten, was die Fahndung ergibt. Sieh nach deiner Familie, ich komme hier schon klar. Nimm den Wagen, ich fahre später mit Meißner mit.«

Chris überlegte einen Moment. Schließlich musste er Rokko recht geben. Er könnte keinen klaren Gedanken fassen, solange diese Unruhe in ihm wütete. Er verspürte im Moment nur den Drang, schnellstmöglich nach Hause zu kommen und sich Gewissheit zu verschaffen. »Na schön«, sagte er schließlich. »Ich melde mich, sobald ich etwas weiß.«

KAPITEL 44

Als Hartfels erwachte, fand sie sich in dem Raum wieder, den sie als ihr Kinderzimmer in Erinnerung hatte. Benommen stellte sie fest, dass sich dieser Raum kaum verändert hatte. Zu ihrer Rechten erkannte sie die Umrisse des Jugendbetts vor der Wand, unter dessen Decke sie sich immer vor ihrem Vater verkrochen hatte. Diverse Plüschtiere und Puppen lagen darauf verteilt. In der Ecke stand noch immer der kleine Schreibtisch, auf dessen Arbeitsplatte sich etliche Farbflecke verewigt hatten. Davor stand ein alter Bürostuhl. Sie erkannte ihre Jacke, die ordentlich über der Lehne hing. Im ersten Moment hielt sie diesen Anblick für einen weiteren Traum oder einen Flashback, bis sie ihre gefesselte Mutter erblickte und die Erinnerung sie einholte. Noch immer steckte der beißend süßliche Geruch des Betäubungsmittels in ihrer Nase fest. Sie blinzelte mit den Augen, um den diffusen Schleier zu vertreiben, der ihren Blick trübte. Als dieser sich geschärft hatte, blieb er auf ihrer Mutter haften, die sie sorgenvoll betrachtete. Offenbar hatte ihr jemand den Knebel entfernt.

»Alles okay, Schätzchen?«

Nun gut, dies musste ein Traum sein, denn ihre Mutter hatte sie seit ihrer Kindheit nicht mehr so genannt. Allerdings war dieser Traum sehr intensiv, denn sie konnte sich nicht bewegen, weil sie ebenfalls an einen Stuhl gefesselt war.

»Das alles tut mir so schrecklich leid«, hörte sie ihre Mutter sagen.

Dann vernahm sie Schritte auf dem Flur. Kurz darauf wurde die Tür geöffnet.

Ein junger Mann betrat das Zimmer. Er hatte kurze, braune Haare und einen Drei-Tage-Bart. Seine Nase war geschwollen und sie glaubte, verkrustetes Blut in den Nasenlöchern zu erkennen. Er wirkte krank auf sie. Seine Gesichtshaut war blass und die Augen eingefallen. Trotz der Blessuren erkannte Hartfels ihn von dem Bild aus seiner Akte wieder.

»Frank Arnold«, sagte sie mit belegter Stimme.

Seine Mundwinkel verkrümmten sich zu einem Grinsen. »Wie es scheint, müssen wir uns nicht mehr miteinander bekanntmachen«, sagte er mit dunkler aber nasaler Stimme, die im Gegensatz zu seinem kränklichen Erscheinungsbild stand. »Ich bitte um Verzeihung, wegen des groben Überfalls vorhin, aber ich hatte eigentlich noch nicht mit Ihnen gerechnet. Sie haben mich mehr oder weniger bei meinen Vorbereitungen überrumpelt. Aber ich nehme es Ihnen nicht übel. Wie könnte ich auch.« Er lächelte gönnerhaft. »Ich hoffe, die Nebenwirkungen des Chloroforms sind nicht zu heftig. Es könnten sich leichte Kopfschmerzen einstellen und ein Brennen um Mund und Nase herum. Aber das dürfte sich schnell verflüchtigen.« Beinahe andächtig betrachtete er seine Gefangene, während er auf sie zuschritt. Als er sie erreicht hatte, blieb er stehen und ging vor ihr in die Hocke, sodass ihre Augen auf gleicher Höhe waren. »Sie haben ja keine Ahnung, wie schön es ist, Sie endlich persönlich kennenzulernen. Bis jetzt konnte ich mir nur durch Erzählungen und durch Videoaufzeichnungen ein Bild von Ihnen machen. Was Letzteres betrifft, war Ihr Bruder wirklich sehr fleißig. Er hat mir einiges an Studienmaterial hinterlassen, was Ihre Person betrifft. Alexander muss Sie wirklich sehr geliebt haben.«

»Was hast du meinem Sohn angetan?«, fauchte Lydia

Hartfels mit der nötigen Verachtung.

Arnold betrachtete ihre Tochter fragend. »Wollen Sie es ihr sagen? Ich nehme doch stark an, das ist der Grund, weshalb Sie so unverhofft hier aufgetaucht sind, nicht wahr?«

Hartfels' Blick wechselte von Arnold zu ihrer Mutter. »Alexander ist tot«, sagte sie ausdruckslos. »Wir haben seine Leiche zusammen mit anderen in einer Garage gefunden.« Die Einzelheiten über den Zustand der Leiche wollte sie ihrer Mutter ersparen.

»Und ihr seid euch ganz sicher, dass er es ist?«, fragte ihre Mutter mit brüchiger Stimme.

»Ja.«

Lydia Hartfels senkte für einen Moment den Kopf. Als sie wieder aufblickte, hatte sich ihre Miene verfinstert. »Du verdammter Scheißkerl«, zischte sie Arnold entgegen. »Du hast ihn ermordet. Gott soll dich dafür in der Hölle verrecken lassen!« Sie spuckte ihm vor die Füße.

Arnold ließ das unbeeindruckt. Er formte mit beiden Daumen und Zeigefingern ein Rechteck, so als wolle er damit einen bestimmten Bildausschnitt festhalten, und richtete es in Lydia Hartfels' Richtung. »Das ist genau die Art von Verachtung, die ich sehen wollte«, sagte er mit einem zufriedenen Grinsen und drückte auf einen imaginären Auslöser. Anschließend tippte er sich gegen die Stirn. »Dieses Bild werde ich bis zum Ende darin aufbewahren.«

Lydia Hartfels zerrte an ihren Fesseln. »Wenn du unbedingt sterben willst, bin ich dir gerne dabei behilflich.«

»Noch ist es nicht so weit«, sagte er und wirkte dabei entrückt. »Es ist noch nicht vollendet.« So schnell, wie sein Verstand abgeschaltet hatte, kam er wieder zum Vorschein. Arnolds Blick klarte auf und er lächelte gekünstelt, während er die Arme zu einer ausladenden Geste ausbreitete. »Ist das nicht eine passende Umgebung für unser erstes Treffen?«, fragte er. »Ihre Mutter hat dieses Zimmer weitestgehend unverändert gelassen, wie sie mir sagte. Sie hat gehofft, dass hier mal ihre Enkelkinder spielen. Tja«, meinte er und sein Gesicht nahm beinahe liebliche Züge an, »möglicherweise ist das ja schon bald der Fall. Nur wird sie das nicht mehr erleben.« Arnold zog ein Küchenmesser aus seinem Hosenbund, dessen lange Klinge das einfallende Tageslicht reflektierte, und schritt auf ihre Mutter zu.

Es war klar, was gleich passieren würde. »Weshalb haben Sie meinen Bruder umgebracht?«, warf Hartfels hastig ein, um ihn abzulenken. »Er hat Ihnen das Leben gerettet.«

Arnold hielt inne und drehte sich zu ihr. »Sie können mir glauben, wenn ich sage, ich habe das nicht gerne getan, sofern eine solche Aussage überhaupt auf mich zutrifft. Denn so etwas wie Freude ist mir fremd. Es ist mehr ein Instinkt, der mich antreibt. Alexander war mir sehr nützlich. Und das in zweierlei Hinsicht. Wie Sie erwähnten, hat er mir damals durch seine Spende das Leben gerettet, obwohl es aus heutiger Sicht betrachtet nur eine Lebensverlängerung war. Aber diese hat es mir immerhin ermöglicht, meine wahre Bestimmung zu finden und nicht länger unnützen Emotionen hinterherzutrauern, zu denen ich nicht in der Lage bin. Heute weiß ich, dass es ein Privileg ist, so zu sein wie ich.« Er warf ihr einen nachsichtigen Blick zu. »Wie wir«, verbesserte er sich.

»Und was macht uns Ihrer Meinung nach besonders?«, hielt sie die Unterhaltung aufrecht, um Zeit zu gewinnen.

Arnold betrachtete sie ausgiebig. »Sind Sie sich dessen immer noch nicht bewusst?«, fragte er. »Ich möchte wetten, dass *Sie* es waren, die auf meine Spur gekommen ist. *Sie* haben die entscheidenden Hinweise gefunden und mein Vorgehen richtig interpretiert. Ist es nicht so?«

»Das trifft nur teilweise zu.«

»Nicht so bescheiden, Frau Hauptkommissarin«, meinte Arnold und lächelte gekünstelt. »Sie sind die federführende Kraft in dem Fall, obwohl er nicht einmal in Ihre Zuständigkeit fällt. Und ich möchte ebenfalls wetten, dass Sie in Ihrer Abteilung in Wiesbaden den dortigen Kollegen auch immer einen Schritt voraus sind. Haben Sie sich nie gefragt, was Ihnen diesen Vorteil ermöglicht?«

»Ich treffe meine Entscheidungen nicht auf emotionaler Ebene.«

Er deutete vehement mit dem Messer auf sie. »Ganz genau. Sie handeln aus reiner Logik heraus, gepaart mit purem Instinkt. Da ist nichts Unnötiges, das Sie zögern oder zweifeln lässt. Nur reine und absolute Klarheit. Im Gegensatz zu diesem Bertram. Ich habe mich im Vorfeld ausgiebig mit ihm befasst, weil ich wusste, dass ich es im Laufe meiner Mission mit ihm zu tun bekomme. Allerdings musste ich feststellen, dass er viel zu emotional ist. Er nimmt sich die Dinge gern zu Herzen, wie man so schön sagt. Immerhin macht ihn das berechenbar.«

»So wie die meisten Ihrer Opfer, nicht wahr? Sie haben sie aufgrund ihrer emotionalen Schwächen ausgesucht.«

»Das war nicht sonderlich schwer«, entgegnete er, »denn Emotionen an sich sind eine Schwäche. Heutzutage reden die meisten Menschen nicht mehr miteinander, sondern heulen sich lieber im Internet aus. Sie wären erstaunt, welch seltsamen Auswüchsen von emotionaler Verstümmelung man dort begegnet. All die unnötigen Diskussionen über Meinungen und Irrglaube, dieser ganze Irrsinn, an dem die Menschen sich hochziehen und in dem sie sich in ihrer Emotionalität verrennen. Viele von ihnen sind ihrer Gefühle überdrüssig, haben einmal zu viel unter ihnen gelitten.«

»So wie Ihre Mutter?«

Sein Mundwinkel zuckte kurz. »Ich kann mich kaum noch an diese Frau erinnern«, sagte er und erweckte dabei erneut den Anschein, als drifte sein Verstand ab und hinterließe eine völlige Leere in seinem Blick. »Auch was in den Tagen nach ihrem Suizid geschehen ist, entzieht sich meiner Erinnerung. Aber ich weiß, dass diese Dinge noch da sind, irgendwo tief in mir drin hat sie mein Vorgänger hinterlassen, und sie drängen nach draußen.«

Hartfels betrachtete ihn irritiert. *Vorgänger?* Wovon redete er?

»Manchmal«, fuhr Arnold fort, »sehe ich sie in meinen Träumen. Darin ist sie ein gesichtsloses Monster, das nichts als Fäulnis verströmt. Aber ich weiß, dass das nur ein Trugbild ist. Diese Frau war nicht schlecht. Nur schwach. So wie die meisten anderen, das weiß ich jetzt.« Sein Blick klarte auf und strahlte wieder die übliche Kälte aus. »Allerdings hat diese Erkenntnis bei mir ihre Zeit benötigt. Zwei Drittel meines Lebens habe ich damit verschwendet, mich zu fragen, weshalb ich nicht so bin wie andere, weshalb ich nicht *fühlen* kann wie andere. Ich habe Unmengen an Büchern über dieses Thema verschlungen, bis ich schließlich begriffen habe, dass ich ohne all das besser dran bin. Ich wurde durch meine Mutter quasi noch einmal geboren, nur war ich dieses Mal stärker und überlegener. Ich habe begriffen, dass Emotionen die Menschen nur blockieren. Sie fressen sie auf und hindern sie daran, frei zu sein. Und sie erzeugen zerstörerische Energien: Kriege, Terror, Rassendiskriminierung … all das resultiert aus einer einzigen

Emotion – Hass! Und dieser Hass setzt sich aus anderen fehlgeleiteten Emotionen zusammen, die das Fass irgendwann zum überlaufen bringen – bis sich jemand eine Sprengweste anzieht und zum nächsten Volksfest marschiert.«

»Sie haben in Ihrer Wahnvorstellung übersehen, dass Sie selbst ein Mörder sind«, sagte Hartfels.

»Ich habe den Menschen nur ihre Schwächen aufgezeigt«, dementierte Arnold. »Nicht ich habe sie getötet, es waren ihre Gefühle, die sie die Tabletten haben schlucken lassen. Emotionen machen Menschen sehr leicht beeinflussbar. Durch meine Taten wollte ich aufzeigen, wie unnütz solche Gefühle sind. Ich musste sie auslöschen.«

»Und Sie glauben ernsthaft, das macht Sie zu einem besseren Menschen?«

»Ich habe nicht behauptet, besser zu sein. Nur effizienter. Und das habe ich ebenso wie Sie meiner Mutter zu verdanken.«

»Ich habe meiner Mutter gar nichts zu verdanken.«

»Da täuschen Sie sich gewaltig. Nicht wahr, Lydia?« Er drehte sich zu ihr. »Erzähl deiner Tochter, was du mir in all der Zeit anvertraut hast.«

Hartfels Blick wechselte zwischen den beiden hin und her. »Ihr kennt euch?«

Arnold lächelte hintersinnig. »Wir sind in der Tat alte Bekannte, nicht wahr, Lydia?«

Sie schwieg beharrlich.

»Willst du deiner Tochter nicht von unseren Treffen erzählen? Von den vielen intimen Dingen, die du mir anvertraut hast?« Er blickte zu Hartfels. »Sie kann wirklich sehr mitteilsam sein, wenn man bei ihr die richtigen Knöpfe drückt.«

»Du widerlicher Mistkerl!«, schrie Lydia Hartfels ihn an. »Zu dieser Zeit wusste ich nicht, dass du ein gewissenloser Mörder bist!«

Er ging vor ihr in die Knie und sah ihr starr in die Augen. »Du solltest lieber vorsichtig damit sein, wen du hier einen Mörder nennst. Wer im Glashaus sitzt, sollte nicht mit Steinen werfen.«

Hartfels runzelte die Stirn. »Wovon redet er, Mutter?«

Sie brachte es nicht fertig, ihre Tochter anzusehen.

»Willst du es ihr nicht sagen?«, fragte Arnold.

Noch immer keine Reaktion.

Er hielt die Klinge des Messers drohend über ihre Hand, die an der Stuhllehne angebunden war. »Du hast unsere kleine Vereinbarung doch nicht vergessen, oder?« Die Klinge senkte sich bedrohlich nahe über ihren kleinen Finger. »Du weißt, was passiert, wenn du dich nicht daran hältst. Also sag ihr jetzt besser, was sie wissen will, und beweis ihr damit, dass ich recht habe.«

Widerwillig sah sie ihm in die Augen. Schließlich brach ihre Gegenwehr und sie seufzte resigniert. »Etwa einen Monat nach Alexanders Verschwinden tauchte er vor unserer Tür auf«, begann sie entmutigt. »Er sagte, er wäre ein enger Freund von ihm und wolle sich erkundigen, ob sich etwas Neues ergeben habe. Dein Vater war auf der Arbeit, daher war ich zunächst skeptisch, einen Fremden ins Haus zu lassen. Doch er gab sich sehr freundlich und zuvorkommend, und ich hatte den Eindruck, dass ihm wirklich etwas an deinem Bruder liegt. Also bat ich ihn herein. Wir kamen ins Gespräch und schließlich erzählte ich ihm unter anderem von dir und unserem angeschlagenen Verhältnis. Das schien ihn ziemlich zu interessieren, und plötzlich hatten wir kein anderes Thema mehr. Eigentlich hätte mich das damals misstrauisch machen müssen, aber ich war einfach froh, mal mit jemandem darüber reden zu können. Von da an trafen wir uns öfter, immer dann, wenn dein Vater nicht da war. Er hätte das sicher nicht gutgeheißen.«

»Er ist in diesen Gesprächen ja auch nicht besonders gut weggekommen«, warf Arnold ein.

»Was hast du ihm erzählt?«, fragte Hartfels.

»Die Wahrheit.«

»Und die wäre?«

»Das weißt du genau!«

»Du meinst, dass du einfach weggesehen hast, während er uns Kinder misshandelt hat?«

Ihr Blick verfinsterte sich. »Das ist nicht wahr! Ich habe immer versucht, dich und deinen Bruder vor ihm zu schützen!«

»Das muss mir irgendwie entgangen sein.«

»Weil ich es von euch Kindern ferngehalten habe«, verteidigte sie sich. »Was glaubst du ist passiert, wenn ihr in euren Betten gelegen habt und ich mit ihm alleine war? Er hat seinen Frust an mir ausgelassen. Ich weiß gar nicht mehr, wie oft er mich in all den Jahren geschlagen hat.«

»Wieso hast du ihn dann nicht verlassen?«

»Ich war die meiste Zeit meines Lebens eine Hausfrau. Dein Vater hätte nichts anderes zugelassen. Wie hätte ich unter diesen Voraussetzungen alleine zwei Kinder ernähren sollen? Ich wäre völlig mittellos gewesen, hätte alles aufgeben müssen. Dazu brachte ich einfach nicht den Mut auf.« Sie hielt inne, rang nach Luft. »Als Alexander und du erwachsen wurdet und ihr eure eigenen Wege gegangen seid, da hatte ich die Hoffnung, dass euer Vater ruhiger werden würde. Aber das war ein Irrtum. Es wurde immer schlimmer. Zum Schluss hatte ich nur noch Angst vor ihm.«

»Und ab hier komme ich dann ins Spiel«, sagte Arnold triumphierend. »Sozusagen als Retter in der Not.« Erneut legte er dieses kalte Grinsen auf.

Hartfels' Magen zog sich zusammen, als sie begriff. »Du hast ihn ermordet?«

»Ich habe dafür gesorgt, dass es endlich aufhört«, sagte sie resolut. »Ich konnte ihn einfach nicht länger ertragen. Seine Launen und seine Grobheit, die er ständig durch seinen Glauben an Gott gerechtfertigt hat. Jeden Tag habe ich zu demselben Gott gebetet, er möge mich erlösen und ihn endlich zu sich holen. Aber offenbar hat er ein Faible für Arschlöcher. Also habe ich etwas nachgeholfen.«

»Wie?«, fragte Hartfels.

»Sie verabreichte ihm ein Mittel, das ich kurz zuvor über das Internet erstanden hatte«, kam Arnold ihr zuvor. »Es war eine gute Gelegenheit, dessen Wirkung zu testen. Wie sich herausgestellt hat, war diese sehr effektiv und hat mir später auch bei Meinhard gute Dienste geleistet. Man sollte ja immer vorausschauend handeln.«

Hartfels sah zu ihrer Mutter, die ungewohnt passiv auf sie wirkte und ihren Blick immer noch gesenkt hielt. Offenbar war sie erleichtert darüber, all das losgeworden zu sein. Im Grunde konnte sie ihr nicht einmal einen Vorwurf machen. Sie selbst hatte die Grausamkeit ihres Vaters ertragen müssen, was ihr über die Jahre erheblichen emotionalen Schaden zugefügt hatte. Wie musste es da ihrer Mutter in den letzten fünfzehn Jahren ergangen sein, seit ihre Kinder sie allein mit ihm gelassen hatten? Dennoch rechtfertigte das keinen Mord.

»Warum hast du all die Jahre geschwiegen Mutter? Weshalb hast du mir nicht früher davon erzählt? Vielleicht hätte ich dir helfen können.«

»Ja, vielleicht«, gestand sie ein. »Aber hättest du es auch gewollt? Du hast mir eine Mitschuld an dem gegeben, was er euch Kindern angetan hat. Und du hast recht damit. Ich hätte euch vor ihm beschützen müssen. Vermutlich waren meine letzten Jahre mit ihm die Strafe für meine Ignoranz. Aber ich war einfach zu schwach gewesen, hatte zu viel Angst vor ihm gehabt. Er hätte uns eher umgebracht, als uns gehen zu lassen.«

Arnold erhob sich und lächelte gefällig. »Na also«, meinte er, »war doch gar nicht so schwer.« Er wandte sich wieder Hartfels zu. »Angst«, erläuterte er wie ein Dozent, der vor seinen Studenten sprach. »Eine weitere unnütze Emotion, die noch aus der Urzeit in unseren Genen verweilt. Damals hatte sie durchaus ihre Berechtigung, weil sie uns die nötige Energie verliehen hat, um vor wilden Tieren zu flüchten. Heutzutage lähmt sie die Menschen nur noch, lässt sie sich isolieren und verleitet zu falschen Entscheidungen. Bei meiner Mutter ebenso wie bei der Ihren. Doch in unserem Fall haben sie uns dadurch stärker gemacht, indem sie uns diese Schwäche ausgemerzt haben. Ihre Fehler sind unser Gewinn. Denn in dieser Welt überleben bekanntlich nur die Stärksten.«

Für einen Moment glaubte Hartfels, eine Art Déjà-vu zu erleben, sah ihren Vater vor sich, der genau dasselbe gesagt hatte. Ein kalter Schauer lief ihr über den Rücken, was sie sichtlich irritierte. Schließlich registrierte sie, wie Arnold hinter ihre Mutter trat.

»Es tut mir alles so schrecklich leid, Schätzchen«, hörte sie ihre Mutter sagen. Und sie sah die Tränen, die ihr über die Wangen liefen. Eine heftige Übelkeit brach über sie herein. »Von was für einer Vereinbarung hat er vorhin gesprochen?«, fragte sie an ihre Mutter gerichtet. »Auf was hast du dich eingelassen?«

»Auf das, was jede Mutter tun würde und für was ich all die Jahre nicht den Mut hatte«, sagte sie mit Tränen in den Augen. »Mich für mein Kind zu opfern.«

Wie durch einen Schleier registrierte sie, wie Arnolds Hand, mit der er das Messer hielt, ausholte. »Nein!«, schrie sie, doch es war zu spät. Das Nächste, was sie vernahm, war das Todesröcheln ihrer Mutter, als die Klinge durch ihren Hals drang.

KAPITEL 45

Chris war durch den kurzen Spurt entlang der Auffahrt zu seiner Wohnung außer Atem. Die Anspannung schien ihn fast zu zerreißen und seine Hand zitterte, als sie den Schlüssel ins Schloss der Wohnungstür führte. Würde er dahinter eine weitere grausame Inszenierung vorfinden? Sein totes Kind in den Armen seiner toten und gehäuteten Frau?

Er versuchte, diesen Gedanken zu verdrängen.

Die Tür war nicht verschlossen, nur lose ins Schloss gefallen – was das mulmige Gefühl in seinem Bauch weiter ansteigen ließ, da er sich ganz sicher war, den Schlüssel am Morgen zweimal herumgedreht zu haben.

Das muss nichts heißen, redete er sich ein. Vielleicht war Rebecca wirklich zum Einkaufen oder zu einer Freundin gefahren. Er hatte ihren roten Kombi jedenfalls nicht am Straßenrand entdecken können.

Plötzlich erstarrte er, als er Rebeccas offene Handtasche auf dem Boden vorfand. Einige Gegenstände daraus lagen auf dem Boden verstreut, unter anderem die kleine Dose Pfefferspray. Ein Stück weiter entdeckte er eine zerbrochene Kaffeetasse, die ihren milchig braunen Inhalt über das Laminat verteilt hatte. Der Tisch stand schräg, so als wäre jemand dagegen gestoßen.

Spuren eines Kampfes.

Sein Herz hämmerte gegen seine Brust. »Rebecca!«, brüllte er durch die Wohnung, doch es antwortete niemand. Wie von Sinnen rannte er durch alle Räume. Er konnte keinerlei Einbruchspuren entdecken. Alle Fenster waren geschlossen und die Rollläden nach unten gelassen. Erst als er Patricks Zimmer erreichte und das Licht einschaltete, blieb er wie angewurzelt vor dem Kinderbett stehen.

Anstelle seines Sohnes lag sein Tablet darin. Am oberen Rand haftete ein Notizzettel. *Weck mich*, stand akkurat von Hand darauf geschrieben. Er erkannte die Handschrift aus den Tagebüchern.

Chris griff nach dem Tablet und aktivierte den Bildschirm. Die Seite eines Internettelefonanbieters erschien. In der Eingabemaske war bereits eine Nummer eingegeben und der Videomodus war aktiviert. Mit zitterndem Finger tippte er auf *Verbinden*.

KAPITEL 46

Hartfels sah in die starren Augen ihrer Mutter, die nach wie vor auf sie gerichtet waren. Es hatte nicht lange gedauert, bis das Leben daraus entwichen war. Noch immer steckte die Klinge bis zum Griffansatz im Hals ihrer Mutter. Das Blut, das im Takt ihres Herzens aus der Wunde gequollen war, tropfte nun nur noch vereinzelt in ihren Schoß herab.

Hartfels hatte Mühe, sich nicht zu übergeben. Ihre Innereien schienen zum Zerreißen gespannt zu sein. Und zum ersten Mal seit ihrer Kindheit wünschte sie sich, wieder weinen zu können, um dieser Anspannung ein Ventil zu geben. Sie wollte etwas sagen, doch ihr Hals schien wie zugeschnürt und sie bekam kein Wort heraus.

»Jetzt sind Sie frei«, meinte Arnold, der keinerlei Anstalten machte, das Messer aus ihrer Mutter herauszuziehen. »Frei von Ihrer Vergangenheit und all ihren Details, die Sie so beschäftigt haben. Jetzt können Sie sich ganz Ihrer Aufgabe widmen.«

»Auf ... Aufgabe?«, stammelte sie mit belegter Stimme.

Er nickte, während er sie betrachtete. »Glauben Sie an Schicksal?«

Endlich gelang es ihr, den Blick von ihrer Mutter zu lösen und ihn auf Arnold zu richten. Sie hörte seine Stimme, sah, wie sich seine Lippen bewegten, doch sie konnte die Worte nicht interpretieren. Es klang wie eine andere Sprache, als hätte ihre Wahrnehmung einen Gang zurückgeschaltet. »Was?« Ihr Blick wirkte beinahe apathisch. »Was sagten Sie?«

»Ich habe Sie gefragt, ob Sie an Schicksal glauben?«

Diese Frage kam ihr angesichts der Situation äußerst

surreal vor. Es erschien ihr beinahe unmöglich, sich darauf zu konzentrieren, sich ernsthaft damit auseinanderzusetzen. Ihre Gedanken drifteten ab, schossen ziellos durch ihren Kopf wie Blätter, die von einer Sturmbö erfasst wurden. »Ich weiß nicht«, sagte sie wie betäubt. »Ich habe mich nie mit solchen Dingen beschäftigt.«

»Das sollten Sie aber«, meinte Arnold, »denn es ist kein Zufall, dass wir heute hier sind. Sehen Sie, die Natur hat mich mit einem starken Geist versehen, aber leider mit einem umso schwächeren Körper. Der Krebs ist zurückgekehrt, und dieses Mal in einer noch tödlicheren Variante. Gegen diese Schwäche bin ich leider machtlos.«

Hartfels zwang sich dazu, ihm in die Augen zu sehen. »Gut so!«, zischte sie.

»Ich kann durchaus verstehen, dass Ihnen mein baldiges Ableben keine Kopfschmerzen verursacht«, meinte er ungerührt. »Auch ich habe die Tatsache meines nahenden Todes akzeptiert. Ich befürworte sie sogar. Alles verläuft in vorbestimmten Bahnen.«

Sie spürte, wie ihre Wahrnehmung sich wieder stabilisierte, die Gedanken wieder greifbar wurden. »Sie reden sich also ein, Ihre Krankheit wäre Teil eines höheren Plans?«

Er lächelte kalt. »Wissen Sie, wie hoch die Wahrscheinlichkeit in meinem Fall liegt, einen geeigneten Stammzellenspender außerhalb der Familie zu finden?«, fragte er. »Ich will hier nicht mit Zahlen jonglieren, aber sie ist nicht besonders hoch. Halten Sie es da etwa für einen Zufall, dass unter all den Millionen von registrierten Spendern ausgerechnet Ihr Bruder derjenige war? Ein Mann, dessen Schwester unter Gefühlsblindheit leidet und die nebenbei auch noch Kriminalhauptkommissarin beim BKA ist?«

»Das konnten Sie zu dieser Zeit noch nicht wissen.«

»Richtig. Zunächst war ich nur neugierig, wessen DNA-Merkmale mit meinen übereinstimmen. Ich hatte mich im Vorfeld ausgiebig mit dem Thema beschäftigt, und natürlich wusste ich, dass ich durch einen solchen Eingriff die blutbildende DNA des Spenders übernehme. Das brachte mich auf spannende Ideen, denn zu diesem Zeitpunkt wurde mir klar, dass all die schlimmen Erfahrungen mich einem höheren Zweck zuführten. Bis zu dem Tag, an dem meine Erkrankung festgestellt wurde, war ich weit davon entfernt gewesen, an so etwas Banales wie Bestimmung zu glauben. Ich war nur auf der Suche nach Antworten. Darauf, weshalb ich mir so verloren vorkam in einer Welt voller Emotionen, zu denen ich keinerlei Zugriff hatte. Ich schätze, das kommt Ihnen bekannt vor, nicht wahr?« Er sah mit leicht schräg gestelltem Kopf auf sie herab. »Immer dann, wenn ich einen Menschen gesehen habe«, fuhr er fort, »der vor Freude gestrahlt hat, hätte ich ihm diese Freude am liebsten aus dem Gesicht geschnitten, um deren Ursprung zu erkunden. Denn so etwas war mir fremd. Aber ich wollte es auch spüren können. Doch dann fiel mir im Gegensatz die Traurigkeit in vielen Gesichtern auf. Kinder, deren Haustiere gestorben waren oder die ein schlechtes Zeugnis mit nach Hause brachten. Und das zeigte mir zum ersten Mal, dass ich eigentlich besser dran war als sie. Denn mich ließen solche Dinge kalt. Ich kenne weder Angst noch Trauer. Also fing ich damit an, die Menschen um mich herum gezielt zu beobachten. Ich studierte ihr Verhalten in gewissen Situationen, prägte mir ihre Reaktion ein. Dann war da noch dieser unerklärliche Drang, tote Körper zu erforschen. Das hat mir in meiner Jugend nicht gerade den Beliebtheitspokal eingebracht, wie Sie sich vorstellen können. Ich war ein Außenseiter ohne Freunde, habe mir immer gewünscht, jemanden zu treffen, der so ist wie ich. Jemand, mit dem ich mich austauschen und der mir Antworten liefern konnte. Doch in all den Jahren ist mir nicht einer begegnet. Und das Gefasel der Psychologen half mir auch nicht weiter. Irgendwann habe ich mich einfach mit meinem Anderssein abgefunden. Und ich nahm mir vor, Medizin zu studieren. Das schien mir aufgrund meiner Neigungen die logischste Berufswahl zu sein. Das war in etwa zu der Zeit, als ich die ersten unerklärlichen Hämatome an meinem Körper feststellte. Die Diagnose bestätigte schließlich meinen Verdacht und machte auf einen Schlag alle Pläne zunichte. Wäre ich wie alle anderen gewesen, wäre ich vermutlich daran zerbrochen.« Seine Augen klarten auf. »Aber dann sah ich diesen Film, und plötzlich fügte sich alles zusammen. Es war wie eine Offenbarung, die Platz für neue, weitreichendere Vorhaben schaffte. Ich wollte die mir verbleibende Zeit nutzen, um zu beweisen, dass nicht ich der Schwächere bin. Die Menschen liegen falsch damit, sich durch ihre Gefühle zu bestimmen. Sie machen sie schwach. Menschen wie uns gehört die Zukunft. Menschen, die frei von solchen Blockaden sind. Schon jetzt dominieren wir viele einflussreiche Domänen. Ob Politik oder Wirtschaft, es sind Menschen wie wir, die die Fäden ziehen. Denn jemand, dessen Gewissen ihm im Weg steht, könnte niemals solch weitreichende Entscheidungen treffen, wie sie dort jeden Tag getroffen werden. Aber wir können es, denn wir sind die stärkere Spezies Mensch. In der Castingshow der Evolution sind wir die Gewinner!« Ein kaltes Lächeln legte sich über seine Lippen. »Mittlerweile glaube ich nicht nur daran, ich *weiß,* dass dies hier alles vorherbestimmt ist. Denn Menschen wie wir sind zu stark für den Tod. Und wenn ich meiner Bestimmung folge, dann werde ich in einem stärkeren Körper wiedergeboren. Und dann kann mich nichts mehr aufhalten.«

Hartfels musste ihre Einschätzung revidieren. Dieser Kerl hatte keine Wahnvorstellungen, er war komplett wahnsinnig.

»Wenn Sie behaupten, Sie kennen keinen Hass, wieso dann die Entführung Ihrer Pflegeschwester?«, fragte sie. »Sofern ich das beurteilen kann, sieht das für mich nach Vergeltung aus.«

Er schüttelte den Kopf. »Nein, mit Vergeltung hatte das nichts zu tun. Sie hat sich ihrem Schicksal entzogen. Ich habe diesen Fehler lediglich korrigiert.«

Hartfels überlegte kurz. »Sie meinen, sie hätte auch in dem Feuer sterben sollen?«

»Der Brand hatte seinen Ursprung in ihrem Zimmer. Der Akku ihres Handys war explodiert, als es am Ladekabel hing. Sie hätte als Erste sterben müssen. Selbst das Schicksal ist nicht unfehlbar. Deshalb braucht es Menschen wie mich.«

»Vielleicht war es einfach *ihre* Bestimmung, dieses Feuer zu überleben.«

»Sie hat nichts aus ihrem Leben gemacht, obwohl sie alle Möglichkeiten gehabt hätte. Sie war eine Streunerin, die keinen Zweck erfüllt hat. Weshalb hätte das Schicksal sie retten sollen?«

»Vermutlich war es nur die Angst, von Ihnen gefunden zu werden, die sie am Leben gehindert hat. Denn offenbar hat sie bereits frühzeitig erkannt, was für ein Monster Sie sind.«

Arnold ließ sich durch diese Äußerung zu keiner erkennbaren Regung verleiten. »Sie hat sich jedenfalls größte Mühe gegeben, unerkannt zu bleiben, das muss ich zugeben«, meinte er. »Ohne Ihren Bruder hätte ich sie vermutlich nicht so schnell aufgespürt.«

»Wie meinen Sie das?«

»Ich sagte Ihnen bereits, dass Alexander mir in zweierlei Hinsicht geholfen hat. Zum einen durch sein Blut, zum anderen durch seine Beziehungen. Als ich erfuhr, dass ein Freund von ihm beim Finanzamt arbeitet, wurde mir endgültig bewusst, dass unser Zusammentreffen kein Zufall war.«

Breuer, ging es Hartfels durch den Kopf.

»Zwei lange Jahre musste ich ausharren, bis ich endlich erfuhr, wer mein Spender war. All die Fragen, all die Erfahrungen, selbst der Tod meiner Mutter ... all das ergab plötzlich einen Sinn, als ich Alexander Hartfels traf. Das Schicksal hatte mich direkt zu ihm geführt. Durch ihn erlangte ich Klarheit.«

»Sind Sie deshalb eine Beziehung mit ihm eingegangen? Um an Ihre Pflegeschwester heranzukommen?«

»Diese Umschreibung klingt so abfällig«, sagte er mit übertrieben gespielter Missbilligung. Dann setzte er wieder dieses künstliche Grinsen auf. »Aber es trifft im Grunde zu. Und es ist mir nicht einmal schwergefallen. Ihr Bruder war ein guter Mensch. Einer der wenigen, die mir begegnet sind. Und wenn man in meinem Fall überhaupt von einer sexuellen Orientierung sprechen kann – denn eigentlich verspüre ich keinerlei derartigen Drang –, dann ziehe ich das männliche Geschlecht vor. Es ist einfach unkomplizierter. Frauen sind so furchtbar emotional. Sie sind da eine wohltuende Ausnahme.« Wieder dieses Grinsen. »Jedenfalls«, fuhr er fort, »konnte ich sehr schnell erkennen, dass

Alexander an mir interessiert war. Also gab ich nach und ließ mich auf ihn ein, um mehr über ihn und sein Umfeld zu erfahren. Er war nicht sehr gesprächig, was seine Vergangenheit, im Speziellen seine Kindheit anbelangte. Die Gründe dafür habe ich erst später durch Ihre Mutter«, er tätschelte die Schulter von Lydia Hartfels Leiche, »und die Mitschnitte der Videokonferenzen auf seinem Computer erfahren. Offenbar war er Ihnen gegenüber offener. Solche gemeinsamen Erfahrungen schweißen zusammen, nicht wahr?«

»Sie haben meine Frage noch nicht beantwortet«, brummte Hartfels. »Warum musste er sterben?«

Arnold seufzte übertrieben. »Er wurde irgendwann zu neugierig. Als ich ihm von Viktoria erzählt habe, tischte ich ihm eine rührende Geschichte auf. Wir hätten uns aus den Augen verloren, nachdem ihre Eltern in dem Feuer ums Leben gekommen waren, weil ich wieder zurück ins Heim musste, und dass ich sie gerne wiedersehen würde ... bla, bla, bla. Ich hab ziemlich dick aufgetragen«, tönte er beinahe angeberisch. »Ihrem Bruder blieb quasi keine andere Wahl, als seinen Freund beim Finanzamt zu kontaktieren, über den wir schließlich an ihre Adresse gelangten. Allerdings gab Alexander sich damit nicht zufrieden. Über die Adresse kam er an ihre Telefonnummer. Er rief sie an, fragte sie über mich aus. Wie Sie sich denken können, fiel ihre Meinung über mich nicht gerade positiv aus. Sie muss Alexander regelrecht angefleht haben, mir ihre Adresse nicht zu verraten. Er stellte mich daraufhin zur Rede, war völlig außer sich und fühlte sich von mir hintergangen. Und natürlich wollte er meine wahren Beweggründe am Interesse von Viktoria wissen. Ich tischte ihm eine neue Geschichte auf, sprach von Versöhnung und dergleichen, doch sein Misstrauen war geweckt. Schließlich bemerkte ich, dass er mir heimlich nachstellte und Nachforschungen über mich machte. Ich konnte nicht riskieren, dass er plötzlich in Meinhards Garage aufgetaucht wäre. Also habe ich mich eines Abends unter einem Vorwand mit ihm getroffen, habe ihm ein Messer in sein Herz gerammt und all diese quälenden Emotionen in ihm ausgelöscht. Es ging sehr schnell, er musste nicht leiden.«

Hartfels sah zu ihrer toten Mutter. »Was haben Sie vor, mich und meine gesamte Familie auszulöschen, weil es angeblich Ihre Bestimmung ist?«

»Nein«, erwiderte er und schüttelte den Kopf. »Ihnen würde ich nie etwas antun. Mit Ihnen habe ich viel Weitreichenderes vor.«

»Und das wäre?«

»Ich werde Ihnen *Ihre* Bestimmung aufzeigen.«

In diesem Moment klingelte Arnolds Handy.

KAPITEL 47

Es dauerte einen Moment, bis die Verbindung sich aufgebaut hatte. Zunächst sah Chris auf dem Display des Tablets nur das verwackelte Bild eines Raumes. Dann tauchte das Konterfei von Frank Arnold darin auf.

»Herr Oberkommissar«, tönte er freudig. »Wie ich feststelle, haben Sie meine Botschaft erhalten.«

Chris konnte im Hintergrund eine Art Jugendbett erkennen, auf dem Plüschtiere und Puppen lagen. »Wo sind meine Frau und mein Sohn?«, fragte er ohne Umschweife.

»Es geht ihnen gut«, erwiderte Arnold. »Ich schätze, ich werde sie gleich wecken müssen, sonst verschlafen sie das große Finale.« Er lachte gekünstelt.

»Ich will sie sehen.«

»Das werden Sie«, versprach Arnold. »Wenn Sie hier eintreffen.«

»Was wollen Sie von mir?«, fauchte Chris.

»Oh, ich würde jetzt wahnsinnig gerne die Wut spüren können, die sich auf ihrem Gesicht widerspiegelt«, höhnte Arnold. »Wie fühlt es sich an, so machtlos und ausgeliefert zu sein? Ich möchte wetten, Sie würden am liebsten die ganze Welt zusammenschlagen, hab ich recht?«

Chris' Finger umschlangen das Tablet so fest, dass das Gehäuse knirschte. »Verraten Sie mir, wo Sie sind und wir finden es heraus.«

»Wir sind bei der Mutter einer guten Freundin von Ihnen und warten schon alle darauf, dass Sie endlich zu uns stoßen.«

Das Bild schwenkte zur Seite, und er konnte Hartfels erkennen, die gefesselt auf einem Stuhl saß. Die Müdigkeit in ihrem Gesicht war völliger Abgekämpftheit gewichen.

»Allerdings«, fuhr Arnold fort, »ist unsere Gastgeberin ein wenig indisponiert.«

Ein weiterer Schwenk. Eiseskälte umspülte Chris, als er Hartfels' Mutter auf dem Bildschirm sah. Ihre Augen waren geöffnet, der Blick gebrochen. Und aus ihrem Hals ragte die blutige Klinge eines Messers.

Das Bild schwenkte wieder zu Arnold. »Ich fürchte, ihre Verachtung für mich ist ihr im Hals stecken geblieben.« Er lachte gestellt. »Ich hoffe doch sehr, Ihre Wut wird da etwas durchschlagender sein, Herr Oberkommissar.«

»Da machen Sie sich mal keine Sorgen«, erwiderte Chris

und biss für einen Moment die Zähne so fest zusammen, dass es schmerzte. »Wenn Sie meiner Familie oder Hauptkommissarin Hartfels auch nur ein Haar krümmen, dann töte ich Sie!«

Ein übertriebenes Grinsen breitete sich in Arnolds Gesicht aus. »Sehr gut«, meinte er zufrieden. »Das ist exakt das, was ich hören wollte. Ich gehe davon aus, dass Ihre Kollegen ohnehin mit den Hinterlassenschaften in meiner Wohnung beschäftigt sind. Dennoch möchte ich Ihnen raten, allein hier aufzutauchen. Sollte das nicht der Fall sein, muss ich sicher nicht erwähnen, was dann mit Ihrer Familie passieren wird.« Er machte eine übertriebene Kopfbewegung in Richtung der toten Lydia Hartfels. »Also«, meinte er beschwingt. »Bis gleich. Ich lasse die Tür für Sie offenstehen.«

Die Verbindung brach ab.

Chris holte aus und warf das Tablet mit voller Wucht gegen die Wand. Schnaufend vor Wut betrachtete er die Trümmer am Boden. Allein der Gedanke daran, dass Rebecca und Patrick in der Gewalt dieses Irren waren, dass sie das alles seinetwegen durchleiden mussten, machte ihn rasend und erzeugte eine Unruhe in ihm, die er nicht zügeln konnte. Dennoch musste er versuchen, einen klaren Kopf zu bewahren. Er durfte jetzt nicht die Kontrolle verlieren und unbedacht handeln. Damit würde er Arnold nur entgegenkommen und nebenbei das Leben von drei Menschen unnötig gefährden. Doch obwohl er das alles wusste und auf solche Situationen geschult war, gelang es ihm nicht, seine Emotionen in Schach zu halten. Nicht dieses Mal.

Er zog seine Dienstwaffe aus dem Holster an seinem Gürtel und betrachtete sie. Sie fühlte sich gut an in seiner

Hand, schwer und machtvoll. Wie der verlängerte Arm seines Zorns. Heute war es nicht die Waffe eines Polizisten, eines Gesetzeshüters. Es war die Waffe eines verzweifelten Mannes, der alles dafür tun würde, um seine Familie zu retten.

Mit einem Klacken lud er sie durch, sicherte sie und verstaute sie wieder. Dann machte er sich entschlossen auf den Weg zu seinem Auto.

KAPITEL 48

Durch den Schleier der Erschöpfung hindurch beobachtete Hartfels, wie Arnold sein Smartphone verstaute. Er wirkte zufrieden, sofern man das von jemandem behaupten konnte, dessen Gemütslage so unergründlich und kalt war wie die Tiefen des Ozeans. Zum ersten Mal wurde ihr wirklich bewusst, dass sie auf andere Menschen ebenso wirken musste. Diese Erkenntnis erhöhte den Druck in ihrem Magen und verstärkte ihre Kopfschmerzen.

»Sie haben Bertrams Familie entführt?«, fragte sie kraftlos.

Arnold betrachtete sie und zuckte mit den Schultern, als handele es sich dabei um eine Belanglosigkeit. »Was soll ich sagen? Ich benötige sie, um meine Mission zu vollenden.«

»Leider habe ich immer noch nicht begriffen, was genau das Ziel Ihrer Mission ist.«

Er seufzte. »Haben Sie mir denn nicht zugehört? Ich hoffe, ich habe mich nicht in Ihnen getäuscht, was Ihren Spürsinn betrifft.«

»Tut mir leid, Sie zu enttäuschen«, meinte sie bissig. »Aber meine Konzentration ist gerade ziemlich getrübt.«

Arnold atmete durch. »Sie sind müde und erschöpft, das kann ich Ihnen nicht verübeln. Die letzte Nacht war für uns beide sehr anstrengend. Sie sollten ein wenig Kraft tanken, für das, was vor Ihnen liegt.« Er wandte sich ab und ging zur Tür.

»Was meinen Sie?«

Mit der Hand auf der Klinke drehte er sich noch einmal zu ihr um. »Sie werden gleich alles verstehen, das versichere ich Ihnen. Danach muss ich Sie verlassen, da ich noch einige Vorbereitungen zu erledigen habe, bevor unser gemeinsamer Freund hier eintrifft. In dieser Zeit können Sie sich mit ihrer anstehenden Aufgabe vertraut machen. Es wird nicht lange dauern, bis Sie jemand hier findet. Bei Weitem nicht so lange, wie es damals bei mir und meiner Mutter gedauert hat.« Wieder dieser entrückte Blick, mit dem er sie betrachtete. »Ich freue mich schon sehr auf die gemeinsame Zeit, die vor uns liegt«, sagte er. Dann wandte er sich ab und verließ den Raum.

Kurz darauf vernahm Hartfels aus dem ehemaligen Zimmer ihres Bruders das Schreien eines Kleinkindes.

KAPITEL 49

Mit überhöhter Geschwindigkeit bog Chris in die Straße ein und raste vorbei an schicken Vorstadthäusern und parkenden Autos, bis er Lydia Hartfels' Anwesen erreicht hatte. Er entdeckte Rebeccas Wagen am Ende der Straße, hielt mit quietschenden Reifen quer vor der Auffahrt. Kaum waren die Räder zum Stillstand gekommen, riss er die Tür auf und stürmte am Sichtschutzzaun des Gartens entlang zum Eingang. Seine Gedanken kreisten nur um seine Familie. Die Angst um Rebecca und Patrick schaltete jegliche Rationalität aus und ließ ihm keinerlei Raum, um an seine eigene Sicherheit zu denken. Ohne zu zögern, rannte er durch die offenstehende Eingangstür in das Innere des Hauses. Erst nachdem er dort angekommen war, griff er nach seiner Waffe und hielt sie vor sich gestreckt im Anschlag. Doch es war niemand zu sehen, auf den er sie hätte richten können. Stattdessen entdeckte er eine Blutspur auf dem Boden. Sie zog sich vom Aufgang zum Obergeschoss bis in den Wohnraum hinein.

Abrupt blieb er stehen. *Ich komme zu spät*, hallte es durch seinen Kopf. Dieser Gedanke erzeugte eine Beklemmung, die ihn innerlich zu zerreißen drohte. Langsam bewegte er sich auf den offenen Durchgang zu. Er spürte seinen Puls in den Schläfen hämmern. Eine Schweißschicht hatte sich um seinen Körper gelegt und versuchte vergeblich, die Hitze seiner Wut abzukühlen. Als er den Wohnraum betrat, hielt er den Atem an. Doch seine düstere Vorahnung erwies sich als falsch, denn auch dort war niemand zu sehen. Nur eine weitere Blutspur, die über den Holzboden verlief. Er folgte ihr bis zu der offenen Terrassentür, an dessen hellem Rahmen er Blutschlieren einer Hand entdeckte, trat hinaus ins Freie, wo er verzweifelt Rebeccas Namen rief. Dann vernahm er ein entferntes Wimmern.

»Rebecca!«

»Hier«, hörte er Arnolds Stimme aus einiger Entfernung. »Wir sind hier, Herr Oberkommissar!«

Er sprang die drei Stufen der Terrasse hinab und rannte durch den Garten, bis er die abschüssige Stelle erreichte, an der der Apfelbaum stand. Bei dem Anblick, der ihn dort erwartete, wich ihm augenblicklich die Kraft aus den Beinen. Er stolperte und wäre beinahe gestürzt. Nur mit Mühe konnte er sich aufrecht halten und starrte Rebecca mit offenem Mund an.

Sie stand mit nackten Füßen auf den Lehnen eines hölzernen Gartenstuhls, die Hände auf dem Rücken verschränkt. Ihr Mund war mit grauem Faserband überklebt, durch das ihre Stimme nur ein gedämpftes Fiepsen war. Das pfirsichfarbene Negligé, das ihren frierenden Körper bedeckte, war mit Blutflecken durchtränkt. Sie zitterte und hatte Mühe, das Gleichgewicht zu halten, was aber zwingend nötig war, denn um ihren Hals war mit einem daumendicken Seil, das an einem der Äste über ihr befestigt war, eine straffe Schlinge gespannt, sodass sie sich kaum bewegen konnte, ohne sich die Luft abzuschnüren.

»Keine Sorge«, ertönte Arnolds Stimme. »Ihre Verletzung ist nur geringfügig. Ich habe ihr nur etwas den Arm angeritzt. Schließlich musste ich Ihnen doch die richtige Fährte weisen.« Er stand direkt neben ihr. Mit der Hand hielt er ein weiteres Seil, das nach wenigen Metern am Griff von Patricks Kinderwagen endete, der vor dem offenen Gartentor zur Straße hin stand. »Bitte entschuldigen Sie diesen etwas plumpen Aufbau, aber ich war auf die Schnelle gezwungen zu improvisieren.«

Chris fand seine Entschlossenheit wieder und richtete die Waffe auf Arnold.

»Das würde ich mir an Ihrer Stelle gut überlegen«, sagte er und gab dem Seil etwas nach. Sofort begann der Kinderwagen auf die Straße zuzurollen, bis das Seil sich wieder spannte und ihn abbremste. »Es sei denn, Sie wollen Ihren Sohn am Ende der Steilstraße von einer Hauswand kratzen.«

Chris sah sorgenvoll zu dem Kinderwagen, dann wieder zu Arnold und Rebecca. Sein Atem ging stoßweise, und sein Körper bebte vor Wut. Dennoch senkte er die Waffe.

»Gut so. Keine Sorge, Sie bekommen Ihre Gelegenheit.«

Chris' Blick schwenkte hektisch umher. Trotz der Sorge um seine Familie sah er sich um. »Wo ist Hartfels?«, fragte er. »Was haben Sie mit ihr gemacht?«

Arnold schüttelte den Kopf. »Ihr armseligen, gefühlsgesteuerten Menschen«, erwiderte er monoton. »Macht euch um Gott und die Welt Gedanken, anstatt euch auf das Wesentliche zu konzentrieren.« Er wackelte leicht an dem Stuhl, sodass Rebecca beinahe den Halt verloren hätte.

»Okay, okay, schon verstanden«, sagte Chris und hob beschwichtigend die Hände.

»Habe ich jetzt Ihre volle Aufmerksamkeit?«

Chris nickte eifrig. Trotz der kalten Temperaturen bildeten sich Schweißperlen auf seiner Stirn.

»Schön«, meinte Arnold. »Dann werden Sie sich als Nächstes sicher fragen, wie ich in Ihre Wohnung gekommen bin, wo Sie sich doch solche Mühe gegeben haben, dies zu verhindern. Aber selbst die besten Sicherheitsvorkehrungen nützen nichts, wenn einem die Leute ganz unbedarft die Tür öffnen, sobald man klingelt. Daher resultiert auch die unpassende Bekleidung Ihrer Frau. Mir blieb leider keine Zeit mehr, daran etwas zu ändern, nachdem ich sie überwältigt hatte.«

Chris registrierte, wie Rebeccas Kopf sich in der Schlinge leicht hin- und herbewegte und sie mit den Augen rollte, als wolle sie ihm etwas mitteilen, das er nicht verstand.

Aber vermutlich versuchte sie einfach nur, in ihrer Todesangst das Gleichgewicht zu halten, was bei dem abschüssi-
gen Untergrund schwer genug war.

»Hören Sie mir zu«, zischte Chris, den Arnolds selbstge-
fälliges Geschwafel einen Scheiß interessierte. »Machen Sie
mit mir, was Sie wollen, aber lassen Sie meine Frau und
meinen Sohn gehen. Das hier ist eine Sache zwischen uns
beiden.«

»Das mag sein«, sagte Arnold, »aber leider sind Ihre Frau
und Ihr Sohn unabdingbare Bestandteile, was den Fort-
gang dieses Zusammentreffens und der daraus resultierenden Konsequenzen angeht.«

Rebecca stöhnte auf. Wieder sah Chris, wie sie hektisch
mit den Augen rollte. Dabei lief ihr eine Träne die Wange
hinab. Sie schnaufte angestrengt durch die Nase, während
ihr Körper heftig zitterte und der Stuhl unter ihr zu
schwanken begann.

»Nehmen Sie ihr verdammt nochmal das Klebeband
vom Mund«, schrie Chris. »Sie bekommt kaum Luft!«

»Falls Sie es noch nicht realisiert haben«, meinte Arnold,
»ist genau das der Zweck dieser Inszenierung. Strengen Sie
sich etwas mehr an, sonst verschwenden Sie nur meine
Zeit. Und davon bleibt mir nicht mehr viel.«

Chris schluckte all seine Wut herunter und widerstand
dem Impuls auf Arnold loszustürmen und ihm die kalt
dreinblickende Visage einzuschlagen. Stattdessen verstaute
er seine Waffe. Dann sank er auf die Knie. »Ist es das, was
Sie wollen?«, fragte er. »Soll ich vor Ihnen im Dreck knien
und Sie anflehen? Bitte sehr, ich flehe Sie an, tun sie den
beiden nichts.«

Arnold schnaufte und trat von einem Bein aufs andere.
Eine gewisse Unruhe schien ihn zu befallen. »Sie enttäu-

schen mich«, presste er hervor. »Demut ist nicht das, was ich von Ihnen will!«

»Was wollen Sie dann!«, schrie Chris außer sich. »Soll ich mir eine Kugel durch den Kopf jagen? Ist es das, was Sie wollen? Sagen Sie es, sie verdammter Irrer, und ich werde es tun!«

Arnolds Blick klarte auf, als er in Chris schnaufendes Antlitz sah. »Schon besser«, meinte er. »Sie sind auf dem richtigen Weg. Nur über Ihr Ziel müssen wir uns noch einig werden.« Er blickte zu Rebecca empor, die nach wie vor stöhnte. »Sie erinnert mich sehr an die Frau, die meine Mutter einst war«, sagte Arnold. »Auch sie war sehr schön. Zumindest glaube ich das, da ich mich nicht richtig daran erinnern kann. Aber ich weiß, sie war sehr stolz. Zu ersticken muss eine grausame Art zu sterben sein. Keine Ahnung, weshalb sie sich ausgerechnet für diese Todesart entschieden hat.«

»Ihre Mutter litt unter schweren Depressionen«, sagte Chris. »Sie hat keinen anderen Ausweg mehr gesehen.«

Arnold nickte, ohne den Blick von Rebecca abzuwenden. »Ja, so hat man es mir damals auch erklärt. Vermutlich war sie aufgrund ihrer kaputten Gefühlswelt zu verzweifelt, um darüber nachzudenken. Es war ein spontaner Reflex, wie es die Psychologen nannten. So sehr ich das bedaure, aber sie muss heute nochmal auf diese Weise sterben.«

»Nein, hören Sie zu«, redete Chris auf ihn ein. »Rebecca mag ihr vielleicht ähnlich sein, aber sie ist nicht Ihre Mutter.«

»Verhältnisse können sich ändern«, meinte Arnold entrückt. »Ich bin schon einmal neu geboren worden.«

Chris starrte ihn sprachlos an. Mit einem Mal wurde ihm schlagartig das Ausmaß von Arnolds Wahnsinn bewusst. Wieder schwenkte sein Blick auf Rebecca, und es zerriss ihm das Herz, sie dort so hilflos zu sehen.

»Hören Sie«, sagte er und war darum bemüht, es nicht verzweifelt klingen zu lassen, »was Sie vorhaben, ist nicht nötig. Sie wollen, dass ich wütend auf Sie bin? Das bin ich!«, schrie er und richtete sich entschlossen auf. »Ich war in meinem ganzen Leben noch nie wütender auf jemanden!«

»Das mag sein«, erwiderte Arnold unbeeindruckt. »Aber nach meinen Erfahrungen dürfte Ihre Wut schlagartig in Erleichterung übergehen, würde ich Ihnen Ihre Frau und Ihren Sohn unbeschadet überlassen. Und das kann ich keinesfalls riskieren. Ich muss mir über das Ausmaß Ihrer Wut absolut sicher sein. Und das erreiche ich nur, indem ich Sie eine Entscheidung treffen lasse.«

»Welche Entscheidung?«, schrie Chris.

»Wer leben darf und wer stirbt.«

Was dann geschah, nahm Chris wie in Zeitlupe wahr, als wolle sein Verstand es ihm auf diese Weise begreiflicher machen. Wie zu Stein erstarrt, verfolgte er, wie Arnolds freie Hand sich um die Lehne des Stuhls legte und ihn mit einem kräftigen Ruck unter Rebeccas Füßen wegriss. Sie sackte nach unten, und die Schlinge zog sich um ihren Hals. Im selben Moment registrierte Chris, wie Arnold das Seil losließ. Augenblicklich setzte sich der Kinderwagen in Bewegung und rollte zwischen dem Tor auf die Straße zu, die nach wenigen Metern steil bergab fiel. Ihm blieb nur der Bruchteil einer Sekunde, um sich zu entscheiden, doch es kam ihm wie eine Ewigkeit vor. Noch einmal fiel sein Blick auf Rebecca, fast so, als wolle er sich vergewissern, dass es keinen anderen Ausweg gab, dass nichts diesen Prozess mehr aufhalten konnte. Er sah ihre strampelnden

Beine, die vergeblich nach Halt suchten, sah in ihr Gesicht, in dem sich das Blut staute, ihre weit aufgerissenen Augen, die ihn nur noch anstarrten. Und er glaubte, eine letzte Botschaft darin zu erkennen:

»Rette unseren Sohn!«

In diesem Moment spürte er, wie etwas in ihm zerbrach; etwas, das unwiederbringlich war und ihn mit einer vollkommenen inneren Leere zurückließ.

Dann löste er sich aus seiner Lähmung und rannte los.

KAPITEL 50

Hartfels hätte nicht sagen können, wie lange sie einfach dagesessen und Arnolds Hinterlassenschaft angestarrt hatte. Nun hatte sie auch jegliches Zeitgefühl verloren. Wie lange war es her, dass er sie verlassen hatte, nachdem er noch einmal zurückgekehrt war und ihr die volle Bandbreite seines Wahnsinns offenbart hatte? Zehn Minuten? Eine Stunde? Seitdem saß sie hier wie versteinert und versuchte, aus all dem schlau zu werden. Doch es wollte ihr einfach nicht gelingen. Das alles war zu irrational, zu verrückt, als dass sie es hätte realisieren können. Ebenso wenig wie das Verhalten ihrer Mutter.

Sie hatte sich für sie geopfert.

Wieso hatte sie das getan? Hatte sie geglaubt, ihre Fehler dadurch wiedergutmachen zu können? Dass sie sich dadurch von ihrer Vergangenheit reinwaschen und ihr Gewissen erleichtern könnte wie nach einer Beichte? Das ergab für sie keinen Sinn, denn nun war ihre Mutter tot und hatte kein Gewissen mehr. Sie hätte deutlich logischere Möglichkeiten gehabt, sich mit ihr zu versöhnen, zumal sie selbst in gewissem Sinne dazu bereit gewesen wäre. Was hatte sie stattdessen mit ihrem Tod erreicht? Die Vergangenheit würde nun auf ewig zwischen ihnen stehen, und sie hatte keine Möglichkeit mehr, ihre Fehler zu bereinigen. Oder hatte sie etwa wirklich geglaubt, dies durch ihr sinnloses Opfer getan zu haben?

Je länger sie darüber nachdachte, desto weniger konnte sie es begreifen. Nicht zum ersten Mal wünschte sie sich, in die Gefühlswelt anderer Menschen eintauchen, ihr Handeln nachvollziehen zu können. Denn mit Logik allein ließ sich nicht alles ergründen. Man musste sich seiner eigenen Gefühle bewusst sein, um dies auch nur ansatzweise zu schaffen. Manche Motive blieben selbst dann undurchschaubar. Das hatte Arnold ihr deutlich gemacht. Selbst jetzt, nachdem sie seine Beweggründe kannte, blieben sie ihr völlig unergründlich. Denn sie lagen weit jenseits jeglicher Analytik.

Ließ sich Wahnsinn überhaupt erklären?

Sie wusste keine Antwort darauf, hatte auf ganzer Linie versagt.

Und so saß sie weiterhin da, starrte auf Arnolds Hinterlassenschaft und auf ihre tote Mutter und zwang sich dazu, ihre Gedanken auszublenden, da sie keinen Sinn ergaben. Bis sie schließlich gedämpfte Stimmen hinter dem Haus wahrnahm.

Bertram, schoss es ihr durch den Kopf.

Durch ihre sinnlosen Gedankenspiele hatte sie ihn völlig ausgeblendet. Was würde Arnold ihm antun, um zu erreichen, was er wollte?

Unwillkürlich schwenkte ihr Blick auf das Fenster zu ihrer Linken. Von dort aus konnte man den gesamten Garten und den angrenzenden Waldbereich überblicken. Das hatte sie als Kind immer getan, um sich die Schönheit der Natur zu verdeutlichen, wenn ihr die Hässlichkeit der Menschen wieder einmal zugesetzt hatte.

Sie sah an sich herab. Ihre Arme und Beine waren an Hand- und Fußgelenken mit Kabelbindern fest an die Lehnen und Beine des Stuhls gefesselt. Dennoch ermöglichte ihr der Rest ihres Körpers eine gewisse Beweglichkeit, die ausreichte, um genügend Schwung zu holen und mitsamt dem Stuhl vor das Fenster zu rutschen. Was sie von dort aus sah, hatte dieses Mal nicht das Geringste mit Schönheit zu tun. Reglos beobachtete sie die Vorgänge, sah die Frau – die sie von dem Foto auf Bertrams Schreibtisch wiederzuerkennen glaubte –, die strampelnd in der Schlinge hing, und verfolgte, wie Bertram dem Kinderwagen hinterherlief, der bereits die Straße hinunter aus ihrem Sichtfeld rollte. Und plötzlich setzte ihr Verstand wieder ein – so klar und rein, als hätte sie nie an ihm gezweifelt –, und sie begriff, was Arnold beabsichtigte. Sie musste sich befreien, musste um jeden Preis verhindern, was gleich unweigerlich passieren würde.

Plötzlich hörte sie hinter sich ein Geräusch und schwang mitsamt dem Stuhl herum. Erneut glitt ihr Blick zu Boden, und als sie sah, was sich dort abspielte, mobilisierte sie all ihre Kräfte, um dort hinzugelangen. Als sie kurz darauf die Lage stabilisiert hatte, sah sie sich hektisch nach etwas um, was ihr dabei helfen könnte, sich von ihren Fesseln zu befreien. Es war noch nicht zu spät. Sie musste eingreifen. Schnell.

Ihr Blick blieb schließlich auf ihrer toten Mutter haften. Und auf dem Messer, das noch immer aus ihrem Hals ragte. Und plötzlich war ihr bewusst, dass der Preis für ihre Freiheit sehr hoch sein würde.

KAPITEL 51

Chris rannte, als ginge es um sein eigenes Leben. Etwa zehn Meter lagen zwischen ihm und dem Kinderwagen, der bereits den ebenen Abschnitt der Straße erreicht und etwas an Fahrt verloren hatte. Doch in wenigen Sekunden würde er die Stelle erreicht haben, an der die Straße abknickte und in einem dreißig Grad steilen Winkel geradewegs nach unten führte, wo sie nach etwa sechzig Metern unmittelbar vor der Fassadenwand eines Wohnhauses scharf nach links einschlug. Für seinen Sohn würde es eine Achterbahnfahrt in den sicheren Tod werden, wenn es ihm nicht rechtzeitig gelang, den Wagen zu stoppen. Doch als er das Gartentor erreicht hatte, wurde ihm klar, dass er es nicht rechtzeitig schaffen würde. Seine einzige Chance war das etwa drei Meter lange Seil, das am Haltegriff befestigt war und von dem Wagen mitgezogen wurde. Der neigte sich bereits nach vorn in Richtung Abgrund und begann, wieder Fahrt aufzunehmen. Gleich würde es zu spät sein.

Jetzt oder nie.

Chris sprang aus vollem Lauf ab, streckte sich dabei, so weit er konnte. Die wenigen Sekunden, die er in der Luft war, kamen ihm vor wie Minuten. Gebannt konzentrierte er sich auf das lose Ende des Seils, flog darauf zu. Er würde es schaffen, würde es ergreifen können. Ja, er würde seinen Sohn retten. Wenigstens ihn.

Dann presste es ihm die Luft aus der Lunge, als er hart auf dem Asphalt aufschlug. Er kniff die Augen zusammen, ignorierte den Schmerz und das Brennen seiner Haut, die über den Straßenbelag schabte. Alles, was zählte, war das Ende des Seils, das es zu ergreifen galt. Er konnte es in seiner Hand spüren, umgriff mit den Fingern das faserige Ende ... um es dann mit einem Ruck wieder entrissen zu bekommen, als der Wagen Fahrt aufnahm. Er öffnete die Augen, betrachtete die leere Hand, mit der er gerade noch das Seil gehalten hatte, und verfolgte, wie der Wagen die Straße hinunterraste und dabei immer schneller wurde. Chris wurde von einer Lähmung übermannt, einer tiefen Resignation, die ihn dazu zwang, nun auch den Tod seines Sohnes mit anzusehen.

Der Kinderwagen hatte bereits ein Drittel der Straße zurückgelegt und legte immer mehr an Tempo zu.

Zwanzig Meter.

Dreißig Meter.

Der Wagen hatte sich etwas nach rechts verlagert und steuerte auf ein braches Gelände neben der Straße zu, das von kahlen Sträuchern und hohem Gras überwuchert war. Würde er diesen Kurs beibehalten, würde das Dickicht die Fahrt abbremsen und einen Sturz mildern können.

Bitte, lieber Gott, flehte Chris gegen seine Verzweiflung an. *Hilf ihm, lass es nicht zu!*

Plötzlich schoss aus einer Seitenstraße die Motorhaube eines Autos hervor. Der Fahrer bemerkte den Kinderwagen, der auf ihn zuraste, erst, als er mit seinem Fahrzeug die Straße bereits halb gekreuzt hatte, und bremste scharf.

Zu spät.

Mit einem blechernen Donnern rammte der Kinderwagen den linken Frontflügel des Autos.

»Nein!«, schrie Chris aus Leibeskräften.

Durch einen wässrigen Schleier hindurch beobachtete er, wie der kleine Körper aus der Wiege geschleudert wurde, mehrere Meter durch die Luft flog und dann dumpf auf der Straße aufschlug.

KAPITEL 52

Andächtig stand Arnold vor dem Körper, der noch immer von dem Baum herabhing. Erst wenige Minuten war es her, dass das Zucken der Beine aufgehört hatte. Die Augen der Frau starrten nur noch geradeaus, die Panik war daraus entwichen. Es hatte tatsächlich etwas Friedvolles, wenn ein Mensch starb; und all die quälenden Ängste und Emotionen mit ihm. Es war pure Erlösung.

So wie es für seine Mutter gewesen war.

So wie es für ihn sein würde.

Ein Neuanfang!

Gemächlich schritt er auf sie zu, während sein Blick auf ihr Gesicht gerichtet war, dessen rote Farbe langsam ins Bläuliche überging. Etwas war noch zu tun. Etwas, dessen Bedeutung sich ihm noch immer nicht erschlossen hatte. Aber irgendetwas tief in ihm drin gab ihm zu verstehen, dass dieses Detail wichtig war, geradezu von elementarer Bedeutung. Wenn das hier funktionieren sollte, musste er es tun, so sehr es ihn anwiderte. Nur noch dieses eine Mal, dann würde er erlöst.

So wie damals.

Was einmal funktioniert hatte, würde wieder funktionieren. Nur dieses Mal würde er in einem gesunden Körper erwachen, mit einer Mutter, die stark genug war, ihn nicht alleine zurückzulassen. Gemeinsam würden sie Großes vollbringen, würden der Grundstein einer perfekten Spezies Mensch sein. Das war es wert, sich ein letztes Mal zu überwinden.

Langsam zog seine Hand das Cuttermesser aus der Hosentasche, während er auf den Stuhl kletterte.

KAPITEL 53

Es hatte Hartfels' erschöpften Körper einiges an Anstrengung abverlangt, den Stuhl, an den sie gefesselt war, in der richtigen Position neben den Körper ihrer Mutter zu bewegen. Ihre Kleidung klebte schweißnass an ihrem Körper, und das Hämmern in ihrem Kopf hatte mörderische Dimensionen angenommen. Doch was nun auf sie zukam, würde sie alles an Überwindung kosten.

Sie atmete durch, beugte sich so weit zur Seite, bis sie mit ihrem Mund den Griff des Messers erreichte, das aus dem Hals ihrer Mutter ragte. Sie roch ihr Parfüm, noch immer dieselbe Marke, die sie damals benutzt hatte. Ein süßlicher Duft, der langsam vom Geruch des Todes überdeckt wurde. Sie ignorierte diese Wahrnehmung, schloss die Augen und blendete die Vorstellung dessen aus, was sie nun tun würde, tun musste.

So fest sie konnte grub sie ihre Zähne in den gummierten Griff und zog mit aller Kraft ihren Kopf zur Seite. Ein schmatzendes, schabendes Geräusch erklang, als die Klinge aus dem Fleisch und an den Wirbeln vorbeiglitt. Hartfels hielt die Augen krampfhaft geschlossen, atmete hektisch, kämpfte gegen den Brechreiz an, der in ihr hochstieg. Schließlich ließ der Widerstand nach und sie hielt das blutige Messer zwischen ihren Zähnen.

Sie schnaufte hektisch. Das Schlimmste war überstanden. Nun musste sie es nur noch schaffen, sich zu befreien.

Sie nahm noch einmal Schwung und drehte sich mitsamt dem Stuhl von ihrer Mutter weg. Erst dann öffnete sie die Augen.

Denk nicht drüber nach, konzentrier dich! Du handelst aus Instinkt heraus, nicht durch Emotionen. Das ist deine Stärke!

Sie blickte nach unten, richtete sich aus, presste ihre Oberschenkel zusammen. Wenn sie jetzt einen Fehler machen, wenn das Messer zu Boden fallen würde, dann wäre alles verloren. Doch sie verschwendete nicht einen Gedanken daran, blendete alles aus, handelte völlig rational. Sie hielt den Atem an. Dann ließ sie den Griff aus ihrem Mund gleiten, sodass das Messer in ihrem Schoß landete. Dort rutschte es noch einige Zentimeter über ihre Schenkel, bis es schließlich in Querrichtung liegenblieb.

Gut gemacht!

Sie beugte ihre rechte Hand – die fast taub von der Enge ihrer Fessel war – so weit sie konnte nach innen, bis ihre Finger den Griff zu fassen bekamen. Vorsichtig richtete sie die Klinge aus, ignorierte dabei das Blut ihrer Mutter, das daran klebte. Sie schob sie zwischen Handgelenk und Kabelbinder hindurch und begann mit kurzen Auf- und Abwärtsbewegungen daran zu schneiden.

KAPITEL 54

Mit letzter Kraft erreichte Chris den Kinderwagen, der vor dem Auto seitlich auf den Asphalt gekippt war. Wie betäubt lief er daran vorbei, ignorierte den Fahrer, der mittlerweile ausgestiegen war und völlig lethargisch den kleinen Körper betrachtete, der bäuchlings auf der Straße lag. Chris stürzte darauf zu, fiel daneben auf die Knie. Sofort erkannte er den grau-blauen Strampler, den Patrick öfter trug, und auf dessen Vorderseite ein Elefant aufgestickt war. Sein Sohn bewegte sich nicht, atmete nicht, lag völlig starr vor ihm. Chris' zitternde Hand schwebte über dem starren Körper. Er traute sich nicht, ihn anzufassen, hatte Angst davor, ihn umzudrehen und in Patricks zerschmettertes Gesicht zu blicken. Stattdessen kniete er nur hilflos neben ihm, völlig in sich zusammengesunken.

»Es tut mir leid«, schluchzte er mit gebrochener Stimme. »Es tut mir so schrecklich leid. Ich war nicht schnell genug, nicht schnell genug. Das ist alles meine Schuld. Ihr seid meinetwegen gestorben.«

Der Schmerz, der in diesem Moment über ihn hereinbrach, war so gewichtig, dass er die Schwerkraft zu verstärken schien. Er hatte den letzten Halt in seinem Leben verloren. Tränen strömten seine Wangen hinab, als sein Verstand die bittere Wahrheit realisierte: Seine Familie war tot! Sinnlos ausgelöscht von einem Wahnsinnigen, dessen krankes Hirn sich an seinem Leid ergötzte. Doch diese Genugtuung wollte er Arnold nicht geben. Er würde dem hier und jetzt ein Ende setzen, indem er sich eine Kugel durch den Kopf jagen und diesen unerträglichen Schmerz auf einen Schlag beenden würde. Er wollte nichts mehr fühlen, wollte nur noch sterben, raus aus dieser Hölle, die sich Leben nannte.

Langsam griff Chris nach seiner Waffe, fest entschlossen, seinem Leben ein Ende zu setzen, als er eine Hand auf seiner Schulter spürte.

»Entschuldigen Sie«, drang eine zaghafte männliche Stimme zu ihm durch. »Ist alles in Ordnung?«

Der Fahrer des Wagens. Chris hatte ihn in seiner Verzweiflung völlig ausgeblendet. Mit tränenerfüllten Augen blickte er zu ihm auf, nahm ihn nur schemenhaft wahr. Jung, vielleicht Mitte zwanzig, dunkle Haare. Wie konnte dieser Kerl ihm eine solch dumme Frage stellen? Sah er denn nicht, was hier passiert war?

»Mein Sohn«, stammelte Chris. »Er ... er ist tot.«

Der Mann ging neben ihm in die Hocke. »Beruhigen Sie sich«, redete er auf ihn ein. Noch so eine sinnlose Phrase. »Alles ist gut. Das ist nicht Ihr Sohn.«

Chris starrte ihn fassungslos an. »Was? Was reden Sie da?«

»Sehen Sie.« Der Mann schob Chris' Oberkörper ein wenig nach hinten. Dann drehte er den kleinen Körper auf der Straße herum.

Chris blinzelte mit den Augen, um die Flüssigkeit daraus zu vertreiben. Sein Blick klarte sich auf, und er sah in die feinen aber starren Gesichtszüge eines kleinen Jungen, der ihn mit täuschend echten Augen anblickte und der Patricks Strampler trug.

»Das ist nur eine Puppe«, sagte der Fahrer. »Nur eine Puppe. Niemand ist tot.«

Chris schnaufte. Es dauerte einen Moment, bis er die Worte realisierte, bis sein gebeutelter Verstand begriff, was dort vor ihm lag. Unweigerlich musste er an das Videotelefonat mit Arnold denken, an die vielen Puppen und Plüschtiere, die er im Hintergrund auf dem Bett gesehen hatte.

Seine Hände schnellten nach vorn, umfassten den Körper, spürten seine unnatürliche Leichtigkeit, tasteten ihn ab, um sich zu vergewissern.

Es war tatsächlich nicht Patrick. Er fühlte weichen Kunststoff, der täuschend echt zum Körper eines kleinen Jungen geformt war.

Erleichterung durchflutete ihn, wurde jedoch sogleich wieder von der Leere verschluckt, die schlagartig zurückkehrte und die nur noch Raum für eine Empfindung übrig ließ. Arnold hatte ihn nach allen Regeln ausgetrickst, hatte ihn zu einer Entscheidung gezwungen, die nie hätte getroffen werden müssen.

Rebecca war umsonst gestorben.

Sein Blick verfinsterte sich, seine Augen wurden zu schmalen Schlitzen, aus denen Blicke wie Kugeln schossen.

Entschlossen sprang er auf, warf die Puppe beiseite und eilte strammen Schrittes die steile Straße hinauf.

»Hey, Moment mal«, rief ihm der Fahrer nach. »Sie können nicht einfach davonlaufen. Wer bezahlt mir den Schaden an meinem Auto?«

Chris reagierte nicht, lief einfach weiter.

»Ich rufe die Polizei!«

»Tun Sie das«, sagte Chris, ohne sich zu dem Mann umzudrehen. »Und sagen Sie denen, die sollen sich beeilen. Es wird hier gleich ein Mord geschehen.«

KAPITEL 55

Es waren einige Minuten vergangen, bis sie den ersten Kabelbinder an ihrer rechten Hand durchtrennt hatte. Der Rest war jedoch ein Kinderspiel gewesen. Als sie sich befreit hatte, hastete sie zu der Kinderwiege, die Arnold zurückgelassen hatte, betrachtete den bleichen, reglosen, kleinen Körper darin. Sie musste sich beeilen.

Sie griff sich ihre Jacke von der Lehne des Bürostuhls und tastete sie nach dem Handy ab. Sie fand das Telefon an seinem üblichen Platz in der Innentasche.

Sofort wählte sie die gespeicherte Nummer von Rokkos Mobilanschluss. Es dauerte einen Moment, bis er sich meldete. Im Hintergrund waren Stimmen zu hören. Vermutlich befand er sich in Arnolds Wohnung, die noch immer spurentechnisch durchsucht wurde. Mit wenigen Worten erklärte sie ihm, was passiert war und wo sie sich befanden. Rokko versicherte ihr, er würde umgehend die Zentrale informieren und alle verfügbaren Kräfte und einen Rettungswagen zum Haus ihrer Mutter schicken. Auch er werde sich sofort auf den Weg dorthin machen.

Nachdem sie das Gespräch beendet hatte, fuhr sie erschrocken herum.

Aus Richtung des Gartens ertönte der durchdringende Knall eines Schusses.

KAPITEL 56

Atemlos erreichte Chris das Gartentor. Schweiß brannte in den Schürfwunden an seinen Händen und Armen. Ein stetiges Pochen durchzog die Prellungen, die er sich durch den Sprung am ganzen Körper zugezogen hatte. Doch die Schmerzen drangen nicht bis in seine Wahrnehmung. Sie wurden gänzlich überlagert von dem Hass, der sich wie ein Parasit in jeder Faser seines Körpers festgesetzt und das Steuer übernommen hatte. Und sein Kurs kannte nur ein Ziel.

Arnold befand sich noch immer unter dem Baum. Er stand auf dem Gartenstuhl, auf dem vor wenigen Augenblicken noch Rebecca gestanden hatte. Lebend und von Todesangst gezeichnet. Nun hing sie dort, leblos und jeder Charaktereigenschaft beraubt, wie ein Stück Vieh. Dieser Anblick allein hätte ausgereicht, um seiner Verzweiflung neue Nahrung zu verschaffen und ihm jeden Sinn zu rauben. Doch dann sah er Arnold, wie er an ihrem Leichnam herumdokterte. Genauer gesagt an ihrem Gesicht.

Er schneidet es heraus!

Diese Vorstellung ließ seine Wut eskalieren, und er glaubte zu spüren, dass sie explosionsartig aus jeder Pore schoss wie glühendes Magma. Sie begrub den letzten Rest von Menschlichkeit in ihm, löschte mit einem Schlag jegliche Ideale und Moralvorstellungen aus. Hätte Chris in diesem Moment sein Spiegelbild betrachtet, er hätte in das Antlitz eines tollwütigen Tiers geschaut.

Ohne eine Spur des Zögerns ging er auf Arnold zu, legte die Waffe auf ihn an und drückte den Abzug durch.

KAPITEL 57

Hartfels stürmte die geschwungene Treppe hinunter. Es war noch nicht zu spät, aber sie würde sich beeilen müssen. Sie hatte vom Fenster aus beobachtet, was sich hinter dem Haus abspielte; hatte sofort reagiert, war losgerannt. Nun kam es auf jede Sekunde an.

Plötzlich rutschte sie über die Kante einer Stufe hinweg. Ihr Fuß knickte schmerzhaft um und sie verlor das Gleichgewicht. Um ein Haar wäre sie gestürzt, denn sie hatte die Hände nicht frei, konnte sich nicht abstützen. Doch es gelang ihr gerade noch, einen Sturz zu verhindern.

Erschöpft sank sie gegen das Geländer, spürte ein schmerzendes Pochen in ihrem rechten Fuß.

Ich werde es nicht schaffen, hörte sie die Stimme in ihrem Kopf sagen. *Ich kann es nicht aufhalten!*

Sie musste sich zusammenreißen, durfte jetzt nicht in unkontrollierte Hektik verfallen. Sie würde Chris nicht davon abbringen können, einen fatalen Fehler zu begehen, wenn sie mit gebrochenem Genick am Fuße der Treppe aufschlagen würde. Aber ebenso wenig, wenn sie länger hier sitzen bleiben würde.

Stöhnend zog sie sich mit einer Hand an dem Geländer hoch. Ihr Fuß schmerzte höllisch, wenn sie ihn belastete. Doch es half nichts, sie musste weiter.

In diesem Moment ertönte ein weiterer Schuss.

Sie stieg die letzten Stufen mit Bedacht hinab. Dann beschleunigte sie ihr Tempo wieder, humpelte so schnell sie konnte durch den Wohnraum und durch die offene Terrassentür nach draußen in den Garten – das reglose Bündel in ihren Armen fest umklammernd.

KAPITEL 58

Der Knall des Schusses hallte in seinen Ohren nach und dämpfte Arnolds Schrei. Fast hätte Chris diesen Umstand bedauert, denn er wollte ihn leiden hören, wollte sich von seinen Schmerzen nähren wie eine Biene von süßem Nektar. Mit Genugtuung verfolgte er, wie Arnold das Bein wegknickte und er von dem Stuhl fiel, als die Kugel ihm die rechte Kniescheibe zertrümmerte. Als er Rebecca erreichte, zwang Chris sich dazu, sie anzusehen.

Ihr lebloser Körper schwang leicht hin und her, und er hörte das Knarzen des Seils, an dem sie hing. Ein Schnittrand verlief an ihrem linken Ohr vorbei bis unter das Kinn. Dünne Blutfäden rannen entlang der fleischigen Kante. Immerhin hatte er die Schändung ihres Körpers weitestgehend verhindern können. Wenigstens das hatte er für sie tun können. Er sah in ihre blutunterlaufenen Augen, die ins Nichts starrten. Dieselben Augen, in denen er immer so viel Liebe und Zuversicht gesehen hatte. Die ihm wenige Minuten zuvor versucht hatten zu vermitteln, dass es nicht ihr Sohn gewesen war, der in dem Kinderwagen gelegen hatte. Dass er sie hätte retten können. Sein Herz verkrampfte sich bei dem Gedanken, und alles in ihm schrie danach, sie von diesem Strick zu befreien.

Er griff sich das Cuttermesser, das im Gras lag, stieg auf den Stuhl und schnitt das Seil durch. Gleichzeitig fing er ihr Gewicht auf, trug sie herunter und legte sie behutsam auf den kalten Grasboden. Hastig fühlte er ihren Puls, sehnte ihn herbei, obwohl er wusste, dass ihr Herz längst aufgehört hatte zu schlagen. Sämtliche Wiederbelebungsmaßnahmen wären sinnlos, denn es war zu spät. Er strich ihr behutsam die Haare aus der Stirn und schloss ihre Augen für immer. Seine Tränen tropften auf sie herab. Am liebsten hätte er sich dem Gefühl der Trauer überlassen, wollte sich seinem Schmerz ergeben, ihn herausschreien. Doch da war noch etwas, das ihn zurückhielt. Ein Gefühl, das mächtiger war.

Entschlossen wischte er die Tränen aus seinem Gesicht. Dann stand er auf und richtete seine hasserfüllten Augen auf Arnold, der unter dem Baum im Gras lag und sich mit schmerzverzerrtem Gesicht das Knie hielt, aus dem Blut pulsierte.

Langsam schritt er auf ihn zu. »Wo ist mein Sohn?« Seine Stimme klang so kalt, dass er sie kaum wiedererkannte.

Arnold keuchte. Trotz der Schmerzen brachte er ein herzloses Lächeln zustande. »Sie kommen zu spät, Herr Oberkommissar. Es ist nicht mehr aufzuhalten.«

Chris blieb vor ihm stehen und zielte mit der Waffe auf Arnolds Kopf. »Was hast du mit Patrick gemacht, du mieses Schwein?«, schrie er, dass ihm Spucke aus dem Mund sprühte.

»Nur zu«, erwiderte Arnold. »Lass deinem Hass freien Lauf.«

Ein zweiter Schuss zerriss die Luft. Aus Arnolds linker Schulter spritzte Blut auf. Er winselte wie ein getretener Hund.

Chris atmete durch, als wolle er die Schmerzen seines Gegners in sich aufnehmen und sich daran erfrischen. »In dieser Waffe befinden sich noch dreizehn weitere Patronen«, sagte er ruhig und gelassen, als spreche er über die Vorzüge seiner morgendlichen Müslimischung. »Es ist *deine* Entscheidung, wie viel davon ich benutzen werde, um eine Antwort zu erhalten.«

»Ich treffe hier nicht die Entscheidungen«, keuchte Arnold. »Es ist bereits alles entschieden. Das Schicksal lässt sich nicht aufhalten.« Er hustete. Blut lief aus seiner Nase. »Denkst du wirklich, ein paar Schusswunden würden daran etwas ändern? Gegen die Schmerzen, die ich nach der Knochenmarktransplantation wochenlang ertragen musste, fühlt sich das hier wie ein sanftes Streicheln an. Also mach ruhig weiter. Mein Körper wird so oder so sterben. Aber meine Seele ist zu stark dafür. Sie benötigt lediglich eine neue Hülle.« Sein Grinsen entblößte blutverschmierte Zähne. »Ich bin schon mal gestorben. Damals, in diesem Rettungswagen. Ich war über zwei Minuten lang klinisch tot. Doch dann wurde ich wiedergeboren. Aber ich war nicht mehr derselbe Frank Arnold. Nicht dieser sechsjährige Weichling, den der Tod seiner Mutter in die Verzweiflung getrieben hat. Dieser Frank Arnold wurde absorbiert, musste Platz schaffen für etwas Stärkeres. Mich! Meine Seele ist schon einmal in einen anderen Körper gewandert. Nur so ist diese Wandlung zu erklären, und dass ich mich an nichts mehr vor diesem Ereignis erinnern kann. Und nun wird es wieder geschehen. Das Schicksal hat es so bestimmt.«

Chris betrachtete ihn völlig entrückt, als er den absurden Grund begriff, weshalb das hier alles geschah. Sein Blick schwenkte zu Rebecca. Dafür hatte sie sterben müssen? Für das Hirngespinst eines Verrückten? Eines völlig durchgeknallten Verstandes, der sich einredete, durch ihren Tod unsterblich zu sein? Der glaubte, von einer höheren Macht gelenkt zu werden?

Chris hörte seinen Puls in den Ohren fauchen, während sein Finger sich fester um den Abzug legte. »Du geisteskranker Irrer«, zischte er fassungslos. »Du bist wahnsinnig.«

»Nein. Ich bin der Beginn einer neuen, einer überlegenen Spezies Mensch. Gefühle haben ausgedient. Ich habe lediglich dazu beigetragen, sie schneller auszurotten.«

»Wo ist mein Sohn!«

»Töte mich und du wirst es erfahren.«

Chris drückte ihm den Lauf der Walther an die Stirn. Der Finger am Abzug zitterte, war kurz davor, den Bolzen zu lösen. »Sag mir endlich, wo er ist!«

»Er ist hier, bei mir«, hörte Chris eine bekannte Stimme rufen. Er sah Hartfels, die sich ihnen vom Haus aus über den Garten näherte. Sie hinkte stark, und in den Armen hielt sie ein kleines, nacktes, regloses Bündel. »Ihr Sohn ist hier!«

Für einen Moment breitete sich Erleichterung in ihm aus, als er Patrick in ihren Armen erkannte. Doch als Hartfels ihn erreicht hatte, schlug die Hoffnung sogleich in Unbehagen um. »Wieso bewegt er sich nicht?«

»Arnold hat ihm irgendwas verabreicht«, erwiderte Hartfels außer Atem. »Aber der Kleine hat sich mehrfach erbrochen und das meiste davon ausgespukt. Sein Puls ist kräftig und die Atmung normal. Ich denke, er schläft nur. Ich habe bereits Ihre Kollegen verständigt, sie sind auf dem Weg hierher. Der Notarzt dürfte in wenigen Minuten hier eintreffen.«

Chris wandte sich wieder Arnold zu, erhöhte den Druck der Waffe gegen dessen Stirn. »Du hast ihn vergiftet!« Durch seine überkochende Wut waren die Worte kaum verständlich. »Was hast du ihm eingeflößt?«

»Ich habe ihn vorbereitet«, keuchte Arnold. »Er muss sterben, um wiedergeboren zu werden.«

»Was redest du für einen kranken Scheiß?« Chris Stimme überschlug sich.

Arnold grinste ihn an. »Töte mich«, sagte er, »und du wirst es begreifen.«

Chris starrte auf ihn herab. Gleichgültig. Völlig apathisch. Schweiß brannte in seinen Augen, aus denen jegliches Mitgefühl gewichen war. Der Finger am Abzug krümmte sich gegen den Widerstand, hatte ihn fast überwunden. Es geschah automatisch ohne sein Zutun. Da war nur noch reiner Instinkt, der die innere Leere in ihm überwand und ihn fernab jeglichen Verstandes handeln ließ. Er wollte Arnold tot sehen. Dieser Dreckskerl musste sterben, um ihn zu erlösen, um seinen Schmerz erträglicher zu machen.

»Tun Sie das nicht!«, drang die Stimme von Hartfels zu ihm durch. Aus einer Welt, mit der er bereits abgeschlossen hatte. »Seien Sie vernünftig. Wenn Sie jetzt abdrücken, ist alles verloren!«

»Das ist es bereits.«

»Nein, ist es nicht«, redete sie weiter auf ihn ein. »Ihr Sohn braucht einen Vater. Oder wollen Sie ihn etwa im Stich lassen, so wie es mein Vater mit mir getan hat? Ein Mann, der seinen Selbsthass gegen seine eigene Familie gerichtet hat. Wollen Sie wirklich riskieren, dass Ihr Sohn vielleicht ähnliche emotionale Schäden davonträgt? Und wollen Sie allen Ernstes Ihrem Sohn einmal erklären müssen, dass Ihnen der Tod dieses Abschaums dort wichtiger war, als ihm ein Vater zu sein? Ihn aufwachsen zu sehen?«

Etwas in Chris zögerte. Ein letzter Rest von Rationalität.

»Hör nicht auf sie«, ging Arnold dazwischen. »Drück endlich ab, du verdammtes Weichei. Es ist deine Bestimmung!«

Chris verharrte, sah Arnold in dessen pragmatisch dreinblickende Augen, in denen er nur Kälte und Berechnung erkannte. Jede Gefühlsregung, die dieses Gesicht wiedergab, war einstudiert und diente lediglich dem Zweck, andere zu manipulieren. Und genau das hatte er mit ihm getan. Ihn manipuliert, seine niedersten Instinkte geweckt, indem er ihm das Liebste genommen und ihn dort getroffen hatte, wo es ihm am meisten wehtat. Und das alles nur, um sein Ziel zu erreichen, seine kruden Fantasien in die Tat umzusetzen. Nein, Arnolds Tod wäre keine Erlösung für ihn, das wurde Chris schlagartig klar. Er würde sich für den Rest seines Lebens wie dessen Handlanger vorkommen, wie ein Werkzeug seines Wahnsinns.

Sein Finger entspannte sich, entfernte sich vom Abzug. Er atmete durch, spürte, wie die Wut in ihm abflaute. »Nein«, sagte er und senkte die Waffe. »Ich werde dir sagen, was ich zu meiner Bestimmung machen werde.« Er beugte sich zu ihm herab. »Ich werde dafür sorgen, dass du im Knast die beste medizinische Versorgung bekommst, die dein jämmerliches Leben möglichst lange erhält. Dann werde ich dich zweimal in der Woche auf der Krankenstation besuchen kommen und dir dabei zusehen, wie du jedes Mal ein wenig mehr verreckst. Langsam. Qualvoll. Und ich werde jede Minute davon genießen.«

Etwas in Arnolds Blick veränderte sich. Zum ersten Mal glaubte Chris, so etwas wie eine Regung darin zu erkennen.

»Nein«, schrie Arnold. »Es ist mein Schicksal, heute zu sterben! Es muss so sein!«

Chris beugte sich zu ihm hinab. »Das hier ist kein Film. Wahre Emotionen und Handlungen lassen sich nicht exakt vorausberechnen. Willkommen in der Realität.«

Arnold schluckte, schien darüber zu grübeln, was schiefgelaufen war. Dann blieb sein Blick wieder an Chris hängen. »Wäre ich dazu gekommen, deiner Schlampe die Haut abzuziehen, würdest du dich nicht so zieren. Dann hättest du abgedrückt, ganz sicher.«

Chris spürte, wie diese erneute Provokation die Welle der Wut zurückkommen ließ, wie sie ihn durchflutete und in ihm hochbrandete. Seine Hand schlang sich fester um den Griff der Waffe, und für einen Moment schien es, als würde er diesem Impuls doch noch nachgeben. Doch dann packte er Arnold mit der freien Hand am Kragen seiner Jacke, zog ihn zu sich, bis er seinen schalen Atem riechen konnte. »Tja«, spie er ihm ins Gesicht, »das nennt man wohl Fügung des Schicksals, Arschloch!« Dann holte er aus. Der Schlag der Waffe traf Arnold oberhalb der Schläfe und raubte ihm augenblicklich das Bewusstsein.

Chris ließ die Waffe fallen und wandte sich angewidert ab. Er ging auf Hartfels zu, nahm seinen Sohn in die Arme, wiegte ihn, drückte den kleinen Körper an sich, fuhr ihm sanft über den Kopf, spürte seine Wärme, die von Leben zeugte. Dann floss alles aus ihm heraus. Er ging in die Knie und fing bitterlich zu weinen an – während in der Ferne die Sirenen der sich nähernden Einsatzfahrzeuge zu hören waren.

EPILOG

Zwei Monate später
Praxis Doktor Hoffmann

»Wie ist es Ihnen seit unserer letzten Sitzung ergangen?«, fragte Marina Hoffmann. Sie saß Chris gegenüber, die Beine übereinandergeschlagen, ihren Notizblock vor sich auf dem Oberschenkel.

Chris hob den Blick von seinen Händen, die er krampfhaft in seinem Schoß verschränkt hielt. Seit Rebeccas Beerdigung kam er zweimal die Woche zu Marina Hoffmann in die Praxis. Und jedes Mal stellte sie ihm dieselbe Frage.

»Das liegt gerade mal drei Tage zurück. Seitdem hat sich nichts geändert«, lautete seine standardmäßige Antwort.

»Können Sie schlafen?«

Er atmete durch. »Wenn es mir gelingt, dann träume ich von ihr.«

»Beschreiben Sie den Traum.«

»Ich sehe sie, wie sie an diesem Strick hängt«, sagte er und sah auf seine Hände, die sich fester verkrampften. »Ihre Augen sehen mich an. Ich kann die Vorwürfe darin erkennen.«

Marina Hoffmann machte sich Notizen. »Und glauben Sie, das entspricht der Wirklichkeit?«

Er schüttelte den Kopf.

»Aber Sie geben sich nach wie vor die Schuld an dem, was geschehen ist.«

»Ich habe es kommen sehen«, erwiderte er. »Ich hätte bei meiner Familie sein müssen. Stattdessen hielt ich es für wichtiger, einem Verrückten hinterherzujagen.«

»Sie haben Ihre Arbeit gemacht. Sie haben nur das getan, was man von Ihnen in Ihrer Stellung erwarten durfte, sind Ihrer Verantwortung nachgekommen.«

»Meine Verantwortung bestand in erster Linie darin, meine Familie zu beschützen. Und das habe ich nicht ausreichend getan.«

»Ihr Beruf beinhaltet auch eine Verantwortung der Öffentlichkeit gegenüber.«

Chris betrachtete sie blasiert. »Meinen Sie damit den kriminellen Abschaum, mit dem ich mich jeden Tag beschäftigen muss?«

»Ich meine damit den Teil der Bevölkerung, den man vor solchen Leuten schützen muss.«

Chris schnaufte verächtlich. »Welcher Teil soll das sein?«, fragte er. »Allmählich erkenne ich den Unterschied nicht mehr. Früher hat man einen Schläger auf hundert Metern ausmachen können, aufgrund seines aggressiven Verhaltens und seines Imponiergehabes. Und nicht zuletzt wegen seines Vorstrafenregisters. Die meisten Gewalttaten trugen sich innerhalb bestimmter sozialer oder krimineller Milieus zu. Heutzutage verschwimmen die Grenzen. Zuvor unbescholtene Bürger gehen aufeinander los, schlagen sich zu Krüppeln oder stechen mit Messern aufeinander ein. Die Gründe dafür sind oftmals so belanglos, dass man es kaum glauben kann. Ein simpler Nachbarschaftsstreit. Ein weggeschnappter Parkplatz. Ein versehentlicher Rempler ... Oftmals ist es nur Langeweile, aus der heraus einige Halbstarke beschließen, eine wehrlose Person die Treppe hinunterzustoßen, um sich am Leid anderer zu ergötzen. Sie klatschen sich ab, johlen und grölen, als hätten sie ein Mittel gegen Krebs entdeckt. Passanten, die derlei Dinge beobachten, gehen gleichgültig daran vorbei oder machen

Selfies vor den Opfern. Was ist an einer solchen Gesellschaft schützenswert?«

Marina Hoffmann ließ das Gesagte einen Moment im Raum stehen, bevor sie reagierte. »Ich kann Ihre Verbitterung sehr gut nachvollziehen«, sagte sie. »Aber sie zeugt davon, dass Sie nur noch das Negative sehen.«

»Möglicherweise passiert in dieser Welt einfach zu wenig Positives«, konterte er. »Gerade Sie sollten mir da zustimmen.«

»Sie haben recht«, pflichtete sie ihm bei. »Wir haben beide genügend Erfahrungen mit der dunklen Seite gemacht. Und ich wäre auch beinahe daran zerbrochen. Aber es gibt immer einen Ausweg. Man muss nur lange genug danach suchen. Und man muss bereit sein, Veränderungen zu akzeptieren.«

»In meinem Fall habe ich wohl keine Wahl«, erwiderte Chris.

»Haben Sie meinen Rat befolgt?«

»Welchen meinen Sie?«

»Sich eine Zeitlang nicht über die Ereignisse in dieser Welt zu informieren. Keine Zeitung, kein Internet, keine Nachrichten. Schaffen Sie Platz für Positives, blenden Sie alles Negative weitestgehend aus. Sie sind für einige Zeit vom Dienst freigestellt. Nutzen Sie Ihre Auszeit, atmen Sie durch, um Ihr Bild dieser Welt zu verbessern.«

»Das habe ich versucht«, erwiderte Chris. »Aber mittlerweile bin ich der Meinung, man sollte sich alldem nicht entziehen. Denn genau das ist es, was offenbar alle tun. Sie nehmen keinerlei Anteil mehr. Jeder sieht nur noch sich selbst, da ist keinerlei Miteinander mehr zu erkennen, kein Respekt vor dem anderen. Ich weiß gar nicht, wie viele Leute mir auf der Straße begegnen, die nicht einmal dazu in der Lage sind, ein höfliches ›Guten Tag‹ zu erwidern, weil sie zu sehr mit sich selbst beschäftigt sind und andere gar nicht mehr wahrnehmen. Oder sie bewusst ignorieren. Man kann sich heutzutage in einem überfüllten Supermarkt wie der einsamste Mensch der Welt vorkommen.«

»Wir leben in einer Welt der Reizüberflutung«, entgegnete Marina Hoffmann. »Derlei Nachrichten sind zur Massenware verkommen. Das stumpft die Menschen ab, macht sie weniger empfänglich dafür. Gerade aus dem Grund sollte man Abstand davon nehmen.«

Er fuhr sich mit der Hand über seine Bartstoppeln. Es hörte sich an, als reibe er über Sandpapier. »Ich weiß nicht«, sagte er. »Arnold mag verrückt sein, aber zumindest in einem Punkt scheint er recht zu behalten.«

»Und der wäre?«

»Dass die Menschen sich durch ihre eigenen Gefühle vergiften. Dass sie immer mehr verlernen, mit ihren Emotionen umzugehen, die Hemmschwelle immer weiter sinkt.«

»Nicht allein Gefühle sind der ausschlaggebende Faktor für solche Taten«, widersprach sie. »Es ist die Fähigkeit zwischen richtig und falsch unterscheiden zu können. Diese Fähigkeit ist nicht angeboren. Sie ist das Produkt von Erziehung und persönlichem Umfeld. Die Weichen werden in unserer Kindheit gestellt, aber oftmals haben wir selbst keinen Einfluss darauf, in welche Richtung sie uns führen.«

»Ich bin wohl das beste Beispiel dafür«, seufzte Chris.

»Sie waren extremem, emotionalem Stress ausgesetzt. Das können Sie nicht mit willkürlicher Gewalt vergleichen.«

»Ich war bereit einen Menschen kaltblütig und ohne Skrupel zu töten. Das ist durch nichts zu rechtfertigen.«

»Einen Menschen, der kurz zuvor Ihre Familie entführt und Ihre Frau vor Ihren Augen ermordet hat. Der Sie höchsten emotionalen Qualen ausgesetzt und dadurch eine Affekthandlung provoziert hat. Niemand kann sich anmaßen, in einer solchen Extremsituation das Richtige zu tun. Zu diesem Schluss ist auch die Untersuchungskommission gekommen, die Sie in allen Punkten freigesprochen hat, was den übermäßigen Gebrauch Ihrer Schusswaffe betrifft.«

»Das spricht mich nicht frei.«

»Sie haben es in diesem Moment als die einzig gerechte Handlung empfunden, um sich vor weiteren Qualen zu schützen.«

»Ich wollte es nicht aus Gerechtigkeit tun«, widersprach Chris, »oder um mich vor ihm zu schützen. Ich wollte einfach, dass er stirbt, damit ich mich besser fühle.«

»Aber Sie haben rechtzeitig erkannt, dass diese Formel nicht aufgehen kann.«

»Keine Ahnung, was mich in diesem Moment zurückgehalten hat.«

»Gesunder Menschenverstand?«, mutmaßte Marina Hoffmann. »Die Liebe zu Ihrem Sohn?«

»Ich weiß nicht.« Chris hielt einige Sekunden inne. »Es vergeht kein Tag, an dem ich mir nicht vorstelle, ich hätte abgedrückt.«

»Bereuen Sie, es nicht getan zu haben?«

Chris zuckte mit den Schultern. »Es hätte den Hass ausgelöscht, den ich für ihn empfinde. Das hätte möglicherweise Platz für etwas anderes geschaffen. Etwas, das diese innere Leere ausfüllt, die mich seit jenem Tag heimsucht.«

Marina Hoffmann seufzte. »Besuchen Sie ihn immer noch?«

Chris nickte verhalten.

»Sie wissen, wie ich dazu stehe«, sagte sie mahnend. »Diese Treffen sind meiner Meinung nach nicht sonderlich förderlich für ihre Therapie. Es wundert mich ohnehin, dass man Sie zu ihm lässt.«

»Nur in Begleitung eines Vollzugsbeamten«, erläuterte Chris. »Und ich darf nicht mit ihm sprechen, ihn nur durch das Fenster seines Krankenzimmers beobachten.«

»Und warum tun Sie das? Ich meine, was bringt es Ihnen?«

»Es beruhigt mich dabei zuzusehen, wie der Krebs ihn innerlich zerfrisst. Es gibt mir ein Gefühl von Ausgleich, von Gerechtigkeit.«

Marina Hoffmann machte sich einige Notizen. Anschließend legte sie den Block auf dem kleinen Beistelltisch ab und beugte sich zu ihm nach vorn. »Hören Sie«, sagte sie mit Bedacht. »Ihre negativen Gefühle für diesen Mann sind mehr als verständlich. Aber sie sind auf Dauer nicht die Lösung. Hass ist keine Therapieform, denn er verblendet den Verstand. Er ist sozusagen Ihr Krebs, der Sie auf Dauer zerfrisst. Was geschieht, wenn Arnold irgendwann stirbt? Gehen Sie dann auf den Friedhof und schänden sein Grab, weil es Sie beruhigt? Sie müssen lernen loszulassen, nach vorn zu schauen. Im Moment erscheint Ihnen das vielleicht unmöglich, doch mit der Zeit wird es leichter werden. Und dann wird auch die innere Leere verschwinden. Setzen Sie sich wieder Ziele, auf die Sie hinarbeiten. Treffen Sie sich mit Freunden, gehen Sie unter Menschen, die Sie mögen. Schaffen Sie Ausgleich.«

»In den letzten Jahren war es hauptsächlich meine Arbeit, der ich die meiste Zeit gewidmet habe. Da blieb neben der Familie nicht viel Platz für Freunde. Mein Sohn ist jetzt mein Mittelpunkt.«

»Das ist gut«, meinte Marina Hoffmann. »Es ist eine positive Aufgabe.«

Sein Blick schweifte ab, blieb auf einem gerahmten Bild an der Wand hängen. Es zeigte das Abbild eines abstrakten Gemäldes, das durch seinen grünen Hintergrund und den darin verlaufenden gelblichen Farben eine beruhigende Wirkung ausstrahlte. »Wir sind letzte Woche zu meinen Eltern gezogen«, sagte er nach einer kurzen Pause. »Sie leben auf dem Land, weit genug weg von alldem hier. Das dürfte seiner weiteren Entwicklung zugutekommen. Ich bin froh darüber, dass er noch zu jung ist, um das alles zu begreifen. Das dürfte ihn vor Folgeschäden bewahren und ihm den Therapeuten ersparen.«

Marina Hoffmann lehnte sich zurück und lächelte aufgrund dieser Anspielung. »Was ist mit Ihrer Wohnung?«

»Es hat mich zu viel darin an Rebecca erinnert. Ich brauchte einfach einen Umgebungswechsel.«

»Sehen Sie«, meinte Marina Hoffmann zuversichtlich, »Sie tun es bereits.«

»Und was genau?«

»Nach vorn schauen. Ein Neuanfang beinhaltet auch immer den Abschluss mit der Vergangenheit.«

Er betrachtete sie unsicher. »Sie verlangen hoffentlich nicht von mir, dass ich meine Frau vergessen soll.«

»Nein«, widersprach sie entschieden. »Rebecca wird immer ein Teil Ihres Lebens sein. Und das soll sie auch bleiben, nicht zuletzt, weil sie beide einen gemeinsamen Sohn haben. Wie geht es Patrick?«

»Die Ärzte sagen, er hat ziemliches Glück gehabt. Offenbar hat sein Körper eine allergische Reaktion auf das Schlafmittel entwickelt, das Arnold ihm verabreicht hat.

Dadurch hat er das meiste davon erbrochen, sodass es ihn nicht vergiften konnte. Dem beherzten Eingreifen von Hartfels ist es zu verdanken, dass er nicht daran erstickt ist. Sie hat die tragbare Wiege, in der Patrick gelegen hat, mit dem Bein des Stuhls, an den sie gefesselt war, umgekippt, sodass er auf die Seite gerollt ist. Dafür werde ich ihr den Rest meines Lebens dankbar sein. Denn dadurch hat sie auch mich gerettet. Wäre Patrick ebenfalls gestorben ...« Er brachte den Satz nicht zu Ende, spielte nervös mit seinen Fingern. »Haben Sie schon mal über Schicksal nachgedacht?«, fragte er. »Arnold hat unentwegt davon gesprochen. Er hat sich immer wieder eingeredet, dass alles vorherbestimmt ist.«

»Ein Verstand, der so geschädigt ist wie der von Frank Arnold, mag das vielleicht so interpretieren. Er hat sich auch eingeredet, in Ihrem Sohn wiedergeboren und dann von Corinna Hartfels großgezogen zu werden, hat in ihr die perfekte Mutter für sich gesehen. Sein Verstand hat sich über die Jahre sosehr in seine Wahnvorstellungen verrannt, dass ihm diese Interpretation vollkommen rational erscheint. Aber das Universum besteht nachgewiesenermaßen aus Chaos. Nichts darin folgt einem bestimmten Muster.«

»Und wie ist es dann zu erklären, dass wir existieren? Dass so viele Voraussetzungen für Leben auf diesem Planeten geschaffen wurden? So viele erstaunliche Zufälle?«

Marina Hoffmann runzelte die Stirn. »Wie kommen Sie ausgerechnet jetzt darauf zu sprechen?«

Chris blickte wieder auf seine Hände, atmete durch. »Mir geht ein Satz von Arnold nicht mehr aus dem Kopf«, meinte er. »Als er am Boden lag und erkannt hatte, dass ich ihn nicht erschießen werde, da sagte er, ich hätte es mit Sicherheit getan, wenn er Rebeccas Gesicht ...« Er stockte kurz. »Wenn er sein Vorhaben vollendet hätte«, vervollständigte er.

»Und?«

Erneutes Durchatmen. »Hätte das Auto die Fahrt des Kinderwagens nicht vorzeitig gestoppt, wäre ich nicht rechtzeitig zurückgewesen, um das zu verhindern.«

Marina Hoffmann hob die schmalen Brauen an. »Ich verstehe.«

»Natürlich kann man im Nachhinein nur darüber spekulieren«, fuhr Chris mit seinen Ausführungen fort, »aber ich bin mir ziemlich sicher, dass ich es dann getan hätte. Ich hätte ihn erschossen. Und ich hätte ebenfalls abgedrückt, wenn Patrick auch gestorben wäre, wenn er nicht allergisch gegen das Schlafmittel reagiert hätte.« Er sah sie an. »Ich weiß, es klingt verrückt, und eigentlich habe ich nie an so etwas geglaubt, aber das können doch nicht alles Zufälle gewesen sein, oder?«

»Darauf kann ich Ihnen leider keine Antwort geben«, sagte Marina Hoffmann. »Niemand kann das. Es liegt im Wesen des Menschen, in allem, was ihm und anderen widerfährt, einen höheren Sinn zu suchen. Speziell in Dingen, die uns sinnlos erscheinen. Und im Grunde spricht auch nichts dagegen. Wenn es Ihnen hilft, mit dem Geschehenen besser umzugehen, es dadurch leichter zu verarbeiten und wieder ein normales Leben führen zu können, dann kann ich es nur befürworten.«

Chris lehnte sich zurück und schlug die Beine übereinander. »Ehrlich gesagt bin ich mir nicht sicher, ob ich wieder ein normales Leben führen kann.«

»Im Augenblick vielleicht nicht«, stimmte sie zu, »dafür liegen die Ereignisse noch nicht lange genug zurück. Aber ich bin sicher, dass Sie schon bald wieder Ihren Beruf ausüben können.«

»Das hängt nicht zuletzt von Ihnen und Ihrer Beurteilung ab.«

Sie bemerkte, wie er ihrem Blick auswich. »Und wie sollte diese Beurteilung Ihrer Meinung nach ausfallen?«, hakte sie nach.

Chris seufzte. »Ich glaube nicht, meine Arbeit je wieder ausüben, mich je wieder mit solchen Kreaturen beschäftigen zu können.«

Sie beugte sich zu ihm und tat etwas, das sie sonst nie bei ihren Patienten tat. Sie ergriff seine Hand. »Erinnern Sie sich daran, was Sie mir an einem der Tatorte gesagt haben? Als ich völlig geschockt war und meinte, ich könne Ihnen in diesem Fall nicht als Beraterin zur Verfügung stehen? Sie sagten darauf, wenn der erste Schock sich gelegt habe, und man es aus rein beruflicher Perspektive betrachte, damit beginne, die Tat zu analysieren, dann verdränge der Verstand die Emotionen und man sehe nur noch nüchterne Fakten.«

Chris nickte. »Ja, ich erinnere mich.«

»Sie hatten recht damit, was mich betrifft. Und Sie werden früher oder später auch zu dieser Einsicht gelangen, denn wir sind beide auf unsere Art Ermittler. Es liegt uns sozusagen im Blut, und wir können nicht aus unserer Haut heraus. Es ist unsere Bestimmung, wenn Sie so wollen.«

Er hob den Blick und sah in ihre einnehmenden Augen. »Mag sein«, sagte er. »Aber ich erinnere mich auch, was Sie damals erwidert haben. Dass die Menschlichkeit manchmal keinen Rückweg mehr findet, weil wir zu sehr mit den Opfern fühlen. Was mir Angst macht, ist die Tatsache, dass ich augenblicklich gar nichts fühle. Vielleicht ist es für mich bereits zu spät.«

»Ihre emotionale Wahrnehmung ist lediglich blockiert«, erwiderte sie. »Ihr Verstand schirmt sich ab, will sich vor weiteren seelischen Schmerzen schützen. Das ist nach solch einem Erlebnis völlig normal und wird sich mit der Zeit wieder geben. Sie müssen es nur zulassen.«

»Ich weiß nicht«, sagte er skeptisch. »Ich denke nicht, dass ich nach alldem einfach wieder zur Tagesordnung übergehen kann.«

»Im Moment könnte ich das auch nicht befürworten«, sagte sie. »Aber ich bin sehr zuversichtlich, was die Zukunft betrifft.«

Er senkte seinen Blick wieder auf seine Hände. »Warten wir es ab«, meinte er und klang dabei wenig überzeugt. »Wir werden sehen.«

ANMERKUNG DES AUTORS

Diese Geschichte ist wie immer frei erfunden. Dennoch entsprechen gewisse Dinge und Personen darin den Tatsachen. So wie der von mir erwähnte US-amerikanische Anthropologe und Psychologe Professor Doktor Paul Ekman. Ebenso seine These der sieben Basisemotionen, die mir als Grundlage für meine Geschichte diente. Nachdem ich mich auf diese Idee eingelassen hatte, wurde mir sehr schnell klar, dass die Zahl Sieben unweigerlich Assoziationen zu dem bekannten Film von David Fincher wecken würde. Dennoch erschien mir die Idee zu gut, um sie deswegen zu verwerfen. Also habe ich mir erlaubt, bestimmte Aspekte des Films mit in die Handlung einfließen zu lassen. Manche mögen mir deshalb vielleicht den Vorwurf des Abkupferns machen. Ich empfand es eher als Möglichkeit, mich auf meine Weise vor einem der besten Thriller, die Hollywood hervorgebracht hat, literarisch zu verneigen.

Die in der Geschichte dargestellten Ereignisse um die fiktive Figur des Rolf Meinhard basieren zu losen Teilen auf einer wahren Begebenheit, die sich 2014 in Hessen zugetragen hat. Dort fanden Angehörige des an Krebs verstorbenen Manfred S. in einer angemieteten Garage eine Kunststofftonne mit stark verwesten Leichenteilen. Wie sich herausstellte, handelte es sich dabei um die Überreste einer vermissten Prostituierten, die auf dem Frankfurter Straßenstrich tätig gewesen war. Bei den daraufhin eingeleiteten Ermittlungen einer Sonderkommission stießen die Fahnder auf weitere ungeklärte Fälle, die eine ähnliche Vorgehensweise offenlegten. Nach dem momentanen Stand der Ermittlungen wird Manfred S. mit einem Dutzend ungeklärter Mordfälle in Zusammenhang gebracht, die sich über einen Zeitraum von mehreren Jahrzehnten erstrecken. In allen Fällen wurden die Opfer (meist drogenabhängige Prostituierte) vor ihrem Tod bestialisch gefoltert. Auch wurden allen Opfern Organe entnommen und Körperteile entfernt, die bis heute nicht gefunden wurden, sodass auch Kannibalismus nicht ausgeschlossen werden kann. Die Grausamkeit, mit der in diesen Fällen vorgegangen wurde, hat sogar hartgesottene Ermittler sprachlos gemacht. Dennoch war – trotz des langen Zeitraums, über den sich die Taten erstrecken – nie jemand ein ungewöhnliches Verhalten an dem mutmaßlichen Täter aufgefallen. Manfred S. lebte nach außen hin ein normales Leben. Er war über vierzig Jahre verheiratet. Bis zum Tod seiner Frau pflegte er ein inniges und liebevolles Verhältnis zu ihr, ebenso wie zu seiner erwachsenen Tochter. Beide hatten nicht die geringste Ahnung von seinem Doppelleben und seinen sadistischen Neigungen. Auch in seinem persönlichen Umfeld galt Manfred S. als freundlich und gesellig, spielte Saxophon in einer Jazzband. Die Ermittler schließen nicht aus, dass es noch einen Mittäter gegeben haben könnte. Dies konnte jedoch bis heute nicht ausreichend nachgewiesen werden. Vermutlich wird es nie zu einer vollständigen Aufklärung der Fälle kommen. Die von mir in der Geschichte geschilderten Geschehnisse und Verwicklungen sind jedoch rein fiktiv und haben in dieser Form keinerlei Bezug auf die tatsächlichen Ereignisse oder die betreffenden Personen.

Ein besonderer Dank gilt wieder einmal meinen treuen Testlesern – Doris Hübner, Petra Liebenstein, Sandra Schepers, Anja Szonn, Verena Hoitz, Marion Reichartz, Daniela Schmid, Petra Worm, Kristin Bönisch und Susann

Kunze, – die tapfer gegen meine Betriebsblindheit ankämpfen und durch ihre Anregungen maßgeblich zur Qualität dieses Buches beigetragen haben. Ohne euch wäre ich aufgeschmissen! Danke für eure Aufmerksamkeit, eure Tipps und Ratschläge und für eure Begeisterung.

Ich hoffe, ich konnte Ihnen wieder einige spannende Lesestunden bescheren. Besuchen Sie mich auf *Facebook* oder auf meiner Webseite *www.michaelhuebner.de.* Auch über eine Rezension, bei einem Buchhändler Ihrer Wahl, würde ich mich freuen.

Michael Hübner
Juli 2017

Weitere Bücher von Michael Hübner

Reihe um Chris Bertram:
»Todespakt« (Teil 1)
»Todesplan« (Teil 2)
»Seelenblut« (Teil 3)

Unabhängig davon:
»Stigma«
»Sterbestunde«
»Todesdrang«
»Die Kunst zu morden«